ROULE

ANCHOR POINT

TOME 1

L.A. WITT

Traduction par
LILY KAREY

Roule

Première édition en français

Copyright © 2016, 2022, 2025 L.A. Witt

Couverture réalisée par L.C. Chase

Traduit de l'anglais par : Lily Karey

eBook ISBN : 978-1-64230-362-9

Imprimé ISBN : 978-1-64230-363-6

    Réalisé avec Vellum

À PROPOS DE ROULE

Pour Sean Wright, conduire un taxi dans la petite ville navale d'Anchor Point n'est pas un travail passionnant… jusqu'à ce qu'il prenne Paul Richards, qui vient de se faire larguer. Un trajet en voiture se transforme en une promenade sur la jetée, qui devient la partie de jambes en l'air la plus excitante que Sean ait connue depuis des lustres.

Après une rupture qui avait tardé à venir, Paul n'en croit pas ses yeux. De tous les chauffeurs, c'est Sean, un homme magnifique, gay et très volontaire, qui vient le chercher. Les jeunes hommes ne sont généralement pas son truc, mais Paul ne peut pas résister.

Un baiser, et aucun des deux hommes ne peut plus s'en passer… jusqu'à ce qu'ils réalisent que Paul est le capitaine du père de Sean et le dernier homme avec qui Sean devrait être impliqué.

Avec deux carrières en jeu, ils n'ont d'autre choix que de faire marche arrière. Ce n'est pas facile, cependant ; le sexe et la connexion émotionnelle sont exactement ce dont les deux hommes ont envie depuis longtemps. Mais Paul a consacré vingt-quatre ans à la Navy et à son rêve de devenir amiral. S'il est surpris avec Sean, c'en sera fini de sa carrière. Il doit choisir : maintenir le cap ou tout bazarder pour l'homme qui s'est enfui avec son cœur.

CHAPITRE 1

SEAN

— R oulez.
La voix provenant de la banquette arrière était calme et plate. Pas impolie, pas exigeante, mais pas très amicale non plus. Ce qui était bien – les gens contactaient la compagnie pour une course en taxi, pas pour une conversation.

Pourtant, je ne bougeai pas. Tapotant du pouce sur le volant, je l'observai dans le rétroviseur. Je ne le distinguais pas très bien ; il avait pris le siège juste derrière le mien et regardait fixement par la fenêtre en direction du centre commercial, de l'autre côté de la rue. Le peu de ses traits qui apparaissaient dans le rétroviseur était fortement ombragé par les lumières vives de la réception de l'hôtel.

— Euh...
Je me raclai la gorge.

— J'ai besoin d'une adresse. Ou le nom d'un lieu.
Je jetai un coup d'œil à l'écran affichant le message du central. Mon passager avait spécifiquement demandé quelqu'un ayant accès à la base.

— Vous voulez aller à la base ?

Il expira longuement, et ses vêtements et le siège bruis-sèrent lorsqu'il remua derrière moi.

— Vous êtes payé au temps ou à la distance ?

Mec, c'est quoi ce bordel ? Tu veux aller quelque part ou pas ?

— La distance. Sauf si je vous attends.

Il tourna la tête vers moi. Les ombres s'éloignèrent suffi-samment de son visage pour me laisser entrevoir des yeux fatigués et des traits proéminents et anguleux.

— Quel que soit le montant du compteur à la fin de la course, je le doublerai, annonça-t-il, avant de se tourner à nouveau vers la vitre. Roulez, c'est tout.

Je refoulai ma frustration.

— Où ?

— N'importe où.

Il semblait se concentrer sur quelque chose à l'extérieur. Tout ce que je pouvais voir, c'était le contour de sa tête et de son cou, et le haut du col de sa veste.

D'une voix si basse que je me demandai s'il s'adressait à moi ou à lui-même, il ajouta :

— Je ne suis pas prêt à rentrer chez moi, et je ne peux certainement pas rester ici.

Je jetai un coup d'œil à l'hôtel d'où il sortait. Message reçu. Je démarrai le moteur, quittai la réception et m'enga-geai sur la route. Peut-être serait-il plus enclin à me donner une destination une fois que cet endroit aurait disparu dans le rétroviseur.

Comme tu veux, mec. Je te retiens pour ce double tarif.

Certes, j'étais curieux. S'il s'agissait d'une marche de la honte, il ne serait pas le premier. Je ramassais beaucoup de gens qui s'éclipsaient après une aventure d'un soir qu'ils regrettaient manifestement, et quelques-uns qui avaient besoin d'une fuite rapide avant d'être arrêtés par un parte-

naire mécontent. Et puis il y avait les gens qui avaient visiblement passé une nuit extraordinaire – peut-être avec un
inconnu, peut-être pas – et qui souriaient tout au long du
chemin qui les ramenait chez eux. Dans cette ville, les
rencontres dans les hôtels n'étaient rien d'autre qu'inté-
ressantes.

Ce type ne portait pas de sac lorsqu'il était sorti. Les
yeux baissés, les mains dans les poches de sa veste, il
marchait comme s'il était en pilotage automatique. Peut-être
avait-il été mis à la porte par quelqu'un qui se trouvait
encore dans une chambre avec ses bagages ? Ou bien lui et
une autre personne avaient-ils loué une chambre pour une
courte durée, et les choses ne s'étaient-elles pas passées
comme prévu ?

Je n'étais pas clairvoyant, je n'allais donc pas deviner.

Pendant dix bonnes minutes, les seuls sons dans ma
voiture furent la climatisation et le bruit du moteur, alors
que je suivais l'autoroute en direction de la ville. Je n'avais
même pas allumé la radio – je ne le faisais jamais lorsque
j'avais un passager –, mais j'étais tenté à ce moment-là
d'écouter de la musique. Avec un peu de chance, je mettrais
probablement une chanson qui l'ennuierait ou qui touche-
rait un point sensible. Comme la fois où un type était monté
dans ma voiture et, au son d'une chanson country particulièrement triste, s'était mis à pleurer à propos de la femme
qui venait de le larguer. Cela avait été un long trajet embar-
rassant.

Donc, non. Radio *éteinte*.

Je tapotais subtilement mes pouces sur le volant,
gardant le rythme de la chanson qui m'avait trotté dans la
tête toute la soirée. Ça me donnait quelque chose à faire, de
toute façon.

De temps à autre, j'entrevoyais une lumière pâle qui

laissait deviner ses traits. Il devait être en train de faire un truc sur son téléphone. Peut-être quelques textos pour avoir le dernier mot avec la personne qu'il avait laissée dans la chambre d'hôtel ou quelque chose comme ça. Je n'en avais aucune idée. Il restait silencieux, comme la plupart des passagers, mais pour une raison ou une autre, ce silence me faisait tressaillir. Probablement parce que je n'avais toujours aucune idée de l'endroit où il souhaitait aller.

Nous nous rapprochions du centre-ville. Il n'y avait pas beaucoup d'options de direction, mais si je prenais l'autoroute et que je me dirigeais vers le nord ou le sud, il y avait des tronçons où nous pouvions faire dix ou vingt kilomètres sans pouvoir faire demi-tour.

— Alors, euh...

J'hésitai. J'étais nul en matière de conversation, et je n'avais pas l'impression d'être le bienvenu de toute façon, mais j'avais besoin d'un peu plus d'informations de sa part.

— Une direction particulière ?

Mon passager resta silencieux pendant près d'un demi-pâté de maisons.

— Peut-être au bord de l'eau.

Je retins un soupir d'impatience. C'était une ville de la Navy, qui s'étendait sur une bande de terre entre une forêt nationale et l'océan Pacifique. Impossible de *ne pas être* au bord de l'eau.

Mec, où *au bord de l'eau ?*

Enfin, peu importait. Tant qu'il ne m'en voulait pas de ne pas avoir les capacités psychiques nécessaires pour deviner où il voulait aller.

Je tournai à gauche et pris la direction de la jetée, à l'extrémité sud de la ville, espérant que cela le satisferait. La plupart des boutiques et des restaurants de la jetée et de la promenade seraient fermés à cette heure de la nuit, mais si ça ne lui convenait pas, il pourrait toujours m'indiquer une destination plus précise.

Puis il rompit le silence.

— Vous avez beaucoup de courses dans une petite ville comme celle-ci ?

Je jetai un coup d'œil dans le rétroviseur.

— Ça dépend. Vous voulez devenir chauffeur ?

Il rit doucement, et je perçus un soupçon de raucité dans sa voix lorsqu'il dit :

— Non. Je faisais juste la conversation.

— Oh.

Je ne m'attendais pas à ce qu'il veuille discuter, mais d'accord.

— Les affaires marchent bien. Je ne travaille qu'à temps partiel. En semaine, c'est plutôt calme, mais le week-end, je récupère tous les marins qui sortent des bars en titubant.

Un autre rire. Je décidai que j'aimais sa façon de rire. Probablement parce que c'était mieux qu'un silence inconfortable.

— Il faut bien que quelqu'un le fasse, n'est-ce pas ?

— Oui.

Je ne savais pas trop quoi dire d'autre, et le silence retomba.

L'embarcadère approchait à grands pas et j'étais prêt à en finir, mais il se pencha en avant et me tapota l'épaule.

— Il y a un 7-Eleven sur la gauche. Pourriez-vous vous y arrêter ?

— Oui. Bien sûr.

Je me garai sur le parking.

— Je reviens tout de suite.

Il déboucla sa ceinture et ouvrit la portière, mais s'immobilisa.

— Vous voulez quelque chose ?

Je le regardai dans le rétroviseur.

— Excusez-moi ?

Le reflet de ses yeux rencontra les miens. Waouh, ils étaient bleus.

— Je vais chercher quelque chose à boire. Vous voulez quelque chose ?

— Euh...

Je jetai un regard à la bouteille d'eau, qui était vide dans mon porte-gobelet depuis un moment déjà.

— Vous... vous n'avez pas à...

— Je me sentirai moins coupable de vous faire conduire dans toute la ville.

Ma foi. Pourquoi pas ?

— J'aimerais bien un peu d'eau. Merci.

Il sourit, ce qui plissa les coins de ses yeux, et oui, j'eus brusquement vraiment besoin d'eau. Quelque chose de froid, en tout cas. Seigneur.

— D'accord. Je reviens tout de suite.

Sur ce, il sortit de la voiture et j'expirai difficilement, m'affaissant contre mon siège. Je ne détestais pas ce type, et il avait été parfaitement poli depuis que je l'avais pris en charge, mais je devais admettre que c'était agréable d'avoir une petite pause dans ce silence bizarre. J'allumai également la radio, mais en baissant le volume au maximum. C'était assez fort pour que je puisse l'entendre, mais assez doux pour que, s'il le remarquait, il puisse croire qu'elle était allumée depuis le début. Qu'est-ce que j'en avais à faire, d'ailleurs ? Nous étions dans ma voiture. Nous ne parlions pas. Laissez-moi écouter de la musique.

À travers les vitres du 7-Eleven, je pus enfin le voir tandis qu'il payait la caissière. Il m'était vaguement familier, mais le fait qu'il devait se rendre sur la base expliquait ce fait : je conduisais souvent des gens à l'entrée et à la sortie du poste de garde, et je m'y rendais moi-même, parce que mon père y était stationné. Il était tout à fait possible que j'aie vu ce type à la coopérative, dans un parking, à la salle de sport. La base n'était pas aussi importante que celle de Norfolk ou San Diego, loin de là, mais les chemins se croisaient régulièrement.

Il ne portait pas la coupe militaire comme les sous-officiers de la base. Ses cheveux brun clair étaient tout de même courts et soignés, mais pas autant que chez les jeunes hommes sous le commandement de mon père. Même si sa fatigue était visible d'ici – yeux las, épaules légèrement courbées –, il se comportait comme quelqu'un qui avait porté un uniforme pendant la majeure partie de sa vie. Il se tenait droit, et s'il marchait aussi vite alors qu'il était manifestement épuisé, il devait être impossible à suivre le reste du temps. De toute évidence, il s'agissait d'un militaire, mais cela n'avait rien de choquant dans cette ville.

Après avoir payé, il revint à la voiture et s'assit sur le côté passager de la banquette arrière. Lorsque je me retournai pour prendre la bouteille d'eau qu'il m'avait apportée, nous nous regardâmes dans les yeux pour la première fois. Il maintint également ce contact visuel comme quelqu'un qui ne reculait devant personne.

— Tenez.

Il tendit une bouteille d'eau par-dessus le siège.

— Merci.

Je jetai un coup d'œil à celle qu'il était en train de décapsuler. C'était la même marque d'eau que la mienne.

— Je croyais que vous alliez *boire* un *verre*.

Il baissa les yeux sur la bouteille qu'il tenait et haussa les épaules.

— Non. Je me sentirai déjà assez mal demain. Pas la peine d'en rajouter.

— C'est juste.

Il avala une grande gorgée et s'adossa au siège. Je bus un peu moi aussi. Je l'observais toujours, ce qui était beaucoup plus facile, maintenant qu'il n'était plus derrière moi. Et, bonté divine, la lumière qui jaillissait du 7-Eleven me permettait de le voir beaucoup plus facilement, et de près, il était très sexy. Certainement plus âgé que moi – il avait quelques rides, et je pouvais aussi distinguer quelques cheveux gris. Cela ne signifiait pas forcément grand-chose. L'armée avait l'habitude de vieillir les gens prématurément. Tous les hommes que je connaissais avaient l'air d'avoir au moins cinq ans de plus que leur âge réel. Dix, s'ils avaient été au combat.

Je ne pouvais donc pas dire quel âge il avait exactement, seulement qu'il n'avait plus vingt ans. Les hommes plus âgés n'étaient pas vraiment mon truc, mais les années avaient été clémentes avec lui, et j'espérais que mon cœur ne battait pas aussi fort qu'il en avait l'air. Bien sûr, il ne pouvait pas l'entendre, mais toute pensée rationnelle avait disparu à ce moment-là.

Lorsqu'il avait parlé plus tôt, il y avait eu une pointe de raucité dans sa voix, et il avait les mêmes plis au bord de la bouche que mes deux parents. S'il n'était plus fumeur aujourd'hui, il l'avait été à un moment de sa vie. Étant donné qu'il ne s'était pas arrêté devant le 7-Eleven pour fumer, et que je ne sentais pas d'odeur sur lui, il avait dû arrêter.

Pourquoi m'intéressait-il tant ? La plupart du temps, j'oubliais à quoi ressemblaient mes passagers cinq minutes après les avoir déposés, mais, curieusement, ce type méritait d'être mémorisé.

Il prit une autre gorgée, attirant mon attention sur ses lèvres fines, sa mâchoire, son cou...

Je me retournai, manquant de renverser ma bouteille sur mes genoux avant de réussir à avaler une gorgée. Croisant à nouveau son regard, cette fois dans la sécurité du rétroviseur, je demandai :

— Alors, vous voulez continuer à rouler ?

Il acquiesça.

— Oui. Je ne sais toujours pas où je veux aller.

— D'accord.

Alors je roulai. Avec la route pour retenir mon attention, au moins, je ne le fixais plus. Même avec la radio en fond sonore, l'absence de conversation était encore plus déconcertante maintenant que je m'étais laissé aller à l'observer sans vergogne. C'était une chose d'avoir un passager étrangement silencieux. C'en était une autre d'avoir un passager chaud comme la braise, surtout quand je me trouvais depuis plusieurs mois dans une période de sécheresse infernale.

Note à moi-même : ne reluque pas les passagers si tu n'as pas baisé récemment.

Je remuai aussi subtilement que possible. Grâce à l'obscurité, mon très séduisant et très silencieux passager ne pouvait pas me voir en train de me rajuster subrepticement. Non pas qu'il l'aurait remarqué, il était encore en train de jouer sur son téléphone.

Sans crier gare, il rompit le silence.

— Bon sang, je suis vraiment un idiot.

Je tapotai le volant. Qu'est-ce que j'étais censé répondre à cela ?

Il laissa sa tête retomber contre l'appui-tête.

— Vous ne vous êtes jamais demandé pourquoi des adultes parfaitement fonctionnels se transforment en parfaits crétins lorsqu'ils sont en couple ?

— Euh...

Je me raclai la gorge.

— Ça nous arrive à tous, je crois.

Il rit amèrement.

— Oui. Peut-être qu'un de ces jours, j'apprendrai.

— Vous seriez le premier.

— Probablement.

Il se passa une main sur le visage et expira.

— C'est juste que… Je veux dire, le pire, c'est quand on investit autant de temps et d'énergie dans une relation, même quand on sait que c'est fini, et qu'on se sent comme un crétin quand *c'est* fini.

Oh, voilà qui expliquait tout. Une rupture dans une chambre d'hôtel. Je me demandai s'il était allé là-bas en pensant passer une soirée plus agréable avec sa petite amie, mais qu'il s'était retrouvé célibataire à l'arrière de ma voiture. Pauvre homme.

— Désolé de l'apprendre, dis-je.

— C'est de ma faute, j'aurais dû y mettre un terme il y a des mois.

Il marmonna quelque chose que je ne compris pas et secoua la tête en regardant à nouveau par la vitre.

— Je n'ai pas eu les couilles, je suppose. Je ne peux même pas être fâché parce que…

Il s'interrompit et se racla la gorge.

— Eh bien, je n'allais pas le faire. Je suppose que je devrais être reconnaissant que l'un de nous ait enfin pris la décision.

Il continua, parlant surtout de ruptures et de relations vouées à l'échec qui semblaient durer éternellement jusqu'à ce que quelqu'un trouve enfin le courage d'y mettre fin. Je ne savais pas exactement ce qu'il essayait de rationaliser, mais Dieu sait que j'étais passé par là, cherchant tous les angles d'une rupture pour trouver des explications afin de ne pas souffrir autant.

Pendant qu'il parlait, j'écoutais. C'étaient généralement mes passagers ivres qui faisaient cela – parler à la vitre comme s'ils n'avaient pas besoin d'être entendus, mais plutôt d'évacuer leurs émotions –, pourtant lui semblait plutôt sobre. Assez sobre pour savoir qu'il était dans une voiture avec un inconnu. Je ne pus m'empêcher de me sentir mal pour lui. Cette ville n'était pas très grande, mais la seule personne qu'il avait trouvée pour se décharger de toute cette merde, c'était moi ?

Merde, mec. À quel point es-tu *seul* ?

C'était une ville de marins. Les gens allaient et venaient. La solitude était de mise. Ne le savais-je pas ?

Il expira.

— Bref. Je suis désolé. Vous n'avez probablement pas obtenu ce travail pour écouter les gens se plaindre de leur petit ami.

— Ce n'est pas grave. Je suis...

Attendez, il avait dit *« petit ami » ?* J'étouffai une toux.

— Je suis passé par là, croyez-moi.

— Désolé de l'apprendre.

— De même.

Quelques secondes de silence s'écoulèrent.

— Eh bien, c'est ce qui arrive quand on essaie de maintenir une relation dans l'armée. Il suffit d'un changement d'affectation, et...

Je soupirai.

— La Navy donne, la Navy reprend.

Il se passa une main dans les cheveux.

— Oui. Oui, c'est vrai. C'est tout à fait vrai.

Et pour la centième fois ce soir, je ne sus pas quoi dire. Il ne parla pas non plus, alors je continuai à conduire.

Un panneau attira mon attention. D'une manière ou d'une autre, j'avais fait le tour de la jetée vers laquelle nous nous dirigions plus tôt.

— Pourquoi ne pas aller vous garer là-haut ? suggéra-t-il. Je pense que je pourrais respirer un peu d'air frais.

— Bien sûr.

Je me garai devant la clôture en bois flotté usé par le temps, au bout de la jetée.

Il déboucla sa ceinture de sécurité.

— Je pense que je vais aller marcher un peu. Vous n'êtes pas obligé d'attendre. Je peux appeler un autre chauffeur.

— C'est bon. Je suis déjà là.

Je marquai une pause.

— Je peux aussi couper le compteur.

Ses sourcils se haussèrent.

— Vous n'êtes pas obligé.

Je haussai les épaules.

— On dirait que vous avez besoin d'un peu de temps pour vous éclaircir les idées, devinai-je en éteignant le compteur. Ça ne vous servira à rien si ça vous coûte chaque minute.

Mon passager expira lentement.

— C'est... j'apprécie vraiment. Mais vous êtes sûr ?

J'acquiesçai.

— Oui.

— D'accord. Euh, merci.

Il ouvrit la portière, puis s'arrêta à nouveau.

— Vous voulez vous joindre à moi ?

Oui. Oui, carrément. Je ne sais pas pourquoi, mais oui.

Je secouai la tête et coupai le moteur.

— Je reste ici. Prenez le temps qu'il vous faut.

Il hésita à nouveau, me fixant dans le rétroviseur. Je crus qu'il allait ajouter quelque chose, mais il se contenta de marmonner qu'il reviendrait dans un moment, et il sortit.

La portière se referma et il n'y eut plus que moi, la radio à peine audible et mon cœur qui tambourinait. Les mains moites sur le volant, je le regardai se diriger vers la jetée, puis l'emprunter. Il s'arrêta un peu plus loin, à l'extrémité du large cercle d'un lampadaire, et appuya ses avant-bras sur la balustrade. Il fixait quelque chose, et moi, je l'observais.

Il était impossible de le déchiffrer, surtout de si loin, mais je pouvais compatir. Je savais ce qu'était une rupture tardive. Même si c'était arrivé il y a longtemps, elles étaient toujours moches, et il y avait toujours des morceaux à ramasser.

Mon abdomen se serra. J'avais été à sa place. Putain, oui. Et le pire dans ma dernière rupture avait été de me retrouver seul. Totalement seul. Papa avait été déployé. C'était avant que nous n'emménagions avec sa petite amie, alors j'avais tenu le fort tout seul. Nous n'étions installés dans cette ville que depuis quelques mois, et tous ceux à qui je pouvais me confier étaient dispersés sur les deux côtes et dans divers endroits à l'étranger. Je pouvais envoyer des messages, appeler, envoyer des courriels, mais en fin de compte, j'étais seul, et je l'étais resté, et j'avais détesté ça.

J'observai mon passager, qui regardait toujours quelque chose au loin. C'était peut-être pour cela qu'il m'avait demandé de rouler au lieu de le ramener directement chez lui. C'était peut-être pour cela qu'il m'avait invité à me joindre à lui pendant qu'il se promenait dehors.

Peut-être savait-il aussi bien que moi à quel point un homme pouvait être seul dans une ville de quarante mille habitants.

Et merde !

Je sortis de la voiture, la fermai à clé et le rejoignis.

CHAPITRE 2

PAUL

De l'endroit où je me trouvais, sur cette jetée en bois vide, la lueur de la base était plus que visible – elle était inévitable. Cette partie de la ville était assez sombre, mais à quelques kilomètres de la côte, une lumière chaude surgissait de derrière les collines. Avant la base, Anchor Point était probablement l'un de ces endroits où il faisait si sombre que l'on pouvait voir des étoiles dont les habitants des grandes villes ne soupçonnaient pas l'existence. Ce n'était plus le cas aujourd'hui.

Une péninsule s'étendait suffisamment loin pour bloquer toute vue sur la base elle-même ou sur la jetée brillamment éclairée. OK. Je connaissais tout cela par cœur. Les clôtures surmontées de fils de fer barbelés. Les sentinelles armées patrouillant sous des projecteurs dignes d'une cour de prison. Les navires avec leurs numéros de coque blancs illuminés. Les rangées de bâtiments utilitaires ternes. Du métal gris ardoise, des bandes peintes en blanc et des panneaux « zone interdite » à l'arrière, partout. Tous les endroits où les dockers et les marins prenaient leur pause cigarette. Ce tronçon entre le porte-avions et le navire de ravitaillement, où les mouettes étaient si agressives que personne n'osait passer avec un sac visible de Subway ou de Burger King. Je ne pouvais rien voir d'ici, mais c'était clair comme de l'eau de roche dans mon esprit. Six mois dans cet endroit et je le connaissais déjà sur le bout des doigts.

Ce soir, la NAS Adams était le dernier endroit où je voulais être. Enfin, l'avant-dernier. Le Sand Dollar Motel était définitivement en tête de liste, au moins jusqu'à ce que Jayson quitte la ville demain, probablement pour ne plus jamais y revenir.

Relâchant mon souffle, je reportai mon regard sur l'eau en dessous de moi. Elle était à peine visible – seules quelques taches de lumière distinguaient les vagues qui roulaient doucement, tandis que la marée s'échouait sur les pylônes –, mais c'était quelque chose à regarder en plus de la lueur de la base.

Les bases comme la NAS Adams étaient ma vie depuis les vingt-quatre dernières années. Elles le seraient pour les prochaines... enfin, jusqu'à ce que je prenne ma retraite. Et pour l'essentiel, cela me convenait. J'aimais la Navy. J'aimais mon travail. J'avais bossé comme un fou et j'étais fier d'être arrivé là où j'étais.

Mais ma relation avec Jayson n'était pas la première victime de ma carrière. Un instructeur de l'Académie m'avait dit un jour que j'étais marié à la Navy et que toute autre personne qui viendrait s'ajouterait à une série de maîtresses qui partiraient dès que l'effet de nouveauté s'estomperait. À l'époque, il m'avait semblé si cynique et blasé, surtout pour un adolescent arrogant avec des étoiles dans les yeux. Plus précisément, les étoiles brodées sur les épaules d'un amiral.

Vingt-quatre ans, deux alliances et trop de ruptures plus tard, alors qu'une autre « maîtresse » disparaissait à l'horizon, je décidai que l'instructeur avait peut-être raison après tout.

J'y étais probablement pour quelque chose, tout comme la Navy. Au vu de mes antécédents, une relation heureuse et durable me semblait aussi accessible que mon prochain grade. Je ne pouvais pas plus faire fonctionner les choses avec un partenaire que je ne pouvais apparemment persuader la Navy de me confier le commandement d'un navire, et sans commandement de navire, je pouvais dire adieu à la promotion au grade d'amiral.

Je suis vraiment une putain d'épave.

Et je décidai que sortir du 7-Eleven sans ce paquet de Marlboro avait été une très mauvaise idée. Je n'avais pas fumé depuis huit ans, mais j'avais envie de recommencer ce soir. Juste une cigarette. Peut-être deux. *Quelque chose* pour calmer mes putains de nerfs. Quelque chose dans ma bouche, bon sang.

Je pourrais toujours demander au chauffeur de m'emmener à Flatstick. C'est le moment ou jamais de découvrir le paysage local.

D'après ce que j'avais entendu dire, Flatstick comptait plusieurs bars gays, et même si c'était un mercredi soir, les lieux seraient remplis d'hommes célibataires. Il ne faudrait sans doute pas beaucoup de temps pour trouver un gars excité qui m'aiderait à me changer les idées. Ce n'était peut-être pas l'exutoire le plus sain, mais c'était sans doute mieux que de céder à ce besoin latent de nicotine. Ça m'occuperait aussi la bouche.

Je me passai la main sur le visage et soupirai. Mon Dieu, j'étais pathétique.

Au moins, c'était fini. Jayson et moi avions fini de jouer les poules mouillées. Après de trop longs mois, il avait enfin agi, et après une courte et douloureuse conversation, nous

nous étions souhaité le meilleur, avions partagé un long câlin – je n'avais pas osé l'embrasser, sinon je n'aurais jamais pu partir – et maintenant, nous pouvions reprendre nos vies. Dieu sait que j'avais assez d'expérience pour aller de l'avant après une telle merde. J'aurais dû être doué pour ça maintenant.

Et je suppose que c'était le cas. D'autant plus que je l'avais vu venir à des kilomètres. Après des mois d'anticipation, d'obsession, de perte de sommeil, je ne savais plus trop quoi faire de moi-même.

Tout ce que j'avais à faire, c'était d'encaisser, peut-être de sortir et de m'envoyer en l'air, et de m'en remettre. Ensuite, je pourrais...

Des bruits de pas me tirèrent de mes pensées.

Je tournai la tête lorsque le lampadaire éclaira mon chauffeur de taxi. Mon pouls s'emballa. Je consultai ma montre.

— Oh. Salut. Vous aviez besoin de...

Il fourra ses mains dans ses poches et évita mon regard.

— J'ai décidé d'accepter votre offre. Si c'est encore possible, je veux dire. De me joindre à vous.

Faisant comme si mon cœur n'était pas passé à la vitesse supérieure, j'acquiesçai.

— Oui, bien sûr.

Je me raclai la gorge et l'imitai, mettant mes mains dans mes poches pour lui faire face.

— Ça ne vous dérange pas de vous balader avec un inconnu ?

Il gloussa, ce qui eut un effet bizarre sur ma tension artérielle.

— J'aime bien me promener du côté obscur parfois.

— Je ne peux pas vous promettre que ce sera si obscur

que ça, de traîner avec un vieux qui a besoin d'un peu d'air frais.

Il me jeta un coup d'œil rapide et presque subtil. Avec un haussement d'épaules, il répondit :

— C'est plus excitant que de laisser la radio m'endormir dans la voiture.

Je ris.

— C'est juste.

Nous restâmes un moment en silence. Puis je fis un geste vers le bout de la jetée et nous commençâmes à marcher.

C'était un peu bizarre de se retrouver ici, sans personne en vue. Pendant la journée, surtout en été, cette jetée grouillait de monde. Cela me rappelait un peu Santa Monica. Ou du moins, un endroit qui voulait désespérément être Santa Monica. C'était moitié carnaval, moitié plage, avec des gens qui pêchaient, qui faisaient du bateau, qui jouaient à des jeux de foire, qui buvaient. L'odeur de l'eau de mer était presque entièrement masquée par les lourdes senteurs des beignets, du pop-corn et des palmiers sucrés.

Mais ce soir, il n'y avait que nous. Juste moi et ce chauffeur de taxi qui ne semblait pas gêné de se promener sur une jetée déserte avec un imbécile qu'il avait ramassé devant un hôtel. Devant moi, je crus apercevoir l'ombre vague de quelqu'un en train de pêcher par-dessus la balustrade. Il y avait aussi des voix étouffées au loin, mais je ne pouvais pas dire si elles venaient de plus loin sur la jetée ou de la terre ferme. Mais pour l'essentiel, il n'y avait que nous, l'odeur de l'océan et le doux clapotis de la marée.

Nous alternions entre ombre et lumière, dans et hors des faisceaux laiteux des lampadaires. À certains endroits, je ne voyais même pas les planches sous nos pieds.

Quelques pas plus tard, tout était visible, des boulons rouillés qui tenaient le tout ensemble à l'enduit composé de merde de mouette et de chewing-gum pétrifié que le trafic piétonnier avait enfoncé dans le bois vieillissant.

À mi-chemin, le chauffeur ralentit un peu et respira profondément par le nez.

— Mec, j'adore cet endroit. Surtout quand c'est pratiquement vide.

— Oui, c'est agréable.

Pas de marins, pas de bateaux, comment ne pas aimer ?

— Vous venez souvent ici ?

Il regarda devant lui la lumière de la jetée déserte.

— Oui. Mon ex adorait cet endroit.

Il s'arrêta, déglutit et ajouta dans un murmure à peine audible :

— C'était toujours son endroit à lui pour pêcher.

Il tourna légèrement la tête, comme s'il m'évaluait pour voir si j'avais compris ce pronom.

Oui. J'ai compris. Ne t'inquiète pas.

Le sang battait à tout rompre dans mes oreilles. Peut-être qu'il n'avait pas besoin de me conduire à Flatstick après tout.

Je me secouai et chassai cette pensée de mon esprit. Il avait probablement la moitié de mon âge, et même s'il avait accepté ma proposition de me rejoindre ici, cela ne signifiait pas qu'il voulait coucher avec moi. Je me comportais comme un idiot. Un idiot désespéré, fraîchement largué, qui ne savait pas distinguer une envie de nicotine d'une érection, et qui ferait probablement mieux d'aller chercher un paquet de Marlboro avant de rentrer chez lui pour s'apitoyer sur son sort pendant que je le laissais continuer son travail.

Pourtant, alors que nous nous promenions et que je lui jetais des coups d'œil par-ci par-là, je devais admettre que je n'avais jamais vu une telle tentation ambulante. Sa mâchoire était couverte d'un fin duvet ombré de cinq heures, et chaque fois que ses yeux sombres se posaient sur moi, mon corps tout entier tressaillait. Dès que j'étais sorti de ma torpeur dans la voiture et que je l'avais regardé, j'avais remarqué ses cheveux teints en noir, mais maintenant, les lumières de la rue faisaient ressortir des reflets cobalt. Pourquoi cela faisait-il grimper ma température corporelle ? D'habitude, les couleurs extravagantes ne m'attiraient pas, mais quelque chose dans le bleu et le noir était parfait sur lui.

Il était un peu plus petit que moi et, à en juger par son dos droit et ses épaules bien campées, il n'était pas étranger à la salle de sport. L'idée qu'il puisse soulever des poids me donnait des fourmis dans les jambes.

Si tu as besoin d'un spotter, appelle-moi.

Je me ressaisis à nouveau. Qu'est-ce que c'était que ce bordel ? C'était un gamin, pour l'amour de Dieu. Il ne devait pas avoir plus de vingt-cinq ans, et je doutais même qu'il ait cet âge. Insupportablement sexy ? Absolument. Quelqu'un que j'avais intérêt à mater ? Pas le moins du monde.

Et je savais très bien que ce n'était pas lui qui jouait avec mes sens. Il était magnifique, mais je me connaissais et je savais pourquoi je le regardais ainsi. J'avais à moitié envie de retourner à la voiture et de lui dire de m'emmener à Flatstick. Pour moi, le deuil d'une relation se déroulait en étapes très prévisibles, et j'avais déjà dépassé la première : me reprocher d'avoir tout gâché. Moins d'une heure plus tard, j'en étais à la deuxième étape : j'avais besoin de me faire baiser jusqu'à ce que je ne puisse plus penser ni marcher. J'avais déjà réinstallé Grindr sur la banquette arrière du taxi. Un peu d'effort et quelques messages, et je pourrais me retrouver dans le lit d'un autre homme d'ici peu.

Mais je restais là, sur cette jetée, avec le jeune et mignon chauffeur de taxi qui avait décliné, puis accepté, ma proposition de se joindre à moi.

Cela ne voulait pas dire que c'était dans son lit que je devais essayer de me glisser. Il travaillait, il n'était pas dans une boîte de nuit ou en train de rôder à la recherche d'un autre gars désespéré et excité comme moi.

Il ralentit de nouveau sa démarche et tourna la tête vers moi.

— Je n'ai pas compris votre nom.

— Paul. Et vous ?

— Sean.

Le silence tenta de se frayer un chemin, mais il se racla la gorge.

— Je suppose qu'il y a de pires endroits où traîner quand on passe une nuit difficile, n'est-ce pas ?

Il grimaça, comme si les mots avaient mieux résonné dans sa tête que dans l'air.

— Eh bien, c'est soit ça, soit un bar, répliquai-je en haussant les épaules. Et je n'avais pas vraiment envie de boire ce soir.

— Oui, c'est ce que vous avez dit. Et le fait de ne pas vouloir vous sentir comme une merde demain.

— Pas plus qu'en ce moment, en tout cas, marmonnai-je.

— Désolé de l'apprendre.

— Eh, c'est comme ça.

Je fixai mon regard sur l'eau. Ce que j'en voyais, en tout cas.

— Les relations à distance sont difficiles. Vous passez le plus clair de votre temps à souhaiter être ensemble, et quand vous *êtes* ensemble, vous passez tout votre temps à redouter le jour où il devra partir. Sans aucune lumière au bout du tunnel, le fait de savoir que vous pourriez devoir déménager et vous retrouver encore plus éloignés l'un de l'autre rend les choses vraiment difficiles.

Je marquai une pause, réalisant un peu trop tard que je parlais sans réfléchir.

— Je suis désolé. Vous... n'êtes probablement pas venu ici pour...

— Ce n'est rien, assura-t-il en me lançant un coup d'œil, et son sourire timide me rassura. Je suis passé par là. Je comprends.

— Vraiment ?

Sean acquiesça.

— Oui. Je sortais avec un homme quand j'ai emménagé ici l'année dernière. C'était fini en un claquement de doigts.

Soupirant, il contempla l'eau.

— Aïe.

— Oui. Mais comme vous l'avez dit, c'est comme ça.

Il fit rouler ses épaules sous sa veste.

— De toute façon, je n'aurais probablement pas tenu longtemps.

Il n'avait pas l'air amer ou en colère. Un peu résigné, peut-être, mais pas comme s'il s'agissait d'un nerf à vif ou d'une plaie ouverte.

— Les relations à distance peuvent fonctionner, mais c'est très dur.

— En effet. C'est dommage que la vôtre n'ait pas fonctionné.

— Non.

Il fit un geste dédaigneux et garda son regard fixé sur l'eau sombre.

— Ça a probablement accéléré l'inévitable. Ma venue ici, je veux dire.

Je hochai la tête.

— Parfois, c'est le cas. Je... euh... Désolé d'être un peu déprimant, soupirai-je.

— Non, ce n'est rien.

Il se tourna vers moi, et son léger sourire timide me coupa le souffle.

— Il m'a semblé que vous aviez besoin de compagnie. Alors...

Je déglutis et plongeai à nouveau le regard devant moi.

— J'apprécie beaucoup. Ça dépasse un peu, euh, l'habituel service client. J'espère que je ne demande pas trop...

— Non. Pas, euh... du tout.

Nous échangeâmes un regard, puis nous continuâmes à marcher en silence.

Au bout d'un moment, nous nous arrêtâmes près de la balustrade. Je ne savais même pas pourquoi. Ou qui l'avait initié. Nous nous étions juste... arrêtés. Pendant une minute ou deux, aucun de nous ne parla. Je n'arrivais pas à penser à quelque chose qui n'aurait pas l'air bizarre, stupide ou tout simplement désespéré, et j'avais un peu peur que si j'ouvrais la bouche, un truc de vraiment gênant en sorte. Un truc du genre : « *J'ai vraiment besoin de compagnie* » ou « *Je suis presque sûr que ce motel a encore des chambres disponibles* ». Je ne savais même pas si c'était lui, ou si c'était mon besoin presque désespéré de me débarrasser de Jayson.

Aussi subtilement que possible, je le détaillai de la tête aux pieds dans la lueur blanchâtre. Oui, il serait certainement sur mon radar même si je ne m'étais pas fait larguer ce soir. Un peu jeune pour autre chose qu'une partie de jambes en l'air – qu'est-ce qu'un beau jeune homme d'une vingtaine d'années pourrait bien attendre d'un salaud cynique et usé d'une quarantaine d'années –, mais séduisant à souhait, surtout maintenant que je savais que nous jouions dans la même équipe.

Apparemment insensible à l'effort que je faisais *pour ne pas* le draguer, Sean croisa les bras sur la balustrade et se pencha par-dessus.

— Au fait, j'espère que je n'ai pas dépassé les bornes tout à l'heure. Je pensais que vous étiez allé acheter de l'alcool au lieu de...

Je ris.

— Non, ce n'est pas grave. J'y ai pensé, en fait.

— D'accord. Je...

Il soupira et secoua la tête.

— Parfois, ma bouche fonctionne avant mon cerveau.

— J'aimerais vous dire que ça s'améliore avec l'âge, mais si on se fie à moi, ce n'est pas le cas.

Sean gloussa et se tourna vers moi, la lumière du lampadaire accrochant ses yeux et provoquant un picotement dans mon dos.

— Donc, si je n'ai pas de censeur interne maintenant, je ne suis pas obligé d'en avoir un ?

— Je ne sais pas si je déconseillerais d'*essayer* d'en développer un, mais n'attendez pas de miracle.

Il rit à nouveau.

— Je m'en souviendrai.

Il soutint mon regard, et je ne suis pas sûr que j'aurais pu détourner les yeux si je l'avais voulu. Surtout parce que je n'en avais pas envie, et que c'était une question sans intérêt. Bon sang, il avait de beaux yeux. Et l'humour plissait ses lèvres d'une façon qui me faisait me demander...

Je me raclai la gorge et détournai la tête. À côté de moi, il remua, mais je n'osai pas lui jeter un coup d'œil, car les commentaires sur la compagnie et les motels vacants étaient de nouveau sur le bout de ma langue.

Sean tambourina ses doigts sur la balustrade.

— Alors, je...

— Excusez-moi, messieurs.

Nous nous retournâmes, et mon cœur tomba dans mes talons. Le reflet de la lumière sur un badge me fit ressentir une panique bien trop familière : me faire surprendre avec un homme, c'était mauvais, mauvais, mauvais pour ma carrière.

Sauf que nous ne faisions rien de mal. Nous marchions et discutions, littéralement.

— Pouvons-nous, euh, vous aider, monsieur l'agent ? demandai-je.

Le policier fit un geste du pouce par-dessus son épaule.

— Vous êtes sur une propriété privée. Il va falloir que vous partiez.

Je me raclai la gorge.

— Oh. Désolé. Je... n'avais pas réalisé...

— Ce n'est rien, répondit le policier en souriant, mais en nous indiquant à nouveau de partir. Beaucoup de gens commettent cette erreur.

Sean et moi échangeâmes un regard, puis nous retournâmes vers sa voiture. Le policier continua à longer la jetée, probablement à la recherche d'autres intrus.

Tandis que nous marchions, mon pouls revint lentement à la normale.

Aussi subtilement que possible, je pris plusieurs profondes inspirations pour me calmer. Cela faisait longtemps qu'être gay, ou que quelqu'un me soupçonne de l'être, n'avait pas nui à ma carrière. Bon sang, j'avais fait mon coming out deux ans après la levée de la loi DADT[1].

---

1. **Don't ask, don't tell** (« Ne demandez pas, n'en parlez pas » en français) est une politique et législation discriminatoire qui était en

Mais la paranoïa était toujours là. Je savais pertinemment que je ne risquais plus de perdre ma carrière si on me surprenait avec un homme, mais c'était une habitude aussi ancrée que de saluer les supérieurs et d'enlever ma casquette lorsque je rentrais à l'intérieur. Apparemment, cette habitude était suffisamment ancrée pour que le simple fait d'être seul avec un bel homme puisse la déclencher.

Surtout que j'étais très excité et que je n'aurais pas refusé d'être plus que seul avec ce bel homme.

J'étouffai rapidement cette pensée. Sean était poli, il ne flirtait pas. Il travaillait et ne se rendait probablement pas compte qu'il se faisait reluquer par un étranger beaucoup plus âgé que lui, qu'il cherchait sans doute à amadouer pour obtenir un meilleur pourboire.

Lorsque nous passâmes l'entrée de la jetée, Sean jeta un coup d'œil par-dessus son épaule, puis secoua la tête.

— On aurait pu penser qu'ils *indiqueraient* que cet endroit était une propriété privée s'ils ne voulaient pas que les gens s'y aventurent.

Je regardai également derrière moi.

— Je suis sûr qu'ils l'ont fait. Quelque part.

— En police 10, c'est ça ?

Je ris.

— Ça ne me surprendrait pas le moins du monde.

Je glissai mes mains dans mes poches.

— Eh bien, c'était sympa le temps que ça a duré.

— Oui, c'est vrai.

---

vigueur de 1994 à 2011 dans les forces armées des États-Unis vis-à-vis des homosexuels ou bisexuels. Elle est abolie par un vote du Sénat américain le 18 décembre 2010 et mise en application jusqu'au 20 septembre 2011.

Il se tourna vers moi et son sourire timide me fit presque trébucher sur mes propres pieds.

— Merci encore de m'avoir invité à me promener avec vous. C'était un changement agréable par rapport au fait d'être assis dans la voiture.

— Avec plaisir. Merci pour la compagnie.

Nous nous dévisageâmes un moment, puis nous continuâmes à marcher vers la voiture. C'était une sorte de berline. Pas un vrai taxi, mais je ne m'y attendais pas. La société pour laquelle il travaillait était la concurrence locale d'Uber à Anchor Point, la plupart des chauffeurs utilisaient donc leur voiture personnelle.

Il s'arrêta du côté du conducteur.

— Vous pouvez, euh, vous asseoir ici si vous voulez.

— Vous êtes sûr ?

— Oui. À moins que vous aimiez parler à l'arrière de mon crâne.

Il rit.

Je clignai des yeux. *Est-ce qu'il vient vraiment de dire ça ?*

— Parler à…

Depuis la banquette arrière, crétin.

La chaleur me monta aux joues.

— Oui. Bien sûr. Siège avant.

Il déverrouilla les portières et nous nous assîmes tous les deux. Sean nous conduisit à un pâté de maisons de la jetée, de sorte que nous étions bien loin de la propriété privée sur laquelle nous avions apparemment pénétré. Au feu rouge, il posa les deux mains sur le volant et tourna la tête vers moi.

— Alors, on va où ?

Oh, je pourrais penser à quelques endroits. Surtout après ce commentaire sur le fait de parler à l'arrière de ton crâne.

Seigneur. J'avais peut-être besoin d'un verre, finalement. Et d'une cigarette.

Je tambourinai sur l'accoudoir.

— Je suppose que je devrais vous demander de me déposer chez moi. Je suis sûr que vous devez aller chercher d'autres personnes et...

Un léger sourire se dessina sur les lèvres de Sean.

— Je ne suis pas très pressé, pour être honnête.

— Mais vous travaillez.

— Je sais. Mais je...

Il fit une pause et, si je ne me trompais pas, ses yeux se posèrent sur mes lèvres.

— Ça ne me dérange vraiment pas.

Nos yeux se croisèrent et je me demandai si je n'imaginais pas la lueur dans les siens. Mon cœur s'emballa. Un vœu pieux. Il fallait que c'en soit un. J'avais besoin de me changer les idées après Jayson, et j'étais dans une voiture avec un *homme* séduisant – Ah, bel euphémisme.

Sean pencha légèrement la tête.

— *Dois-je* me dépêcher de vous déposer ?

Probablement, oui.

— Ça dépend.

— De ?

Je déglutis.

— De ce que tu penses qu'il va se passer si tu ne me déposes pas.

— Il se peut que je sois curieux.

— Il n'y a pas de quoi être curieux.

J'espérais ne pas avoir l'air aussi nerveux que je l'étais soudain.

— Tu es dans une voiture avec un type qui vient de rompre avec quelqu'un.

— Uh-huh.

Il ne rompit pas le contact visuel.

— C'est peut-être le bon moment pour toi de savoir que tu es dans une voiture avec un type qui pense que la meilleure façon de se remettre d'une rupture est de plonger tête baissée dans un lit avec quelqu'un de nouveau.

Sean déglutit, mais ne détourna pas le regard.

— C'est bon à savoir.

Je passai ma langue sur mes lèvres.

— Tu es ici pour faire ton travail. Je ne veux pas en profiter. Le client n'a pas toujours raison.

Sean tendit la main vers le tableau de bord et appuya sur un bouton. La minuterie du compteur se figea.

— Maintenant, je n'ai plus de temps à perdre.

Dans la lueur turquoise des jauges de la voiture, il croisa de nouveau mon regard.

— À toi de jouer.

Eh bien, si tu le dis comme ça...

Je débouclai ma ceinture de sécurité. Lorsque je me rapprochai de lui, il se crispa. Une main se détacha du volant, disparut dans l'ombre et se matérialisa sur ma cuisse.

Je fermai les yeux et inspirai brusquement. Aucune quantité de nicotine ou d'alcool ne satisferait ce besoin. Et aucun inconnu dans les bars gays de Flatstick. Alors qu'il remontait sa main un peu plus haut, s'arrêtant juste à côté de mon érection grandissante, je croisai son regard. Oh oui, cet inconnu était exactement ce dont j'avais besoin ce soir.

Je posai une main sur sa jambe et m'approchai un peu plus, l'impatience envahissant chaque terminaison nerveuse tandis que mon cœur cognait contre mes côtes. Sean m'imita, se penchant autant que la console entre nous le permettait, inclina sa tête et...

La voiture derrière nous klaxonna.

CHAPITRE 3

SEAN

— Enfoiré !

Je sursautai sur mon siège et appuyai brutalement sur l'accélérateur, nous projetant Paul et moi en arrière, tandis que les pneus crissaient sous la voiture. Je n'avais aucune idée du temps qui s'était écoulé depuis que le feu était vert, j'étais bien trop concentré sur le feu vert que me donnait Paul.

— Seigneur.

Paul remua à côté de moi et je jetai un coup d'œil à temps pour le voir ajuster le devant de son pantalon. *Oui. Je connais ce sentiment.*

La voiture derrière nous tourna après quelques pâtés de maisons. Une fois de plus, il n'y eut plus que nous dans la rue à peu près obscure. J'expirai.

— Il doit y avoir environ cinq voitures dans les rues à cette heure de la nuit à Anchor Point, et quelle chance pour nous, l'une d'entre elles se retrouve derrière nous.

— Empêcheurs de baiser en rond, marmonna Paul, et le grognement de sa voix me frappa directement dans les bourses.

S'il était aussi frustré que moi, il ne resterait plus rien du revêtement de ma voiture lorsque je trouverais un endroit où m'arrêter. Ce qui signifiait que j'avais vraiment, *vraiment* besoin de trouver un endroit où m'arrêter.

— Il y a une route secondaire devant nous.

J'appuyai un peu plus fort sur l'accélérateur.

— À moins que tu n'aies des objections à...

— Pas du tout.

Il semblait à bout de souffle. Et maintenant que j'y pensais, *j'étais* à bout de souffle. C'était probablement une bonne chose que la voiture nous ait interrompus, sinon nous serions encore assis à ce feu vert, et *je serais en train de l'embrasser en ce moment même, espèce de connard...*

Je m'agitai, serrant le volant plus fort. La route secondaire *était* juste devant nous, n'est-ce pas ? Je n'avais pas comprimé mentalement trente kilomètres d'autoroute en trois mètres parce que j'étais trop pressé de reprendre là où nous nous étions arrêtés ?

S'il vous plaît, faites que ce soit exactement là où je me souviens. Faites que j'y arrive avant que Paul ne reprenne ses esprits et ne change d'avis.

Je ne savais pas pourquoi, mais j'étais convaincu que c'était exactement ce qu'il allait faire. S'il avait assez de temps, ou si je disais quelque chose de stupide, il réaliserait ce qu'il était sur le point de faire, et m'ordonnerait de faire demi-tour et de le ramener à la base, comme je m'y attendais au départ. Donc, plus vite j'arriverais sur cette route sombre et à peine pavée, plus vite j'arrêterais cette voiture et plus vite je réduirais l'espace entre nous, moins il risquerait de se rendre compte que c'était une mauvaise idée.

J'appuyai davantage sur la pédale d'accélérateur. Au cas où.

À côté de moi, Paul s'agitait, mais ne disait rien. Devant

moi, l'embranchement apparut et je ralentis. Quand je mis mon clignotant, il remua à nouveau. Et encore une fois. Lorsque je freinai et commençai à prendre le virage, je jurais qu'il murmura quelque chose du genre : « Enfin, putain ».

C'est exactement ce que je pense.

Je roulai suffisamment loin pour que l'agent Aimable ne nous voie pas s'il passait par là, et je quittai la route en piqué pour m'engager sur le bas-côté. Je garai la voiture, mais je n'eus même pas le temps de couper le moteur que Paul se jetait sur la console, m'attrapait par la nuque et m'embrassait.

Oh, mon Dieu. Waouh.

Soit j'avais oublié comment respirer, soit Paul avait aspiré l'air de mes poumons, soit les deux, mais peu importait. Si je m'évanouissais, je m'évanouissais. Je passai mes doigts dans ses cheveux et glissai mon autre main le long de sa cuisse, traçant son entrejambe, comme je l'avais fait juste avant qu'on nous sépare en sursaut. Cette fois, nous ne fûmes pas interrompus, et j'attrapai ses parties intimes à travers son pantalon. Il gémit, serra mes cheveux plus fort – quand *diable avait-il plongé sa main dans mes cheveux* – et se pressa contre ma paume. Ce n'était pas ce à quoi je m'attendais lorsque j'avais pointé plus tôt, mais je ne me plaignais pas.

Je me rapprochai de lui. Aussi près que le permettait cette stupide console, en tout cas. Cela faisait bien trop longtemps que je n'étais pas allé aussi loin avec un homme, et Paul embrassait sacrément bien. Non seulement ses lèvres et sa langue taquinaient les miennes exactement comme il le fallait pour recourber mes orteils, mais il embrassait avec ses mains autant qu'avec sa bouche – passant ses doigts dans mes cheveux, berçant mon cou, pétrissant ma cuisse avec son autre main. J'adorais ça. Je ne me souciais même pas de savoir si nous irions plus loin que cela, mais j'étais presque sûr que ce serait le cas. Aussi durs et en manque que nous l'étions tous les deux, je ne nous voyais pas respirer avant d'avoir eu deux ou trois orgasmes.

Il me tira les cheveux, et quand je penchai la tête en arrière, ses lèvres se posèrent sur mon cou. Putain, il était doué pour ça. Il avait dû se raser récemment – son menton n'était pas aussi rugueux que je m'y attendais, mais suffisamment pour me donner la chair de poule. Il n'y avait rien de plus torride au monde qu'un mec avec de la barbe qui m'embrassait dans le cou.

J'essayai de me rapprocher encore plus de lui, mais cette foutue console me mordit la hanche et refusa de bouger. Je jurai dans ma barbe.

— Tu penses qu'on devrait s'installer sur la banquette arrière ?

Sa main glissa sur le devant de mon pantalon.

— Non. Le siège avant, c'est un déni plausible. Au cas où ce flic se montrerait.

— P... plausible...

Je fermai les yeux, penchant la tête encore plus loin, tandis qu'il embrassait mon cou de haut en bas.

— Comment peux-tu même... te souvenir de mots comme ça quand tu es à ce point...

Je serrai son érection.

Paul siffla vivement, puis m'embrassa sous la mâchoire.

— La banquette arrière ne ferait pas de différence, marmonnai-je en bafouillant un peu. Si quelqu'un passe, il saura exactement ce que nous faisions.

Il fit une pause, puis s'écarta suffisamment pour croiser mon regard dans la faible lumière.

Attendez, pourquoi les voyants du tableau de bord sont-ils toujours allumés ?

Ah oui. Le moteur tournait toujours.

Je tournai la clé. Le moteur trembla, puis le monde à l'extérieur de la voiture devint sombre et silencieux, à l'exception de mon cœur qui battait la chamade.

Je me léchai les lèvres.

— La banquette arrière ?

— La banquette arrière.

Nous nous séparâmes, sortîmes de la voiture et nous retrouvâmes sur la banquette arrière. Cette fois, il n'y avait rien d'autre entre nous que des vêtements, et rien – ni les chevaux sauvages ni la police d'Anchor Point – ne nous arrêterait. Au milieu de la banquette, nous nous embrassâmes et tripotâmes, tirant sur nos chemises entre deux mains pétrissant des érections bien trop couvertes.

J'étais pratiquement sur ses genoux désormais, ma jambe accrochée à la sienne et mon torse tordu d'une manière qui n'allait pas être confortable très longtemps. Je le repoussai contre le siège et, en faisant attention de ne pas me cogner la tête contre le toit bas, je m'installai à califourchon sur lui.

Il caressa ma verge à travers mon jean, me mettant presque la tête à l'envers. Je ne pouvais pas m'empêcher de me balancer contre lui, de le chevaucher comme si nous baisions au lieu de nous embrasser, et malgré l'épaisse couche entre sa peau et la mienne, il me faisait tourner la tête et me donnait des fourmis dans les jambes.

— Tu vas me faire jouir dans mon pantalon, murmurai-je.

— Je ne peux pas me le permettre, dit-il, rompant à peine le baiser, et soudain il baissait ma braguette. Mais j'ai l'intention de te faire jouir.

Je laissai ma tête tomber à côté de celle de Paul pendant qu'il défaisait ma ceinture.

— De tous les chauffeurs qu'ils auraient pu envoyer ce soir, haleta-t-il, je suis si heureux qu'ils t'aient envoyé, toi.

— Oui. Moi... moi aussi. Je suis...

Puis ses doigts entourèrent ma queue. Rien ne les séparait. Peau sur peau. Il me caressa lentement. Me pressa doucement. Des mots ? Quels mots ? Au diable, les mots.

Paul murmura quelque chose que je ne compris pas. Je levai un peu la tête, et il trouva mes lèvres avec les siennes, puis nous nous embrassâmes à nouveau. Une main dans mes cheveux, il me caressait de l'autre tandis que nous nous embrassions, et tous les flics d'Anchor Point auraient pu nous encercler à ce moment-là, lumières, sirènes et tout le tintouin, je ne l'aurais pas remarqué.

Allez-y, arrêtez-moi, mais pour l'amour de Dieu, laissez-le me finir d'abord.

— Dommage que je n'aie pas apporté de préservatifs avec moi ce soir, dit-il entre deux baisers. Ils auraient pu être utiles.

Je frissonnai et l'embrassai à nouveau. Oui, ils auraient pu être utiles, mais je n'allais pas penser à ce que nous ne pourrions pas faire. Seulement à ce qu'on pouvait faire, c'est-à-dire s'embrasser, se tripoter et tout ce à quoi deux gars pouvaient s'adonner dans un espace restreint.

Paul me donna un petit coup, ce qui se traduisait par un *change de position*, et même dans cet espace exigu, nous réussîmes à nous démêler et à nous déplacer sans trop d'effort. Je m'étais à peine appuyé contre le siège côté conducteur que Paul s'agenouilla et...

Oh.

Merde.

Oui.

Ses lèvres entouraient mon membre. Sa langue était...
mon Dieu. Comment pouvait-il *faire* ça ?

Le dos cambré sur le siège, j'enfouis mes doigts dans ses
cheveux, faisant attention de ne pas appuyer sur sa tête.
D'autant plus qu'il me faisait déjà une gorge profonde de
temps en temps, en prenant ma queue jusqu'au bout... en la
taquinant avec sa langue et... est-ce qu'il *avait* au moins un
réflexe nauséeux ?

— Oh merde, soufflai-je. Oh... putain...

Il gémit. La vibration de sa voix me rendit fou. C'était
probablement une bonne chose que je ne puisse pas bouger
beaucoup dans cette position – la tentation de pousser mes
hanches et de baiser sa bouche était presque irrésistible.
Aussi vite qu'il balançait sa tête, et aussi loin qu'il me
prenait dans sa gorge, ça ne l'aurait probablement même pas
dérangé. Peut-être même qu'il aurait aimé ça. Peut-être qu'il
était le genre de gars qui aimait quand le mec qu'il suçait
prenait le dessus et...

Et juste comme ça, juste en pensant à Paul à genoux et
aimant ça pendant que je baisais sa bouche, je jouis. Je
n'émis aucun bruit. J'en fus incapable. Je ne pouvais ni
inspirer ni expirer. J'éjaculai, je tremblai et j'eus des soubre-
sauts pendant que Paul faisait durer mon orgasme, et durer,
et durer...

— S... stop.

Je lâchai ses cheveux, me demandant quand je m'y étais
accroché si fort, et je m'affaissai contre le siège.

— Putain...

Paul se redressa. Je ne pouvais pas vraiment le voir – il
faisait beaucoup trop sombre sur cette route secondaire –,
mais j'avais déjà mémorisé ses traits. Il se pencha, puis
hésita, comme s'il n'était pas sûr que je veuille l'embrasser,
alors je l'attirai et m'assurai qu'il comprenne sans l'ombre

d'un doute que, oui, j'embrasserais carrément un homme après qu'il m'avait sucé.

Nous étions tous les deux haletants, nous agrippant aux vêtements et aux cheveux entre deux coups de langue et nous penchant d'un côté, puis de l'autre, comme si nous n'arrivions pas à décider si j'allais le pousser sur le dos ou s'il allait m'épingler contre le siège. D'une manière ou d'une autre, nous restâmes au milieu, et nous nous embrassâmes alors que ma tête tournait encore sous l'effet de l'orgasme.

Je traçai l'intérieur de sa cuisse du bout des doigts, et quand j'effleurai son érection, il rompit le baiser dans un souffle.

— *Putain.*

Je souris.

— Excité, hein ?

— Évidemment.

Il écrasa sa queue en pleine érection contre ma paume.

— Putain de merde…

— Peut-être que je devrais te rendre la pareille, hmm ?

Je n'attendis pas de réponse et commençai à ouvrir son pantalon. Il tâtonna avec sa ceinture, et à nous deux, il ne fallut que quelques secondes pour dégager sa verge très impressionnante.

Je ne pouvais plus attendre. Me décalant autant que le permettait la banquette arrière, je me penchai et le pris entre mes lèvres. C'était une chance qu'il m'ait déjà fait jouir, sinon j'aurais eu besoin d'une main sur ma propre érection. Probablement parce que cela faisait trop longtemps que je n'avais pas sucé quelqu'un, mais dès que je goûtai le sel de sa peau, je commençai à avoir le vertige et à bander à nouveau.

Paul expira avec force, me pétrissant l'épaule presque comme un chat en se tortillant contre le siège. Cela faisait

vraiment trop longtemps que je n'avais pas fait ça, et beaucoup trop longtemps que je n'avais pas été avec quelqu'un
qui aimait ça autant que lui apparemment. J'aimais les sons
qu'il émettait et les petites réponses subtiles – son souffle
qui s'accélérait chaque fois que je changeais de rythme, la
façon dont il gémissait et jurait quand je passais ma langue
autour du gland, comment tout son corps se tendait quand
j'ajoutais une légère torsion à mes caresses.

Et j'aimais la façon dont il passait ses doigts dans mes
cheveux. Peut-être que d'autres hommes l'avaient déjà fait
et que je ne l'avais pas remarqué, mais je le remarquais
maintenant, et cela me liquéfiait les entrailles.

Il m'avait offert pas mal de gorges profondes, alors je fis
de même avec lui et fus récompensé par un frisson de tout
son corps.

— Seigneur, gémit-il. C'est...

Je recommençai, et il haleta.

— Oh, merde.

Un autre gémissement s'échappa de ses lèvres et se
transforma en un doux soupir, tandis que sa main se resser-
rait dans mes cheveux.

— Oh, c'est bon, haleta-t-il, ses doigts se crispant contre
mon cuir chevelu. Juste... juste comme ça.

Je continuai à faire exactement ce que je faisais – le
caresser, le taquiner, l'avaler – et son membre devint encore
plus dur entre mes lèvres. Il murmurait des jurons, tous un
peu moins bien formés les uns que les autres, puis il haleta
et cria un « *Merde* ! », une fraction de seconde avant que le
sperme chaud n'inonde ma langue. Je poursuivis jusqu'à ce
qu'il m'arrête, puis je relevai la tête. Je ne pus m'empêcher
de sourire lorsqu'il soupira :

— Seigneur...

Je me redressai, prêt à répliquer que je m'appelais Sean

et non Seigneur, mais Paul me prit immédiatement dans ses bras et m'embrassa. Oubliées, les remarques. J'enroulai mes bras autour de lui et fondis contre lui.

Était-ce vraiment en train de se produire ? Oui. Il y a peut-être une heure, j'avais ramassé un type trop silencieux qui venait apparemment de rompre. Maintenant, nous nous embrassions sur la banquette arrière de ma voiture, les pantalons défaits et les ceintures tintant à chacun de nos mouvements.

Comment diable... ?

Merde ! À cheval donné, on ne regardait pas sa très, très talentueuse bouche.

À un moment donné, nous nous éloignâmes suffisamment pour nous rhabiller. Ou au moins, faire une tentative à moitié réussie. Puis nous nous remîmes à nous embrasser paresseusement.

Mais Paul finit par soupirer et regarda sa montre.

— Bon sang. Je devrais probablement rentrer.

Il effleura mes lèvres.

— Demain, j'ai des réunions très tôt, tout ça.

La déception me tirailla les tripes, mais j'acquiesçai. Ce n'était pas comme si cette soirée pouvait durer éternellement. J'avais déjà eu des relations rapides sur la banquette arrière avec des inconnus, je connaissais ce jeu.

— D'accord. Et, euh, ne me laisse pas partir sans te donner ma carte.

Il m'embrassa à nouveau.

— Je ne le ferai pas. Crois-moi.

Je conduisis Paul sur la base et il m'indiqua l'économat de la Navy. Le parking magasin était désert, bien sûr, et il semblait donc étrange que je le laisse ici, mais c'était là qu'il voulait que je m'arrête. Les logements de la base se trouvaient juste de l'autre côté du bâtiment, alors peut-être qu'il ne voulait pas que ses voisins nous voient.

Ou sa femme ?

Je grimaçai. Il s'était séparé d'un petit ami ce soir, mais cela ne voulait pas dire... n'est-ce pas ?

Je me ressaisis. Ce n'était pas mon affaire.

Paul me fit face dans la lueur décolorée des phares qui ricochaient sur l'une des barrières en béton alignées devant le trottoir.

— Je ne suis même pas sûr de savoir ce que nous sommes censés dire à ce stade. « Merci pour la balade » me semble un peu grossier, mais, euh, merci pour la balade.

J'éclatai de rire.

— De même.

Nos regards s'ancrèrent. Puis il se racla la gorge et fit un geste vers le compteur.

— Alors, combien je te dois ?

— Hum.

Ah oui. C'était une course en taxi payée.

— Voyons voir...

Je fis le total et, comme promis, il paya le double de ce qu'indiquait le compteur. Techniquement, il était probablement encore débiteur, puisque le compteur n'était pas resté allumé tout le temps, mais c'était un bon paiement pour moi, alors nous étions quittes.

— Pour mémoire, dit-il en rangeant son portefeuille dans sa poche arrière, c'est pour le trajet et le temps. Pas... hum...

Je montrai les billets qu'il m'avait donnés.

— Si tu me payais pour ça, il y aurait au moins deux autres billets de vingt là-dedans.

Paul me regarda avec incrédulité, mais quand je souris, il rit.

— C'est vrai. Eh bien, je...

Son humour s'estompa un peu.

— Je ne voudrais pas que tu penses que je te prends pour. . .

— Une pute ?

— Oui. C'est ça.

Je balayai sa remarque d'un signe de la main.

— C'est bon. Je préfère « salope ».

Paul rit à nouveau, et je fus presque sûr que ses joues étaient devenues un peu rouges.

— Eh bien, même si tu étais payé, tu obtiendrais bien plus que deux billets de vingt pour ça.

— Je ne vois pas pourquoi, répliquai-je avec un clin d'œil. Tu as fait autant de travail que moi.

— Je n'irais pas jusque-là.

Il posa sa main sur ma cuisse.

— En tout cas, merci. Ce soir, c'est vraiment ce dont j'avais besoin.

Moi aussi, mais tu n'as pas besoin de le savoir.

Il tendit la main vers la portière. Hésita. Retira sa main.

— Je... voulais prendre une de tes cartes.

— Oh, c'est vrai.

Je fouillai dans le bac à monnaie où je gardais la pile et en sortis une. Ce n'était pas une bonne idée de lui donner un moyen de me contacter à nouveau. Je n'avais absolument aucune raison de m'approcher de lui, mais je ressentais encore trop les contrecoups de cet orgasme pour m'en préoccuper.

— Tiens. Si tu as besoin d'un chauffeur, appelle-moi.

Il soutint mon regard et récupéra la carte entre mes doigts.

— Je le ferai.

Il marqua une pause et, cette fois, il ouvrit la portière, et le changement de pression atmosphérique fut comme un sort rompu.

— Passe une bonne nuit.

— Oui, merci. Toi aussi.

Un dernier sourire, et il fut parti.

CHAPITRE 4

PAUL

Cela faisait des jours que j'avais vu les feux arrière de Sean disparaître du parking du Navy Exchange. Même si j'avais été tenté de le laisser me déposer chez moi, j'avais résisté. Premièrement, je l'avais déjà éloigné de son travail pendant trop longtemps. Deuxièmement, je vivais dans Admiral's Row et je n'avais vraiment pas besoin d'alimenter le moulin à ragots en amenant un jeune homme sexy chez moi au milieu de la nuit.

J'étais sorti de Bourse's Row, étais rentré à pied et avais dormi comme une souche, pourtant je n'arrivais toujours pas à le chasser de mon esprit.

J'avais eu beaucoup de coups d'un soir dans ma vie, et aucun n'avait été aussi difficile à oublier que Sean. Je n'arrivais même pas à comprendre pourquoi. Parce qu'il n'avait pas hésité à me laisser me défouler après que Jayson m'avait mis à la porte ? Parce qu'il n'avait rien à voir avec Jayson et qu'il était le corps chaud le plus proche et donc la meilleure personne possible pour me distraire ce soir-là ? Parce qu'*il était si* doué avec sa bouche ?

Je n'en avais aucune idée. Tout ce que je savais, c'est

que je devais le laisser partir. Et maintenant que nous étions vendredi soir, j'étais déterminé à les oublier, lui et Jayson, pour pouvoir reprendre ma vie en main.

C'est pourquoi j'avais pris un taxi – celui d'une entreprise pour laquelle Sean *ne* travaillait pas – pour me rendre à Flatstick, afin d'y découvrir l'abondance présumée de bars gays en plein essor.

Je ne fus pas déçu par le nombre. À la périphérie de la ville, là où ils ne risquaient pas de heurter la sensibilité des enfants, des touristes et des citoyens honnêtes, il y avait une rangée de vieux entrepôts et autres bâtiments qui avaient été secrètement transformés en bars et en boîtes de nuit. La plupart avaient l'air plus ou moins modestes de l'extérieur, mais un drapeau arc-en-ciel dans une fenêtre ou un nom suggestif comme OK Lumberjack ou Backdoor Bob les trahissaient. L'un d'entre eux, un bar pour travestis appelé LeeAnn, avait renoncé à toute subtilité et arborait des panneaux géants et criards pour informer les gens des spectacles de travestis organisés les mardis et jeudis soir.

Je n'aimais pas trop les bars country-western, donc OK Lumberjack n'était pas vraiment mon style, et le LeeAnn grouillait de ce qui devait être des enterrements de vie de jeune fille. Je crus même reconnaître des épouses que j'avais rencontrées lors de réceptions d'officiers, et bien que mon homosexualité ne soit un secret pour personne, je n'avais pas vraiment envie de croiser des gens de la base dans ce genre d'endroit.

Backdoor Bob semblait être un endroit décent, mais il était plutôt mort ce soir. Tout le monde semblait plus intéressé par la boisson qu'autre chose, et mes jours de beuverie étaient révolus depuis longtemps. Je n'étais plus le pilote tête brûlée qui pouvait boire la moitié de son salaire en un week-end. Et d'ailleurs, à l'époque, j'aurais pu m'en tirer en me faisant ramener à la base par des flics en civil pour ivresse et trouble à l'ordre public, mais ce genre d'exploit aujourd'hui n'augurerait rien de bon pour mon avenir d'amiral.

J'optai finalement pour le Four-Leaf, qui était occupé mais pas trop. Au bar, je commandai un gin-tonic et, tout en le sirotant, je passai la salle en revue. Je n'en revenais pas qu'il y ait une boîte de nuit gay ici, et encore moins plusieurs, et qu'elles soient aussi peuplées qu'elles l'étaient. Aussi petite que soit cette ville, je soupçonnais que la plupart de ses habitants venaient d'Anchor Point ou de l'une des autres villes situées le long de cette bande de la côte de l'Oregon. Peut-être même d'une des villes de l'intérieur des terres, comme Salem ou Eugene ; ils étaient peut-être venus ici après s'être lassés de la scène gay florissante de Portland. Il ne pouvait pas y avoir autant d'homosexuels dans une ville de cinquante mille habitants, si ?

Eh bien, d'où qu'ils viennent, ils étaient là maintenant. Certains se faisaient déjà les yeux doux ou s'approchaient pour bavarder au son de la musique. D'autres se dirigeaient vers la piste de danse bondée. Je vis au moins deux ou trois couples sortir par l'arrière, soit vers les toilettes pour hommes, soit vers l'allée derrière le club. Peut-être se dirigeaient-ils vers le rivage voisin pour vivre un fantasme de sexe sur la plage. J'espérais qu'ils seraient plus sages que je ne l'avais été cette nuit-là, à Hawaï, il y a dix ou quinze ans. Il y a des endroits où un homme *n'avait pas* besoin d'aller chercher du sable.

Je frissonnai à ce souvenir et repris un verre. Inutile de se focaliser sur cette expérience. Ce soir, je cherchais à en vivre une nouvelle, moins brutale. Tout ce dont j'avais besoin, c'était d'un partenaire prêt à la partager avec moi.

Je m'agitai sur mon tabouret de bar, regardant d'un

homme à l'autre. De temps à autre, je scrutais la foule à la recherche de visages familiers. Ce n'était pas un crime pour moi d'être surpris ici, tout comme ce n'était pas un crime pour aucun de mes subordonnés d'être ici, mais j'étais tout de même prudent. C'était en partie une vieille habitude. Parcourir les clubs sous l'ombre menaçante de la loi DADT rendait un homme sacrément méfiant.

Mais il y avait aussi eu des marins peu scrupuleux qui avaient surpris des membres de leur commandement en train d'adopter un comportement public tout à fait inapproprié dans des bars gays. Parfois, c'était l'activité elle-même qui posait problème, et non le sexe. Je connaissais au moins un chef qui avait été repéré par un groupe de caporaux avec les mains dans le pantalon d'un homme dans un club près de Yokosuka. Les deux étaient des adultes consentants et enthousiastes, mais la nouvelle était remontée dans la chaîne de commandement et il avait été encouragé à prendre sa retraite rapidement et discrètement, à moins qu'il ne veuille vraiment faire face à des accusations d'adultère. Peu importait que sa femme ait non seulement été au courant des activités de son mari, mais qu'elle les ait encouragées ; il avait été arrêté en flagrant délit avec quelqu'un qui n'était pas sa femme, et sa carrière était terminée.

Bien sûr, je n'étais pas marié, donc personne ne pouvait m'accuser d'adultère. Cependant, certains pensaient qu'un homme pouvait être condamné pour conduite indigne d'un officier et d'un gentleman pour avoir dragué des hommes dans un bar gay. Peu importait que je n'aie jamais entendu parler d'un seul officier hétérosexuel passé en cour martiale pour avoir dragué des femmes, telle était la réalité de l'armée post-DADT.

Je sirotai mon gin-tonic. Il m'était difficile de me détendre dans cet endroit.

Ce n'était pas seulement que je n'arrivais pas à me détendre. J'étais là, immergé jusqu'aux genoux dans l'alcool et entouré d'hommes sexy, pourtant aucun d'entre eux ne m'émoustillait.

Pas quand le visage de ce chauffeur de taxi était encore frais dans mon esprit. Ni quand je pouvais me convaincre que j'avais encore le goût de son baiser ou de son sperme.

J'avalai une grande gorgée, finissant presque mon verre. Je fis signe au barman de m'en servir un autre, et je gardai le verre pour avoir quelque chose de froid.

J'avais le numéro de Sean. Sa carte était dans mon portefeuille, tout ce que j'avais à faire était de l'appeler ou de lui envoyer un message, et peut-être qu'il pourrait y avoir un deuxième round ce soir.

Non. J'étais fou. C'était clair. Oui, il avait été partant pour une pipe sur sa banquette arrière, mais quel gamin ne profiterait pas de se faire sucer au lieu de travailler ? J'aurais fait la même chose dans ma vingtaine. Bon sang, j'*avais fait* la même chose. Plus d'une fois. Ce qui ne voulait pas dire que j'avais eu envie de revoir leurs visages ou leurs queues.

D'un autre côté, Sean m'avait donné sa carte. Était-ce vraiment pour me soutirer un autre billet ?

Je balayai à nouveau la salle des yeux, à la recherche d'un regard prometteur ou d'un visage séduisant. Il y en avait beaucoup – ce club était définitivement le jackpot par rapport aux autres –, mais chacun d'entre eux se retrouvait mentalement comparé au chauffeur de taxi aux cheveux noirs et bleus. Cela m'agaçait, mais ne me surprenait pas. J'avais fait tout ce chemin sur la banquette arrière d'un autre taxi alors que j'aurais dû économiser cinquante dollars et l'appeler.

Le barman me tendit mon verre, et quand je sortis un

billet de dix pour le payer, le bord de la carte de Sean attira mon attention.

Parfois, je me persuadais que l'époque où j'étais un jeune pilote tête brûlée était révolue. Je n'étais plus le type qui buvait n'importe quoi – n'importe quelle quantité – si l'enjeu était suffisamment important. Je ne me faisais plus tatouer sur un pari. Je n'avais plus à me tenir au garde-à-vous et à essayer de ne pas sourire pendant que je me faisais engueuler par un supérieur pour une cascade en plein vol qui en valait vraiment la peine.

Mais cet idiot de Maverick existait toujours quelque part dans mon esprit. La seule chose qui me séparait de lui ce soir, c'était que le Paul d'il y a dix ans aurait déjà eu la bite de Sean dans la gorge. Le Paul d'aujourd'hui hésitait, lorgnait encore cette carte et essayait de s'en dissuader, mais j'étais et je serais toujours *moi,* le gars qui voyait quelque chose, le faisait, et s'inquiétait des conséquences plus tard.

Je sortis la carte de mon portefeuille et mon téléphone de ma poche, et lui envoyai un SMS.

En bas de Flatstick, j'ai besoin d'un chauffeur. Tu es disponible ?

Puis je restai assis à fixer mon téléphone comme un idiot. Une minute s'écoula. Puis deux. Je posai le téléphone sur le bar et repris un verre. Trois minutes. Quatre. Génial.

Au bout de dix minutes, je n'avais toujours pas reçu de réponse, alors je soupirai et rangeai mon téléphone dans ma poche. C'était décevant, mais c'était sans doute mieux ainsi. Alors que j'atteignais le fond de mon gin-tonic, je me persuadai qu'il y avait de nombreuses de raisons pour lesquelles je n'avais vraiment pas intérêt à le contacter.

J'avais eu un moment de panique au portail, quand j'avais réalisé qu'il avait accès à la base. Était-il dépendant de quelqu'un sous mon commandement ? Il avait présenté l'un des laissez-passer délivrés aux chauffeurs de taxi, et j'avais repris mon souffle, mais le fait que je n'avais même pas envisagé cette possibilité auparavant m'avait fait remettre en question mon jugement.

Il était aussi beaucoup trop jeune pour moi. Probablement la moitié de mon âge, si ce n'est plus. Il avait une vingtaine d'années, je sortais d'une rupture. M'engager avec quelqu'un en ce moment était une mauvaise idée.

D'un autre côté, les mauvaises idées *étaient* en quelque sorte l'histoire de ma vie, et j'avais deux ou trois cicatrices et plusieurs tatouages pour le prouver.

Eh bien, cela n'avait pas d'importance dans ce cas. Sean n'avait probablement voulu avoir affaire à moi que parce que j'étais là et que j'étais excité. Quel jeune homme d'une vingtaine d'années refuserait du sexe facilement disponible ? Et c'était suffisant. Une aventure dans l'obscurité sur une route secondaire était une chose. Je n'étais pas sûr d'avoir envie qu'il me voie à la lumière du jour, surtout déshabillé. Je prenais bien soin de moi, mais je *n'*avais *plus* vingt-cinq ans.

Il valait donc mieux qu'il ne réponde pas. Il y avait d'autres taxis qui pouvaient me ramener à Anchor Point ce soir ou, si je trouvais quelqu'un avec qui partager un lit, demain matin. Je n'avais pas besoin d'attendre...

Mon téléphone vibra contre ma jambe. Je le sortis de ma poche si vite que je faillis le faire tomber, et oui ! il m'avait répondu.

Désolé, je roulais. Je peux venir, mais ça prendra du temps. Toujours à A.P.

Mon pouls pulsait au rythme des basses. *Pas de problème. Je ne suis pas pressé.*

Mais, ajouta mon cerveau, *plus tôt tu arriveras, mieux ce sera.*

Et la partie de mon cerveau qui n'était pas gouvernée par ma queue lança : *euh, Paul ? Allô ? Tu n'es plus jeune ? Tu n'es plus tout à fait le type que tu étais il y a vingt ans ? Ça te dit quelque chose ?*

Je grimaçai. Merde.

Mon téléphone vibra à nouveau : *est-ce que je viens en tant que chauffeur de taxi ou autre chose ?*

En voilà une question compliquée. Et je n'avais aucun moyen de savoir s'il la posait en se demandant s'il devait ou non glisser quelques préservatifs dans sa poche, ou en hésitant devant la porte et en réfléchissant à deux fois avant de monter dans la voiture.

Je me rongeai la lèvre. Quelle que soit la raison de sa demande, c'était l'occasion pour moi d'agir en homme et de faire marche arrière avant de faire quelque chose de vraiment, vraiment stupide. Sauf que cette partie de mon cerveau restait inhabituellement silencieuse, tandis que l'autre partie obéit à ma queue et tapa : *heureux de te voir quelle que soit la façon.*

J'avais mis la balle dans son camp. Je ne savais pas si je l'avais fait parce que j'étais un lâche, ou si je lui donnais une porte de sortie s'il en voulait une. Probablement les deux.

Quoi qu'il en soit, il répondit : *on se voit dans quarante-cinq minutes.*

Au temps pour ne pas faire quelque chose de vraiment stupide ce soir.

Je posai mon téléphone sur le bar, me demandant pourquoi mes paumes étaient devenues si moites. Les essuyant paresseusement sur mon jean, je lus et relus son message, me demandant quelle option il avait choisie. Me renvoyait-il la balle ? Était-il indécis ?

Je suppose que je le découvrirai quand il arrivera.

Pas loin de quarante-cinq minutes plus tard, mon téléphone sonna.

Suis dehors.

Sans un mot, je me levai et allai jusqu'à la porte. Dès que je mis le pied dehors, je vis la voiture de Sean qui tournait au ralenti sur le trottoir.

En m'approchant, j'hésitai, ne sachant pas si je devais monter à l'avant ou à l'arrière. Je fis un geste de va-et-vient entre les deux options, les sourcils haussés.

La vitre du côté passager s'abaissa.

— Ça dépend, dit Sean. Je suis là pour te conduire ? Ou tu veux te balader ?

Je déglutis.

Il sourit.

Et je pris place sur le siège avant.

Alors qu'il s'éloignait du club, il tapa des pouces sur le volant et me jeta un coup d'œil.

— Alors, où on va ?

— N'importe où où nous pouvons être seuls.

Il croisa mon regard. Le soutint. Déglutit.

— Je veux dire…

Je me raclai la gorge.

— À moins que tu ne…

— Non, j'en ai envie. J'en ai carrément envie.

Il regarda à nouveau la route.

— Et je crois que je connais un endroit.

Mon pouls s'accéléra. Voilà qui était réglé, non ?

Il prit quelques virages, nous rapprochant du bord de mer par des routes de plus en plus sombres et de moins en moins pavées. Puis il s'arrêta sur un parking en gravier. J'aperçus un panneau peint à la main – quelque chose à propos d'une plage et d'une rampe de mise à l'eau –, avant que les phares ne se focalisent sur des arbres et une petite clôture.

— Ça devrait le faire, dit-il alors que les graviers crissaient sous les pneus.

Je débouclai ma ceinture de sécurité.

— Tu sembles connaître beaucoup d'endroits où te garer sans que quelqu'un te trouve.

Il gara la voiture et coupa le moteur.

— Mm-hmm. C'est vrai.

Sean se pencha sur la console et attrapa ma chemise.

— C'est une bonne chose que l'un de nous le fasse, n'est-ce pas ?

Et, douce mère de Dieu, je l'avais enfin à nouveau dans mes bras. Malgré l'odieuse console qui séparait nos hanches, nous nous embrassâmes, nous tripotâmes, glissâmes nos doigts dans les cheveux et empoignâmes des vêtements à pleines mains – de toute évidence, nous étions sur la même longueur d'onde ce soir. Une longueur d'onde très pornographique.

— Je suis content que tu m'aies envoyé un texto, dit-il. J'ai réfléchi... depuis l'autre...

— Moi aussi.

Il remonta une main le long de ma jambe et prit mon érection en coupe, murmurant quelque chose que je ne compris pas.

— Je suis sorti pour me faire baiser ce soir, bredouillai-je entre deux baisers, et me changer les idées sur mon ex, mais je n'ai pensé qu'à toi.

Sean croisa mon regard dans la lueur du tableau de bord.

— C'est vrai ?

— Oui. D'autant plus que je sais ce que tu caches.

Il gémit doucement.

— Qu'est-ce que tu veux faire avec ?

— Dois-je l'épeler ?

Je sortis un préservatif de ma poche et le brandis.

— Ou est-ce que tu vas...

— Sors de la voiture.

La panique m'envahit.

— Quoi ?

Il s'écarta et ouvrit sa portière.

— Allez. Dehors.

La panique disparut quand je réalisai qu'il sortait aussi, et je tâtonnai avec la poignée avant d'ouvrir ma portière.

Nous sortîmes à toute vitesse, et nous nous retrouvâmes à l'arrière de la voiture. Soudain, nous avions plus de place que nous n'en avions jamais eue auparavant. Je pouvais l'embrasser et passer mes mains sur lui en même temps. Mon Dieu, il était si réceptif. Lorsque je fis courir ma main sur son cul, il gémit dans mon baiser et se cambra contre moi.

Il profita de tout l'espace disponible. Il me poussa contre l'arrière de la voiture et m'y maintint avec ses hanches. Il explora mon cou et ma mâchoire avec sa bouche, s'arrêtant de temps en temps pour me mordiller le lobe de l'oreille et me faire perdre la tête.

— Comme ça ? murmura-t-il.

— Oui.

Il rit doucement, puis recommença, enfonçant ses dents juste assez pour piquer.

— Enfoiré, jurai-je, m'accrochant à lui alors qu'un frisson me faisait presque tomber à genoux.

— C'est une bonne idée. Tu as toujours ce préservatif ?

— Bien sûr. Je pense que nous devrions...

Sean me l'arracha des mains et déchira l'emballage avec ses dents.

— Oui.

Je clignai des yeux.

— Ici ?

Il acquiesça en me regardant dans les yeux.

— Ici même.

C'est de la folie. C'est…

Si torride.

Maladroitement, je défis le devant de son pantalon, puis je l'attrapai et l'embrassai. La voiture nous maintenait en position verticale, ce qui était une bonne chose, puisque mon activité multitâche se résumait à embrasser Sean et à faire rouler le préservatif sur son membre. Même en cherchant dans mes poches le petit paquet de lubrifiant, je ne voulais pas arrêter de l'embrasser. Il fallait vraiment qu'on fasse ça dans un endroit où on pourrait s'embrasser et baiser en même temps. Je supposais que la banquette arrière ferait l'affaire, même si on y était un peu à l'étroit. Non, il nous fallait de l'espace. De l'intimité. Un lit.

— Tu as du lubrifiant, n'est-ce pas ? demanda-t-il entre deux baisers haletants.

— Mm-hmm. J'en ai… ah !

Je trouvai le paquet et le brandis.

Il me le prit des mains.

— Tourne-toi.

Je me léchai les lèvres en débouclant ma ceinture. Pendant que Sean se lubrifiait, je me retournai et posai mes avant-bras sur le coffre, espérant qu'il ne remarque pas que je vibrais pratiquement d'excitation. Et merde, qu'il s'en aperçoive. Étale ce lubrifiant et baise-moi avant que je flippe.

Il baissa mon jean et mon caleçon sur mes cuisses, et le

poids de ma ceinture, de mon portefeuille et de mon télé-phone fit tomber le tout au sol avec un *tintement* étouffé de la boucle sur le gravier. Il écarta mes genoux avec les siens et j'ajustai ma position autant que possible. Puis l'extrémité de son érection se pressa contre mon cul et je fermai les yeux, agrippant le bord du coffre, tandis que l'anticipation transformait mes genoux en gelée. Je ne savais pas pourquoi j'avais autant envie de me faire baiser ce soir – autant envie de me faire prendre par lui en particulier –, mais je savais que c'était le cas.

Alors que Sean s'enfonçait en moi, l'air de la nuit était frais contre ma peau nue, me rappelant à quel point j'étais exposé. Si quelqu'un passait par là, nous ne pourrions pas nous en sortir. Il était impossible de nier ce que nous faisions alors qu'il me penchait sur sa voiture avec nos pantalons autour des chevilles.

N'importe quel autre soir, j'aurais paniqué, mais pas ce soir. Ce soir, l'idée que quelqu'un me voie prendre la queue de Sean était érotique à souhait. Peut-être que cela signi-fiait que je perdais la tête. Je n'en savais rien. Je m'en fichais. Tout ce que je voulais, c'était que Sean continue de m'empaler, et je me moquais bien de savoir qui le découvrait.

Il prit son temps, se glissant dans chaque centimètre jusqu'à ce qu'il entame de longues et douces pénétrations.

— Après, murmura-t-il à mon oreille, allons dans un autre endroit. Pour que je puisse te baiser à nouveau.

Comme pour insister, il poussa en moi assez fort pour faire grincer les amortisseurs.

— Oui. S'il te plaît.

Je faillis m'étouffer en prononçant ces mots.

— On peut aller... on peut aller à...

Nous trouverions une solution plus tard. Pour l'instant,

la seule chose qui comptait était la sensation de sa queue en moi.

Nous venions à peine de commencer, et déjà, je me rapprochais de l'extase. Qu'est-ce que c'était que ce bordel ? J'étais pourtant endurant, mais maintenant que j'étais penché sur sa voiture et que je prenais sa bite, Sean m'avait déjà emmené au bord du gouffre.

Il posa ses mains sur le coffre, de chaque côté des miennes, et s'activa plus vite, ce qui n'arrangea rien. Je fermai les yeux et retins ma respiration, mais cela ne suffit pas à me redonner un semblant de contrôle.

Je frissonnai.

— Je vais... Je vais finir par te faire croire que je suis un éjaculateur précoce.

— Pourquoi ça ?

Il me percuta si fort qu'il me déséquilibra, mais la voiture faisait déjà le plus gros du travail pour me maintenir debout.

— Ça ressemble à... un compliment.

Un autre coup de reins dur et violent.

— J'adore quand un mec perd la tête pendant que je le baise.

— Oh merde.

Je me cramponnai au coffre et appuyai mes genoux contre le pare-chocs pour qu'ils ne cèdent pas complètement sous moi.

— Aussi fort que tu... que tu peux.

Sean gémit, et Dieu le bénisse, il me baisa *très fort*. Les amortisseurs grinçaient. Le gravier sous nos pieds crissait. La peau claquait contre la peau.

Et je jouis. Je clignai des yeux, et l'instant d'après, j'étais au beau milieu d'un orgasme où je ne pouvais plus respirer, où je ne pouvais plus gémir, où je ne pouvais plus bouger.

Les mains de Sean se posèrent sur mes hanches et ses doigts mordirent ma chair. Il retint sa respiration en me martelant sans relâche, et lorsqu'il jouit, il fut loin d'être aussi muet que moi.

— Putain ! rugit-il, en s'enfonçant jusqu'à la garde.

Ma rotule cogna contre le pare-chocs, mais cela valait la peine de le sentir et de l'entendre alors que son épaisse verge pulsait en moi. Ses hanches tressautèrent tandis que le rugissement se transformait en un doux gémissement, puis il lâcha un souffle rauque en s'affaissant sur moi.

Pendant un moment, aucun de nous ne bougea. Au loin, les vagues roulaient et s'écrasaient, et quelque part, un semi-remorque ou autre grondait sur l'autoroute. Ici, cependant, le seul son était celui de nos deux halètements à l'unisson.

Sean se retira, et soudain, l'idée d'aller ailleurs pour baiser à nouveau prit un tout nouveau sens d'urgence. J'avais *besoin* de plus de ça. Plus de lui.

— Reste là.

Il s'arrêta pour embrasser le côté de mon cou. Puis il fut parti. Enfin, pas vraiment. Il était toujours là, mais il ne me touchait plus. Les vêtements bruissèrent et la boucle de sa ceinture tinta.

Pendant que j'arrangeais mes vêtements, il s'éloigna pour jeter le préservatif dans l'une des poubelles près de la clôture. Avions-nous vraiment fait ça ? Baiser ici, en plein air, comme si cela n'avait pas d'importance si on se faisait prendre ?

Oui, oui, nous l'avions fait. Et je voulais qu'il me baise à nouveau dès que possible.

Il sourit en revenant vers moi.

— Tu fais vraiment en sorte que le trajet jusqu'à Flatstick en vaille la peine, tu sais ça ?

En riant, j'accrochai mes doigts à sa ceinture et le tirai vers moi.

— Je suis content que tu n'aies pas fait tout ce chemin pour rien.

J'enroulai mes bras autour de lui et m'appuyai contre la voiture.

— Nous devrions vraiment aller ailleurs.

Il acquiesça.

— Des idées ?

Je marquai une pause.

— Eh bien, il y a beaucoup de motels dans les environs. C'est plus rapide que d'essayer de retourner chez toi ou chez moi.

— Probablement pas chez moi de toute façon. Un motel, ça me va.

Je n'insistai pas. Il avait peut-être des colocataires. Peut-être que son ménage n'était pas très présentable. Peut-être que, comme moi, il ne voulait pas que ses voisins le voient ramener des hommes chez lui.

Peu importait, je me fichais de savoir avec qui il vivait ou comment il vivait tant que nous trouvions un endroit avec une surface plane qui ne s'effondrerait pas quand il me baiserait aussi fort.

— Alors...

Je haussai les sourcils.

— Motel ?

Sean sourit.

— Motel.

CHAPITRE 5

SEAN

P aul nous enregistra tandis que j'attendais dans la voiture.

Je n'arrivais toujours pas à croire que j'étais là. J'avais supposé qu'il avait juste besoin d'un corps chaud pour se remettre de celui qui l'avait plaqué au motel, je ne m'attendais donc pas à avoir de ses nouvelles.

Pourtant, j'en avais eu. Puis j'avais conduit jusqu'à Flatstick, l'avais ramassé et l'avais baisé à l'arrière de ma voiture, dans un lieu public où nous aurions pu nous faire prendre. C'était peu probable – j'avais déjà baisé plein de fois sur ce parking et je n'avais jamais vu la tête ou la queue d'un flic –, mais c'était possible.

Pourquoi m'étais-je montré si stupide ? Je ne travaillais même pas ce soir. Quand Paul m'avait envoyé un texto, je ne roulais pas, comme je le lui avais dit. Même si c'était un vendredi soir, j'étais penché sur mon bureau, dans ma chambre, en train d'étudier pour le partiel d'anglais de la semaine prochaine. Le message était arrivé, et je l'avais d'abord ignoré. Les deuxièmes rounds avaient l'habitude de se transformer en... eh bien... habitudes. Et je n'étais le bouche-trou de personne.

Mais alors que j'essayais de me concentrer à nouveau sur mes études, les souvenirs de l'autre nuit avaient commencé à refaire surface. Les baisers de Paul à eux seuls avaient suffi à tuer tout espoir de me concentrer sur le *Roi Lear* ou *Songe d'une nuit d'été*.

Puis mon cerveau m'avait rappelé que je m'étais masturbé pas moins de quatre fois en pensant à Paul, à ce qu'on avait fait et à ce que j'*aurais voulu qu'*on fasse. Il n'allait pas devenir moins distrayant si je n'allais pas le chercher à Flatstick ce soir, et plus j'avais essayé de m'en dissuader, plus j'avais pensé à ce qui pourrait arriver si j'allais le rejoindre.

Je lui avais donc répondu par texto, en prétendant que le retard était dû au fait que je conduisais un autre passager quelque part, et soudain, nous nous étions mis d'accord pour nous retrouver. J'avais marqué ma page, fermé mon livre, glissé deux préservatifs et quelques sachets de lubrifiant dans ma poche arrière et attrapé mes clés.

Je m'étais senti un peu coupable en traversant le salon et en passant devant papa et sa petite amie, Julie, pour rejoindre ma voiture. Comme si j'étais encore un adolescent qui serait puni pendant des décennies pour être sorti en cachette pour s'envoyer en l'air. Les vieilles habitudes avaient la vie dure, apparemment.

Mais comme je n'étais plus un enfant, ils ne m'avaient pas interrogé sur mes allées et venues. Ils ne le faisaient jamais. Dieu merci, j'étais constitutionnellement incapable de mentir à mon père, sauf par omission. Je pouvais lui cacher n'importe quoi éternellement, mais s'il me posait la question à brûle-pourpoint ? J'étais foutu.

Toutefois, il n'avait rien demandé, alors je ne lui avais

pas dit que je me rendais à Flatstick pour récupérer un homme plus âgé et excité dans un bar gay.

Désormais, Paul nous enregistrait pour une chambre d'hôtel pendant que j'essayais d'ignorer cette érection de plus en plus inconfortable. Bon sang, combien de temps fallait-il pour traiter une carte de crédit et signer un formulaire ?

Finalement, il sortit en brandissant une clé en souriant, ce qui n'aida pas à faire baisser la tension, mais qui me fit sourire.

Nous nous précipitâmes dans la chambre et... oui. Dès que nous franchîmes la porte, Paul se retourna, fourra ses doigts dans mes poches avant, m'attira à lui et m'embrassa.

Je l'entourai de mes bras et me penchai sur lui. Glissant mes mains sur ses fesses, je penchai la tête et approfondis le baiser. Mon Dieu, oui. C'était la raison pour laquelle j'avais laissé tomber les études et tout bon sens – personne n'embrassait comme Paul. Quelque chose dans la façon dont ses lèvres bougeaient avec les miennes, et la façon dont il passait ses doigts dans mes cheveux et prenait son temps, faisait disparaître le reste du monde. Dans la voiture, nous avions été frénétiques et en manque, à tel point que baiser là, sur le coffre, n'avait pas semblé insensé. Maintenant, avec le temps et l'intimité de notre côté et deux orgasmes déjà explosifs, nous n'étions plus si pressés.

Je n'étais pas non plus pressé de le laisser partir. Les doutes que j'avais encore à l'esprit grondaient, mais je les ignorais tous parce que, *bordel*, cet homme savait embrasser.

Il me fit reculer d'un pas et mon dos heurta le mur. À peine le baiser rompu, il murmura :

— Je fantasme sur toi depuis la dernière fois que je t'ai vu.

— C'est vrai ?

— Mm-hmm.

Il passa ses mains sur mes fesses, me rapprocha et s'assura que je sentais chaque centimètre de son érection à travers nos vêtements.

— Pour mémoire...

Il commença à m'embrasser dans le cou, m'étourdissant avec ses lèvres douces et sa barbe légèrement abrasive.

— Je n'ai pas l'habitude de draguer des hommes plus jeunes. Mais tu as attiré mon attention depuis l'autre soir.

Je fis courir mes ongles le long de son dos.

— Pour information, je ne suis pas si jeune. Je *suis* majeur.

Il rit, ce qui provoqua une bouffée d'air chaud dans mon cou.

— Tu es plus jeune que moi.

— Ça ne me dérange pas si ça ne te dérange pas.

— Est-ce que je donne l'impression que ça me dérange ?

— Même pas un peu.

Je frottai mon érection couverte contre la sienne.

— La seule chose qui me dérange, c'est tous ces foutus vêtements.

— C'est un problème, en effet.

Il me mordilla le côté du cou, et lorsque je haletai et frissonnai, il sourit contre ma peau.

Nous nous rapprochâmes du lit. Nous enlevâmes nos chaussures et les écartâmes d'un coup de pied. Il ne fit aucun geste pour éteindre la lumière. Tant mieux. Après tout, il m'avait donné deux orgasmes – on s'était sucé et je l'avais baisé – et je ne l'avais *toujours* pas vu complètement nu. Ça allait changer ce soir.

Je l'embrassai brutalement. Il m'attrapa les cheveux et garda son autre bras serré autour de ma taille. Il donnait autant qu'il recevait – Seigneur, je ne me souciais même pas de savoir si nous baiserions à nouveau ce soir. J'aurais pu faire ça jusqu'à l'aube.

Je tirai sur sa chemise, mais Paul se raidit.

Je levai les yeux vers lui.

— Qu'est-ce qui ne va pas ?

— Je...

Il baissa les yeux, déglutit, puis secoua la tête.

— Rien.

— Tu es sûr ?

Ses joues se colorèrent.

— C'est juste que... je ne suis plus aussi jeune qu'avant...

Je l'embrassai et l'enlaçai à nouveau.

— Nous ne serions pas allés aussi loin si je ne te trouvais pas séduisant.

— Pour être honnête, c'est la première fois que tu me vois en pleine lumière.

Je lui souris.

— La jetée n'était pas plongée dans l'absolue pénombre.

En glissant une main sur son aine, j'ajoutai :

— J'aime bien ce que j'ai vu jusqu'à présent.

Paul se mordit la lèvre et aspira une bouffée d'air par le nez.

— Eh bien, garde des attentes raisonnables, d'accord ? Je n'ai plus vingt-cinq ans.

— Si tu avais vingt-cinq ans, nous nous serions probablement déjà mutuellement exaspérés.

Je marquai une pause.

— Écoute, je ne veux pas que tu sois gêné ou quoi que ce soit. Jusqu'à présent, nous étions presque toujours habillés – nous pouvons garder quelques vêtements si tu préfères.

Il m'étudia pendant plusieurs secondes. Assez longtemps pour que la déception me prenne aux tripes. J'étais vraiment d'accord pour qu'il soit à l'aise, mais j'avais aussi vraiment, *vraiment* envie de le voir nu.

C'est alors qu'il haussa les épaules et retira sa chemise. En la laissant tomber sur le sol, il écarta les bras et se mit à rire timidement.

— Et voilà.

Je ne voulais pas le rendre encore plus embarrassé en le fixant, mais... putain de merde ! Je ne pouvais qu'imaginer à quoi il ressemblait à vingt-cinq ans s'il pensait que cela allait me décourager. Peut-être qu'il avait des tablettes de chocolat à l'époque ou quelque chose comme ça. Peu importait. Son ventre lisse et plat et sa taille fine ne demandaient qu'à être parcourus par mes mains. Il avait plusieurs tatouages – un sur le haut du bras, un sur le côté de la cage thoracique, un troisième qui dépassait de la ceinture de son jean échancré – je les étudierais en détail un jour ou l'autre, mais l'ensemble du tableau ? Putain de merde !

Je suis tellement content d'avoir fait la route ce soir.

Je me léchai à nouveau les lèvres.

— Tu as des tatouages.

Il sourit d'un air penaud.

— Ne le dis pas à ma mère, d'accord ?

— Promis, gloussai-je, passant mes doigts sur les lignes complexes de ses côtes. Celui-là a dû faire mal.

— Tu n'imagines pas.

Il m'embrassa profondément et lorsque j'enfonçai mes ongles dans le tatouage, il gémit doucement, frissonnant contre moi.

— Un peu de douleur ne semble pas te faire peur, hmm ?

Il se cambra et frissonna à nouveau.

— Un peu de douleur, c'est... bien. Celle-là, c'était un peu trop.

— Il est superbe, pourtant.

— Merci.

Il sourit, un soupçon de timidité persistant dans son expression.

— Et, hum...

Il se racla la gorge, faisant un geste vers ma chemise.

— Je me suis effeuillé.

— C'est vrai.

J'enlevai ma chemise et la déposai sur la sienne.

— C'est mieux ?

— Beaucoup mieux.

— Bien. D'ailleurs, je ne sais pas ce qui t'inquiétait tant.

Ancrant mon regard dans le sien, je remontai mes mains le long de son torse.

— J'aime ce que je vois.

Paul sourit et la tension dans ses épaules se relâcha.

— Dans ce cas, je suppose que nous pouvons laisser la lumière allumée.

Un peu qu'on va la laisser allumée.

Je saisis l'arrière de sa tête et l'embrassai à pleine bouche. Sa peau était chaude contre la mienne, et quand ses mains remontèrent le long de mon dos, elles me donnèrent la chair de poule.

— Je n'ai pas eu le temps de te regarder, se plaignit-il entre deux baisers.

— Tu veux regarder ? Ou toucher ?

Je fis courir mes ongles le long de son dos.

Il gémit, renversa la tête en arrière et frissonna.

— C'est... un sacré dilemme. Je vais dire les deux.

— Ah oui ? Comment vas-tu gérer ça ?

Paul passa ses doigts dans les passants de ma ceinture et

me conduisit vers le grand lit. Il s'y allongea, me faisant signe de m'étendre sur lui. Je commençai à le faire, mais je m'arrêtai. Oh, n'était-ce pas un beau spectacle ? Un homme sexy et en pleine forme ne portant rien d'autre qu'un jean, avec une trique impressionnante tirant sur les coutures.

— Viens, murmura-t-il. Je ne peux pas te toucher quand tu es si loin.

— C'est un problème.

Je le rejoignis sur le lit et m'installai à califourchon sur lui. Il me saisit la nuque, me tira vers le bas et m'embrassa à nouveau.

Au temps pour prendre le temps de se contempler. Oh bon... c'était parfait. J'adorais la sensation des bras de Paul autour de moi, surtout sans chemise. Nous finirions par nous débarrasser du reste de nos vêtements, mais pour l'instant, nous étions trop occupés à nous embrasser et à nous toucher au-dessus de la ceinture.

Et mon Dieu, j'adorais qu'il soit aussi content que moi de nous embrasser comme ça. Le meilleur ? Ses baisers addictifs. Il n'était pas paresseux ou passif, juste... pas agressif. Ou pas *trop* agressif. Pas insistant. Il explorait ma bouche comme j'explorais la sienne, sans enfoncer sa langue dans ma gorge ni pincer mes lèvres entre ses dents. Et les dents ne claquaient pas contre les dents – je détestais ça, putain. À la façon dont Paul embrassait, j'étais tenté de le ramener à ma voiture et d'aller au cinéma ou dans un drive-in si nous en trouvions un, juste pour pouvoir ignorer le film et nous embrasser ; il embrassait comme quelqu'un qui pourrait continuer à le faire jusqu'au générique. Nous n'avions même pas besoin de faire l'amour tant qu'il continuait à m'embrasser comme ça pendant qu'un film se jouait en arrière-plan.

Mon bras commençait à fatiguer, alors je le poussai sur

le dos et fis reposer mon poids sur mon autre bras. Puis je baissai la tête et embrassai son cou. Au fur et à mesure que je descendais, Paul posait ses mains sur mes flancs, puis sur mes épaules, et murmurait des jurons lorsque je léchais son cou, sa clavicule, son torse, ses abdominaux.

— Putain, souffla-t-il en passant ses doigts dans mes cheveux. Tu sais comment exciter un homme.

Je souris et déposai un autre baiser sur sa peau. Il y avait quelque chose d'incroyablement sexy dans le fait qu'un homme plus âgé me complimente sur ma technique. Comme s'il n'était pas juste un gamin inexpérimenté qui ne savait pas distinguer le bon du *bien*.

Je donnai un coup de langue juste au-dessus de son nombril. Il se tortilla, et le mouvement attira mon attention sur le tatouage de sa hanche. Il devait s'agir d'un dragon ou quelque chose comme ça – seule la queue était visible en ce moment, suivant le contour de l'os de sa hanche avant de disparaître sous sa ceinture. Je voulais le voir. Et plus encore, je voulais voir le sexe épais qui s'efforçait manifestement de jaillir de son pantalon moulant.

Paul jura doucement et m'aida, et à nous deux, nous réussîmes à dégager son pantalon.

Une fois qu'il fut débarrassé de ses vêtements, je les jetai plus loin et le laissai me prendre dans ses bras. Je pensais qu'il m'avait excité lorsque nous étions presque habillés dans la voiture. Complètement nus et emmêlés sur son lit ? Putain, oui.

Je baissai les yeux et pus enfin voir le tatouage qui avait été partiellement caché. C'était un dragon – de style japonais, je crois – qui s'étendait de son nombril jusqu'à l'aine. Je passai un doigt dessus.

— On dirait que celui-là aussi a piqué.

Il taquina mon mamelon avec l'ongle de son pouce.

— Mm-hmm. Ça en valait la peine. Maintenant, pour-quoi diable portes-tu encore ton jean ?

J'arquai un sourcil.

— À toi de me le dire.

Paul sourit. Puis il m'attrapa, m'embrassa et m'ôta le reste de mes vêtements en un rien de temps. Tous ces baisers lascifs n'étaient plus qu'un lointain souvenir. Nous étions tous les deux aussi affamés et exigeants que nous l'avions été dans la voiture – haletant fort, griffant la peau, frottant nos deux verges très érigées l'une contre l'autre.

— Je ne veux pas me précipiter, murmura-t-il à bout de souffle, mais je meurs d'envie que tu me baises à nouveau.

Je tremblai jusqu'aux orteils.

— File-moi un préservatif. Maintenant.

— Pas besoin de me le dire deux fois.

Il rompit le baiser et s'écarta, ramassant son pantalon par terre, et je profitai de ce moment pour le contempler de la tête aux pieds.

Oh, mon Dieu. Il a beaucoup d'encre.

Il avait un autre tatouage entre les épaules. Un emblème que je reconnus sans pouvoir le situer. Et il y en avait encore un autre sur ses fesses. J'avais cru l'apercevoir dans ce parking peu éclairé, mais j'avais pensé que les ombres me jouaient des tours. Non, il était bien là, clair comme de l'eau de roche, et je devais connaître l'histoire qui se cachait derrière.

Pourtant, je n'eus pas l'occasion de vraiment l'étudier avant qu'il ne revienne vers moi, préservatif et lubrifiant en main.

Ouais, au diable tout ce truc de « ne pas être pressé ». Soudain, il me semblait que cela faisait des jours que je l'avais baisé sur le coffre de la voiture, et si je n'enfilais pas ce préservatif et si je ne positionnais pas cet homme à quatre pattes dans les trente prochaines secondes...

Paul déchira l'emballage et j'eus un sursaut de panique – il *avait bien dit qu'il voulait que* je le *baise, non* ? –, mais il déroula le latex sur mon érection et je me détendis. Enfin, autant qu'un homme puisse se détendre quand il était sur le point de pénétrer quelqu'un d'aussi sexy et excité que Paul.

Donne-moi le lubrifiant et allons-y.

— Mets-toi sur le dos, chuchotai-je en lui prenant le lubrifiant.

— Pas à...

— J'ai changé d'avis.

— Ça me va.

Il s'allongea sur le dos. Il se caressa lentement, m'observa étaler le lubrifiant et quand je me plaçai entre ses jambes, il se mordit la lèvre.

— Si je m'écoutais, murmurai-je, en guidant mon membre vers lui, je penserais que tu es légèrement excité.

Il écarta les jambes.

— Légèrement ? Ce n'est pas tout à fait ça.

Je croisai son regard et nous nous sourîmes. Lorsque j'appuyai mon gland contre son entrée, il ferma les yeux et expira. Oui. Légèrement excité ? C'était bien plus que ça. Heureusement que j'avais déjà joui une fois, sinon j'aurais explosé dès que j'entrai en lui.

Je pris mon temps, même si ce n'était pas notre premier round ce soir. J'y allai doucement, en partie pour le taquiner et en partie parce que je n'étais pas pressé. Même lorsqu'il fut complètement détendu et que j'entamai des mouvements fluides et faciles, je n'accélérai pas. Je ne pouvais pas – c'était trop sexy pour faire autre chose que de savourer chaque seconde.

Paul m'attira vers lui. Je ne pouvais pas beaucoup

bouger, mais cela ne me dérangeait pas. J'étais en lui, j'étais contre lui et je l'embrassais. Mon Dieu, oui. C'était parfait. Un petit coup à moitié habillé dans le noir, c'était très bien. Mais c'était comme ça que je le préférais – nu, lumière allumée, peau contre peau, sans raison de se presser et avec un homme qui aimait, aimait, *aimait* embrasser.

J'avais la tête qui tournait. J'étais tellement excité que j'avais du mal à me souvenir de respirer entre les baisers, mais... oh, tant pis. Peut-être que j'allais m'évanouir. Il était difficile d'imaginer se sentir aussi bien et ne pas s'évanouir. Ou me réveiller d'un rêve et réaliser que j'étais seul dans mon lit avec ma main sur ma queue.

Ne me réveillez pas tout de suite. Laissez-moi en profiter un peu.

— Redresse-toi, murmura Paul, à bout de souffle. Vas-y... un peu plus fort.

Je fis ce qu'il me demandait et dès que j'accélérai, il ferma les yeux et gémit. Il garda une main sur mon bras, peut-être pour s'arc-bouter, et de l'autre, il se masturba.

— Putain...

Il gémit et se cambra, se contractant autour de moi alors que je m'enfonçais en lui.

— Je vais... je vais jouir. Vas-y... juste comme ça.

Non, je ne rêvais pas. C'était cent pour cent réel. Paul était sous moi, les jambes écartées, caressant sa queue pendant qu'il prenait la mienne, la peau rougie, luisante et encrée...

Je gardais un rythme aussi régulier que possible, ignorant la brûlure de mes hanches et de mes cuisses, et je serrai les dents pour m'empêcher de jouir. Le voir se branler pendant qu'il prenait ma bite suffisait à m'envoyer au bord du gouffre, et chaque fois que son souffle s'accélérait ou que ses abdominaux se contractaient, j'étais sûr que nous allions tous les deux basculer.

Puis ses yeux s'ouvrirent. Ses lèvres s'écartèrent. Un frisson décolla ses épaules du lit et il murmura « Oh merde », juste au moment où le sperme giclait sur ses abdominaux tendus.

Et comme je l'avais deviné, je jouis aussi. Je le martelai, il se caressa, le rythme disparut complètement, mais on s'en foutait. J'éjaculai en lui tandis qu'il jurait et tremblait.

Sa main s'immobilisa. Il s'affaissa sur le matelas avec un soupir de bonheur, et je donnai quelques coups de reins saccadés et irréguliers de plus avant de me détendre à mon tour. Je me penchai sur lui, reposant mon poids sur mes bras tremblants.

Paul leva la tête et m'embrassa doucement, et lorsqu'il se recoucha, il m'entraîna avec lui. Je restai là un moment, profitant de quelques baisers paresseux avant de me redresser et de me retirer.

Nous nous levâmes tous les deux pour nous nettoyer.

— Je reviens tout de suite.

J'allai dans la salle de bains et m'occupai du préservatif. Après m'être lavé les mains, je revins au lit, où Paul s'était affalé sur le dos. Le rejoignant, je rampai prudemment vers lui, me demandant s'il était du genre à ne pas aimer être touché après l'amour.

Et c'était un autre point en sa faveur – il ne me repoussa pas. Nous étions tous les deux épuisés et tremblants, mais il me prit dans ses bras et, pendant que nous reprenions notre souffle, il déposa de légers baisers ici et là. Après les deux derniers hommes que j'avais fréquentés, l'affection était plus nouvelle qu'elle n'aurait dû l'être, mais peu importait. J'aimais ça.

Au bout d'un moment, alors qu'il me lissait les cheveux, le tatouage sur son bras attira mon attention.

Je me redressai sur un coude.

— Oh. Maintenant, je peux enfin regarder tes tatouages.

Il s'allongea pour que je puisse mieux les voir.

— Mm-hmm. Tu aimes vraiment l'encre ?

— Beaucoup.

— Mais tu n'en as aucun ?

— Pas encore, répondis-je, en traçant la courbe du dragon sur sa hanche. Ils ont une histoire ?

— Chacun d'eux, oui.

J'étais curieux de connaître l'histoire du voilier élaboré sur le côté gauche de ses côtes, mais ce fut l'avion de chasse légèrement décoloré et incroyablement complexe sur le haut de son bras qui attira mon attention.

— D'accord, parle-moi de celui-là.

Il y jeta un coup d'œil.

— C'est un Super Hornet, expliqua-t-il, en souriant, traçant les lignes du bout des doigts. C'est ce que je pilotais avant.

Une image de lui en combinaison de vol me traversa l'esprit.

Oh, Paul, tu n'as pas idée à quel point tu es devenu encore plus sexy.

— Je n'avais pas réalisé que tu étais pilote de chasse. Peut-être qu'on devrait mettre *Danger Zone* la prochaine fois qu'on baise, ricanai-je.

— Oh mon Dieu, non, s'esclaffa-t-il. En plus, ils ont baisé sur *Take My Breath Away*, pas sur *Danger Zone*.

Je balayai sa remarque d'un signe de la main.

— Ouais, mais je ne me branlais pas sur les scènes de cette chanson.

— Ne me dis pas que tu t'es branlé sur les combats aériens.

Mon visage s'enflamma.

— Allez, des mecs sexy en combinaison de vol qui se la pètent à Mach 1 ? Tu ne te branlerais pas dessus ?

— Eh bien, si. C'est pour cette raison que je suis devenu pilote de chasse.

Je ricanai.

— Tu plaisantes.

Paul s'esclaffa.

— Oui. En quelque sorte. C'est surtout parce que j'aimais l'idée de voler, surtout à cette vitesse.

Je retraçai le bord de l'aile du jet.

— Alors, c'était aussi amusant que tu le pensais ?

— La plupart du temps, oui.

Il marqua une pause, et ses yeux se perdirent pendant une fraction de seconde. Puis il se secoua et se racla la gorge en croisant à nouveau mon regard.

— Il y a eu des moments qui m'ont fait réfléchir à deux fois, mais la plupart du temps, c'était assez incroyable.

J'étais sur le point de demander à quoi ça ressemblait, mais il fit glisser ses doigts le long de mon flanc, et quand je haletai, il demanda :

— Tu es pressé de partir ?

— Ça dépend.

Je souris, acceptant le changement de sujet.

— Que se passe-t-il si je reste ?

— Il n'y a qu'une seule façon de le savoir.

— Eh bien, tant que tu n'en as pas marre de moi...

Il se rapprocha de moi et m'embrassa.

— Absolument pas.

— Alors non, je ne suis pas pressé.

— Bien.

Il m'embrassa à nouveau, sans s'arrêter.

Je décidai que je pourrais devenir sérieusement accro au sexe avec lui. Paul était incroyable au lit. Il était comme une checklist de tout ce que j'espérais toujours quand je couchais avec quelqu'un de nouveau.

Attentif ? Check.

Aime les baisers ? Check.

Aime être passif ? Check.

Dieu seul savait si nous avions quelque chose en commun en dehors de la chambre à coucher, et peut-être que nous finirions par réaliser que nous étions incompatibles pour tout ce qui n'impliquait pas d'orgasmes.

En attendant, j'avais bien l'intention de rester dans ce lit jusqu'à ce qu'aucun de nous ne puisse marcher.

CHAPITRE 6

PAUL

C'était un dimanche, et le bureau était pratiquement désert. C'était ce qui faisait la beauté d'une base aussi petite et tranquille – à moins d'une crise majeure ou d'un exercice d'entraînement à l'échelle de la base, de nombreux services travaillaient du lundi au vendredi, de neuf heures à dix-sept heures. Il n'y avait pas l'habituel flux constant de chaos qui accompagnait généralement le poste de capitaine, et j'en étais reconnaissant. Avant de venir ici, j'avais été commandant en second d'une base où nous étions tous nerveux lorsque les choses commençaient *à se gâter*. La NAS Adams était un changement de rythme agréable.

Il arrivait que mon téléphone sonne le week-end, mais il était rare que je doive venir au bureau en dehors de mes heures de travail normales. La plupart du temps, si je venais un week-end, c'était parce que je l'avais décidé, et cela se produisait généralement des jours comme celui-ci, où il pleuvait à verse et que je ne pouvais pas aller jouer au golf. Autant profiter d'un bureau vide pour faire de la paperasse et répondre à quelques centaines de courriels. Bien sûr, mes clubs de golf étaient dans mon coffre, au cas où le temps s'améliorerait, mais aussi merdique que soit la situation, j'avais peu d'espoir.

Si cet escadron supplémentaire s'installait ici, la base serait plus occupée. Plus de monde, c'était plus de risques de conneries à gérer. Si un navire s'installait, encore plus. D'après ce qu'on m'avait dit, le navire n'accosterait pas ici avant environ trois ans, je serais probablement transféré avant cela de toute façon. Je ne m'inquiétais donc pas. Mon emploi pépère resterait sans doute inchangé.

En supposant, bien sûr, que je puisse me concentrer sur ce boulot pépère et que je ne me fasse pas virer.

M'asseoir ici un dimanche après-midi et regarder dans le vide n'était pas très risqué, mais c'était ce que j'avais fait toute la semaine. C'était d'ailleurs pour cela que j'avais des mails et des trucs à rattraper. J'avais même rêvassé lors d'une conférence téléphonique avec les sénateurs qui venaient en ville la semaine prochaine, mais Dieu merci, je n'avais rien manqué d'important. Du moins, je l'espérais. Je le saurais quand les sénateurs arriveraient.

Je détournai mon regard de la pluie grise hypnotique et reportai mon attention sur la pile de papiers sur mon bureau. Puis sur mon écran, où des dizaines de courriels étaient encore marqués comme non lus. La plupart d'entre eux auraient dû être traités vendredi. D'autres, samedi. Mais où était mon cerveau ? Pas ici. Loin d'ici. Tout ce à quoi j'avais pu penser, c'était au type aux cheveux bleus et noirs qui somnolait encore dans le lit du motel quand je l'avais quitté. J'avais passé chaque longue et ennuyeuse réunion à songer à tous les messages sexuels que nous avions échangés.

Ce soir, j'avais rendez-vous avec Sean dès qu'il aurait terminé ses courses. Je n'avais donc pas grand intérêt à être ici, et s'il avait fait beau, ma partie de golf aurait été merdique.

Je me ressaisis. Qu'il y ait ou non un beau gosse qui passait du temps dans mon lit, j'avais un travail, pénible ou non, qui nécessitait mon attention. D'une part, j'avais deux marins qui se présentaient pour un conseil de discipline cette semaine, et j'avais besoin d'avoir la tête sur les épaules pour cela. Ils faisaient face à des accusations potentiellement graves, et c'était à moi de déterminer s'ils seraient punis à mon niveau ou s'ils passeraient en cour martiale. Qu'ils aient merdé ou non, ils méritaient une audience équitable et une résolution de la part de quelqu'un qui n'était pas occupé à rêvasser sur un chauffeur de taxi à la bouche fantastique et à la bite incroyable.

Tout tournait autour de Sean. Bien sûr que c'était le cas. Il était brillant et nouveau. Il ne faisait pas mal comme Jayson ou notre rupture. Alors peut-être que j'avais besoin de…

Non. J'avais été stupide de penser que je pourrais le faire sortir de mon organisme. Cela ne marchait jamais. Surtout pas avec quelqu'un comme moi, qui n'avait eu besoin que de deux taffes pour développer une dépendance à la nicotine dont il avait fallu vingt ans pour me débarrasser. Essayer de le faire sortir de mon organisme ne ferait que me rendre désespérément accro à lui, mais j'étais presque sûr que c'était déjà trop tard, l'USS *S'envoyer en l'Air avec Sean* avait déjà disparu à l'horizon.

Des bruits de pas dans le couloir m'extirpèrent de mes pensées. Travis Wilson, un collègue et ami, marchait en boitant légèrement, si bien que ses pas étaient assez distincts.

Bien sûr, il apparut dans l'embrasure de la porte.

— Hé. Il me semblait bien que je t'avais entendu brasser de l'air.

— Et moi qui pensais être discret.

— Toi ? Pfft. C'est pas demain la veille, mon ami.

Il entra dans le bureau, jeta son calot sur une chaise et s'installa avec précaution sur l'autre. En grimaçant légèrement, il ajouta :

— Laisse-moi deviner, la pluie a ruiné ta partie de golf ?

— Gagné. Comment vas-tu ?

Il haussa légèrement les épaules.

— Je tiens grâce à l'entêtement et l'ibuprofène. Comme d'habitude. Et toi ?

— À peu près pareil, répondis-je, avant de repousser ma chaise et de me lever. En fait, je crois que j'ai besoin d'un café.

— Oui, moi aussi. J'allais dans cette direction quand j'ai réalisé que tu étais là.

Nous nous dirigeâmes vers le couloir de la salle de repos. En chemin, je marchais un peu plus lentement que d'habitude, et pas seulement parce que mes hanches étaient agréablement douloureuses. Travis n'aurait jamais demandé à quelqu'un de ralentir, même lorsqu'il avait manifestement du mal à suivre, alors j'essayais de ne pas l'obliger à se dépêcher. Je n'avais pas la moindre idée de la façon dont il parvenait à courir pour ses tests de préparation physique, mais il ne plaisantait pas en disant qu'il tenait grâce à l'obstination et aux pilules. Probablement plus à l'entêtement que d'autre chose. Comme moi, il détestait admettre qu'il ressentait encore ses anciennes blessures. Je me demandais parfois s'il avait la même peur lancinante au fond de lui, à savoir que s'il laissait paraître la douleur, la Navy reviendrait sur sa décision de ne pas le mettre à la retraite pour raisons médicales. Je m'en inquiétais chaque fois que j'avais une douleur au cou.

La salle de pause, comme le reste du bâtiment, était vide. Nous nous préparâmes chacun un café – Dieu merci, la Keurig nous évitait d'avoir à attendre que la cafetière se mette à infuser. Une fois qu'il eut fini de polluer le sien avec de la crème et des édulcorants, nous retournâmes à mon bureau.

Alors que nous entrions dans mon bureau et prenions place avec précaution, grinçant et gémissant comme des octogénaires, il était difficile d'imaginer qu'il y avait eu une époque où nous étions deux jeunes gens fougueux qui ne croyaient pas en leur propre mortalité. Tout au long de nos carrières, nous avions été stationnés ensemble par intermittence. Nous nous connaissions depuis qu'il était en première année et moi en terminale à l'Académie. Nous avions même couché ensemble une poignée de fois au fil des ans, mais cela n'avait jamais abouti. Aujourd'hui, nous étions ici, avançant tous les deux un peu plus lentement qu'à l'époque de notre jeunesse. Il était sur la NAS Adams depuis quelques mois de plus que moi.

— Je ne suis pas surpris de te voir ici, avait-il dit lorsque nous nous étions croisés. Je pense que c'est ici que tous les pilotes cabossés et endommagés finissent tôt ou tard.

Je commençais à croire qu'il avait raison. Le commandant qui m'avait précédé avait été interdit de vol après sa deuxième éjection, et avait pris sa retraite après que les fractures de stress dans sa colonne vertébrale étaient devenues trop douloureuses pour être ignorées. Travis boitait à cause d'un accident qui avait failli le tuer et paralyser son officier d'interception radar. Les deux derniers commandants en second avaient été, comme Travis les appelait, des pilotes boiteux. L'un d'eux s'en était sorti de justesse après que son hélicoptère eut été abattu en Afghanistan, et l'autre s'était crashé à l'atterrissage avec un avion-cargo, mais je n'avais jamais eu connaissance de toute l'histoire de cet incident.

Et bien sûr, j'avais dû raccrocher mes ailes plus tôt que prévu, et j'avais encore des problèmes de cou et de dos qui me rappelaient pourquoi.

Mais aujourd'hui, ce n'était pas à cause de mon mauvais atterrissage que je marchais mal. Au moins, ces courbatures étaient dues à quelque chose d'amusant.

Travis s'adossa à sa chaise, posant son pied sur le bord de mon bureau, et m'observa en sirotant son café.

— Qu'est-ce qui te tracasse ? On dirait que tu es – il fit un geste vers la fenêtre – dans les nuages.

— Rien. Rien.

Je frottai mon cou qui se raidissait.

— Juste, euh...

Il arqua un sourcil.

— Laisse-moi deviner. Ton vendredi soir était bien plus excitant que ton dimanche ?

Je ris.

— On peut dire ça.

Il inclina la tête.

— Alors, ça veut dire que tu te remets de ta rupture avec Jayson ?

Jayson ? Oh. Oui, lui. Ce type dont j'étais amoureux – en quelque sorte – depuis... le temps que durait ce désastre.

— Oui. Oui, je m'en remets, soupirai-je. Il fallait que ça arrive.

— Les ruptures qui doivent avoir lieu peuvent quand même faire mal.

— Je pense que celle-ci a dépassé ce stade.

Et le fait que j'aie attendu un quart d'heure avant

d'avoir la queue d'un autre type dans la gorge n'a pas nui. Je remuai sur ma chaise.

— Bon sang, j'ai déjà quelqu'un d'autre pour me changer les idées.

Les yeux de Travis s'écarquillèrent.

— Déjà ?

— Déjà.

Il haussa les sourcils, exigeant silencieusement des détails, mais je ne lui en donnai pas. Après un bref silence, il secoua la tête et s'esclaffa.

— Eh bien, c'est bon de te voir remonter en selle. J'ai bien cru que tu plongerais en chute libre après que celui-ci t'a plaqué.

Je le dévisageai.

— Tu n'es pas déçu de ne pas avoir ta dose habituelle de schadenfreude[1] ?

Il porta une main à sa poitrine.

— Quoi ? Grand Dieu, Paul. Tu me fais passer pour un monstre sadique.

— Oui. Et ?

— Je suis outré.

— Non, tu ne l'es pas.

Ses lèvres se plissèrent. Puis il haussa les épaules.

— D'accord, je ne le suis pas. Et oui, je suis légèrement déçu de ne pas pouvoir profiter de ta douleur après la séparation, mais je m'en remettrai.

Je levai les yeux au ciel en riant.

— Tant mieux. Je ne voudrais pas que ma rupture te laisse un traumatisme durable.

— N'est-ce pas ?

_____

1. L'expression allemande « schadenfreude » définit la joie que l'on ressent face au malheur d'autrui.

Nous gloussâmes tous les deux et nous restâmes encore un moment à bavarder tout en buvant notre café. Lorsque l'horloge commença à s'approcher de quinze heures trente, il devint évident que je n'accomplirais rien aujourd'hui, je ramassai donc mes clés.

— Bon, Wilson. Tu n'as pas du travail à faire ?

— Pourquoi ? Tu me mets à la porte ?

— Oui. Il faut que je bosse pour pouvoir finir de me remettre de... quel que soit son prénom.

Travis rit en se levant, ce qui masqua presque sa subtile grimace.

— C'est la bonne attitude. Très bien, je vais me remettre au travail.

Alors que Travis retournait à son bureau, je tapotai mon ongle sur ma tasse de café et fixai la chaise qu'il occupait. C'était bizarre de lui cacher quelque chose. Au fil des ans, nous avions parlé de tout et de rien, y compris de nos longues séries de relations brisées. Un coup d'un soir n'était pas complet sans que les détails sordides ne soient révélés à Travis le lendemain. Nous étions des abrutis comme ça. Alors, lui cacher quelque chose me paraissait... bizarre.

D'un autre côté, il ne dévoilait pas non plus toutes ses cartes. Comme moi, il avait été marié deux fois et avait eu un certain nombre de petites amies au fil des ans, mais il n'avait jamais eu de relation durable avec un homme à ma connaissance, et il n'avait jamais révélé pourquoi. Pour une raison quelconque, il aimait le sexe avec les hommes et les relations avec les femmes. La seule fois où il s'était laissé approcher par un homme – il ne l'avait jamais admis, mais j'étais presque sûr qu'il avait été amoureux de lui –, la fin l'avait détruit. Dix ans plus tard, je ne pouvais pas imaginer qu'il s'en était remis. C'était peut-être pour cela qu'il ne sortait pas avec des hommes. Si c'était le cas, il n'en parlait jamais. Pas même à moi.

Mais cela n'expliquait toujours pas pourquoi je ne pouvais pas me résoudre à mentionner quoi que ce soit à propos de Sean, à l'exception de commentaires génériques sur le fait que j'étais en train de m'éclater. Pourquoi gardais-je Sean secret ?

Oh, oui. C'est vrai.

Parce qu'il a la moitié de mon âge et que ce n'est probablement qu'une aventure pour lui.

Oui, je devrais peut-être garder ça pour moi.

CHAPITRE 7

SEAN

Paul et moi ne pouvions pas nous voir souvent, mais nous profitions du temps que nous pouvions passer ensemble. Quel que soit son travail – sans doute *quelque chose* en rapport avec les avions, puisqu'il travaillait probablement toujours dans le même domaine, même s'il ne volait plus –, il fallait parfois faire de longues heures et s'attendre à une annulation de dernière minute. Parfois, tout ce que nous pouvions faire, c'était de nous envoyer en l'air, tard dans la nuit, sur la banquette arrière, sur une route secondaire non signalée. D'autres fois, nous avions plus de chance.

Ce soir, je m'étais démené pour terminer un devoir pour l'un de mes cours afin d'être libre lorsque Paul quitterait le travail. En l'espace de cinq minutes, j'avais envoyé le devoir à mon professeur et Paul m'avait envoyé un texto pour me dire qu'il s'était enregistré dans un motel en dehors de la ville. Vingt minutes plus tard, nous étions au lit.

J'avais plus d'une fois pensé que nous dépensions beaucoup d'argent pour baiser et qu'il y avait peut-être une raison pour qu'il ne me ramène pas chez lui. Une femme, peut-être ? Mais je n'en parlais pas. Je n'avais pas envie d'expliquer que nous ne pouvions pas aller chez moi, parce que j'étais très gêné de vivre encore avec mon père. Et il n'aimait pas parler de travail, contrairement à la plupart des militaires que j'avais connus. Cela ne me dérangeait pas. Apparemment, nous avions mis en place notre propre politique du « Don't Ask, Don't Tell ».

Peu importait. Paul profitait du sexe post-rupture, et moi, du sexe extraordinaire, alors grand bien nous fasse. Si je restais plus de deux ou trois jours sans ce sexe qui me rendait dépendant, je commençais à devenir nerveux.

En cet instant, nous étions exactement là où j'avais voulu être toute cette putain de semaine – sous les couvertures, en train de nous embrasser paresseusement. Mes cheveux étaient encore humides de la douche que nous avions partagée après avoir transpiré à grosses gouttes. Les siens étaient surtout secs, parce qu'ils étaient plus courts que les miens, mais ils étaient encore frais entre mes doigts.

Au bout d'un moment, Paul recula un peu et pencha la tête d'un côté, puis de l'autre, en grimaçant subtilement.

— Qu'est-ce qui ne va pas ? demandai-je.

— Oh, juste une vieille blessure, répondit-il avec un signe de la main. Ça vient avec l'âge. Et la carrière militaire.

Je grimaçai.

— Aïe.

— Eh, ce n'est pas grave. C'était un peu raide hier, mais le chiropracteur a fait des merveilles, alors ça va mieux maintenant, expliqua-t-il en souriant. Je ne pouvais pas laisser ça gâcher la soirée, n'est-ce pas ?

Je ris.

— Eh bien, oui, ça aide. Mais sérieusement, j'espérais vraiment que tu te sentes mieux.

Il déposa un doux baiser sur mon front.

— Je sais. Et j'apprécie. Malheureusement, ça va probablement m'accompagner pour le reste de ma vie. Parfois, ce
n'est pas si mal, parfois, eh bien...

— Ça a l'air... agréable.

J'étais curieux de savoir ce qui s'était passé, mais il
semblait plutôt évasif sur le sujet, alors je n'abordai pas la
question.

— Je ne t'ai jamais posé de questions sur certains de tes
tatouages, dis-je en passant ma main sur le Super Hornet. À
part celui-ci, je veux dire.

— Ils ont tous une histoire. N'hésite pas à m'interroger.

— Et celui qui se trouve entre tes épaules ? Je jure que
j'ai déjà vu cet emblème, mais je ne me souviens pas de ce
que c'est.

Il jeta un coup d'œil par-dessus son épaule, comme s'il
pouvait, d'une manière ou d'une autre, ramener le tatouage
dans sa vision périphérique.

— Oh, plusieurs d'entre nous l'ont fait après avoir été
diplômés de l'Académie. Nous étions imbus de nous-mêmes
et nous nous prenions pour des dieux parce que nous étions
passés par Annapolis.

Il leva les yeux au ciel.

— Alors on s'est fait tatouer l'emblème de l'Académie.

— Je pense que je peux comprendre pourquoi. Je veux
dire, qui ne voudrait pas avoir son Poudlard...

Il rit et repoussa ma main.

— Tais-toi. Alors, et toi ? Des tatouages à l'avenir ?

Je désignai ma peau vierge d'encre.

— Peut-être quand j'aurai de l'argent.

— N'en fais pas sur un pari. Fais-moi confiance.

— Je m'en souviendrai.

Il gloussa à nouveau et m'embrassa sur la joue.

— Alors, tu voles toujours ? demandai-je.

Une légère grimace passa sur son visage et il secoua la tête.

— Non. Cette époque est, euh... révolue.

— Oh.

Je ne savais pas trop quoi répondre. J'étais certes curieux de savoir ce que c'était que de voler, mais le sujet me paraissait un peu délicat. C'était peut-être pour cela qu'il ne parlait pas beaucoup de son travail. Je n'avais aucune idée de ce qu'il faisait maintenant qu'il ne volait plus, mais il n'était pas pressé d'en parler ou de raconter ce qui l'avait cloué au sol, alors je me raclai la gorge et changeai de sujet.

— Alors, euh... ce club où je suis venu te chercher l'autre jour. Tu y vas souvent ?

Paul sembla se détendre un peu, comme s'il était soulagé par le changement de sujet. Il se réinstalla contre les oreillers et passa distraitement une main le long de mon bras.

— C'était la première fois que j'y allais, en fait. Et toi ?

— Je n'y suis allé qu'une fois. Je n'ai pas été très impressionné, admis-je en fronçant le nez.

— Moi non plus.

Ses yeux se posèrent sur moi et il sourit.

— Mais j'étais un peu distrait.

La chair de poule me picota le dos, sans parler de mon avant-bras, où ses doigts se promenaient d'avant en arrière.

— Quel est le club que tu préfères ? demanda-t-il. L'un des clubs ?

— Le Backdoor Bob est pas mal.

Ses doigts s'arrêtèrent et il me dévisagea.

— Vraiment ? Celui-là avait l'air d'être une sorte de boui-boui.

Je secouai la tête.

— C'est vieux et délabré, mais il y a pas mal de monde après vingt-deux heures.

— Je ne l'aurais pas deviné.

— Et attention, ils ne diluent pas les boissons.

Il sourit.

— C'est bon à savoir. Je suis presque sûr qu'ils ne les servent pas aussi fortes que dans certains ports d'outre-mer.

— Je pensais que les ports diluaient l'alcool.

— Certains. Mais pas tous. Certainement pas tous. Quand tu commandes un Long Island Iced Tea et qu'il est presque entièrement transparent ?

Paul rit.

— Tu ferais mieux de le boire lentement ou tu seras *foutu*.

On dirait que c'est mon genre d'endroit.

— Vraiment ?

Mes joues me brûlèrent.

— Eh bien. Je ne bois pas tant que ça. Mais si je dois débourser douze dollars pour un verre, il a intérêt à être corsé.

— Je suis tout à fait d'accord avec toi sur ce point.

Il marqua une pause avant de poursuivre :

— Hmm... tu m'as rendu curieux à propos de ce club, cependant.

Bizarrement, un accès de jalousie me saisit en pleine poitrine. Pourquoi étais-je jaloux ? Parce que nous avions couché ensemble quelques (douzaines de) fois ?

Puis, avec un sourire malicieux, il ajouta :

— Sauf que ça me semble être une très longue distance à parcourir juste pour boire un verre et t'appeler ensuite.

Il me fit un clin d'œil.

Je frissonnai.

— Tu pourrais toujours économiser du temps et de l'argent en me demandant de t'y emmener dès le départ.

— Quel serait l'intérêt ?

Il tendit le bras et m'attira vers lui.

— D'ici la fin de la nuit, je vais te supplier de me baiser, que ce soit ici ou à Flatstick. Autant rester à Anchor Point, tu ne crois pas ?

Il effleura mes lèvres.

— Je suis tout à fait d'accord avec toi.

Je l'embrassai, et soudain, discuter de clubs et de boissons fut inutile.

Puis je me souvins de la façon dont il avait grimacé et s'était étiré plus tôt, et je rompis le baiser.

— Attends, ton cou n'est pas trop...

Il enroula un bras autour de ma taille.

— Non. Absolument pas.

— Tu es sûr ? On peut...

Paul m'embrassa. Il me serra plus fort et je fondis contre lui, le sang battant dans mes oreilles, tandis que mon sexe durcissait contre sa cuisse. Si son cou le gênait, il n'en laissait rien paraître.

S'il n'était pas trop endolori pour un autre round, je n'allais certainement pas dire non.

Je le fis donc rouler sur le dos et veillai à ce qu'aucun de nous ne puisse marcher le lendemain.

CHAPITRE 8

PAUL

Grâce à d'odieux lampadaires situés au-delà de notre fenêtre, la chambre du motel était plus lumineuse que je ne l'aurais souhaité. De toute façon, je n'avais pas l'intention de dormir.

À côté de moi, Sean s'était assoupi depuis longtemps. Il était presque minuit et nous avions fait l'amour deux fois depuis notre arrivée. Normalement, je l'aurais rapidement suivi dans le sommeil, mais il y avait un problème : mon cou me faisait *souffrir*.

À la maison, j'aurais sorti un sac de petits pois du congélateur et l'aurais appuyé contre mon cou pendant un moment, mais comme Sean et moi nous retrouvions toujours dans des motels au lieu de chez lui ou chez moi, ce n'était pas une option. Il fallait que je fasse quelque chose, sinon le sommeil ne viendrait pas. Entre mon cou, le matelas dur comme de la pierre et les oreillers remplis de magazines ou autres, j'étais malheureux.

Prenant soin de ne pas le réveiller, je sortis du lit et enfilai mon caleçon. Dans la salle de bains, je fouillai dans mon kit de rasage pour trouver l'éternel flacon d'ibuprofène – la bonne vieille vitamine I – et j'en avalai deux sans eau.

Puis... de la glace.

Il y avait une machine à glaçons au bout du couloir et un petit seau sur la table. Un paquet de glaçons enveloppé dans l'une des serviettes à trente grains ne serait pas confortable, mais cela pourrait aider.

Je jetai un coup d'œil vers le lit. Sean dormait encore, il n'avait pas le sommeil léger, loin de là. Pourtant, il pourrait s'en apercevoir si je quittais la chambre et revenais.

Bon sang. Peut-être devrions-nous renoncer à cette histoire de motel et nous retrouver chez moi. Les ménagères d'Admiral's Row qui crevaient d'ennui le remarqueraient, elles parleraient, et les ragots circuleraient dans la base jusqu'à la fin des temps, mais au moins, nous dormirions dans un lit décent avec un accès facile à des packs de glace. Même si j'avais mal au cou ce soir, alimenter le moulin à rumeurs me semblait être un compromis raisonnable.

Je soupirai en pétrissant les muscles rigides du côté gauche de mon cou. Non, je n'aimais pas afficher quelqu'un à ce point à moins que ce ne soit sérieux. Les gens pouvaient parler de moi autant qu'ils le voulaient – et apparemment, la vie amoureuse sordide du capitaine ouvertement gay était un sujet brûlant –, mais je ne voulais pas que Sean se retrouve au milieu de tout ça.

Eh bien, que je commence à le ramener à la maison ou non, j'étais ici en ce moment, sans petits pois congelés pour mon cou douloureux. Si je pouvais au moins mettre quelque chose de froid dessus, ça m'aiderait. Je jetai un coup d'œil dans la salle de bains, puis récupérai une des serviettes de bain. Je la froissai, fis couler le robinet dessus, l'essorai, puis je l'enroulai autour de ma nuque. Le froid m'arracha un sifflement. Comme je me glaçais souvent le cou, j'aurais dû y être habitué...

— Paul ?

Je tournai sur moi-même, ce qui ne fit aucun *bien* à mon cou.

Sean cligna des yeux plusieurs fois, se protégeant de la lumière de la salle de bains.

— Tu vas bien ?

— Oui, ça va. Juste, euh...

J'avais probablement l'air d'un idiot, debout avec une serviette mouillée sur le cou.

— Je ne t'ai pas entendu te lever.

Il sourit d'un air endormi.

— Je ne *t'ai* pas entendu *te* lever non plus.

Je lui répondis par un sourire.

— Oui, c'était l'idée. Je ne voulais pas te déranger.

— J'apprécie beaucoup. Mais...

Ses sourcils se froncèrent.

— Qu'est-ce qui ne va pas avec ton cou ?

— Ça fait un peu mal. Je me suis dit que quelque chose de froid m'aiderait, et c'est ce qui s'en rapprochait le plus.

Il montra la porte.

— Il n'y a pas de machine à glaçons là-bas ?

— Si, mais... comme je l'ai dit, je ne voulais pas te déranger.

Il leva les yeux au ciel.

— Bon sang, Paul. Si tu as assez mal pour être réveillé, va chercher de la glace. En fait, reste ici. Je vais y aller.

Avant que je puisse répondre, il disparut. J'enlevai la serviette humide et la laissai tomber dans le lavabo, et quand je quittai la pièce, il avait enfilé un jean.

Il ramassa le seau et la clé de la chambre.

— Je reviens dans une seconde. Dois-je le remplir ? De quelle quantité as-tu besoin ?

— Euh, la moitié devrait probablement suffire.

— D'accord. Je reviens tout de suite.

Sur ce, il partit.

J'expirai et m'appuyai contre le mur. Je me sentais mal de l'avoir réveillé, mais Dieu le bénisse. J'avais été avec trop d'hommes qui auraient été agacés d'être réveillés, ou qui auraient vu cela comme une opportunité pour un autre orgasme. J'aurais dû savoir que Sean serait différent.

Parce qu'il est différent à tous points de vue. Il ne ressemble à aucun des hommes que j'ai connus.

Tu ne peux pas vraiment vouloir être avec un vieux type dont le sang est composé à moitié d'ibuprofène. Si ?

La porte s'ouvrit et Sean entra avec le seau de glace.

— Désolé, ça a pris plus de temps que prévu, s'excusa-t-il en me tendant le seau. La machine était en panne, j'ai dû aller à celle qui se trouve de l'autre côté du bâtiment.

— Celle...

Je baissai les yeux sur la glace. J'étais tellement perdu dans mes pensées que je n'avais même pas réalisé qu'il était parti plus longtemps que prévu, au moins assez pour faire le tour du bâtiment.

— Merci. Tu es une bénédiction.

Il sourit.

— Il n'y a pas de quoi. Tu as besoin d'un coup de main ?

— Non, non. Je m'en occupe.

Je trouvai un sac en plastique à l'intérieur du seau, y versai la glace, le nouai et enveloppai le tout dans une serviette fine et grossière. Je la posai ensuite sur mon cou, à l'endroit où se trouvait précédemment la serviette humide. C'était beaucoup plus confortable contre ma peau qu'un tissu humide et froid. J'aurais vraiment dû aller chercher la glace moi-même. Idiot.

Avec le froid réconfortant contre mes muscles endoloris, je soupirai lourdement.

— Oh. Beaucoup mieux.

— Bien.

Il sourit faiblement, mais son sourire s'estompa.

— C'est... c'est pour ça que tu ne voles plus ?

— Oui. Quand j'ai...

Cockpit. Là. Non. Trop vite. Remonte ! Trop tard. Je frémis. Presque dix ans, et ce souvenir pouvait encore m'emmerder.

Sean pencha la tête.

— Paul ? Tu vas bien ?

Oui. Ça va.

J'ajustai la poche de glace improvisée sur mon cou.

— C'est dû à un mauvais atterrissage. Ça aurait pu être bien pire.

Ses lèvres s'entrouvrirent.

— Oh. Je te proposerais bien de te masser, mais... s'il y a une vraie blessure, je ne veux pas la bousiller davantage.

Il grimaça.

— C'est bon. La glace aide.

Je pris sa main et la serrai doucement.

— Je ne peux pas te promettre beaucoup plus d'excitation ce soir, cependant.

Il passa son pouce sur le côté de ma main.

— Je survivrai. Je suis content que tu ailles bien.

— Oui. Je vais bien. C'est juste une ancienne blessure, aggravée par la vieillesse. Un conseil : ne vieillis pas.

Sean rit.

— Je m'en souviendrai.

Il me dévisagea un moment tandis que je pressais la poche de glace contre les muscles raides.

— Si je peux me permettre de te demander... que s'est-il passé exactement quand tu...

Il fit un geste vers mon cou.

— Je veux dire, tu n'as pas à me le dire. Si c'est... tu sais...

Je pris une grande inspiration.

— C'est bon. La version courte, c'est que je me suis écrasé en atterrissant sur un porte-avions.

Tout son corps se raidit.

— Waouh. Tu es sérieux ?

— Oui.

La douleur dans mon cou s'intensifia à ce souvenir, et je plaquai la glace un peu plus fort.

— Nous faisions les examens d'aptitude à la conduite d'un avion. On s'entraînait aux décollages et aux atterrissages. Ce qu'il faut faire – beaucoup –, parce qu'on vise quelque chose de la taille d'une feuille flottante qui rebondit et qui file à une trentaine de nœuds.

— Seigneur...

— Oui. Ce jour-là, la mer était déchaînée. En théorie, les opérations de vol auraient pu être annulées, et elles auraient probablement dû l'être, mais nous avons besoin d'expérience en mer agitée. Nous ne pouvons pas voler uniquement lorsque la mer est calme. Le problème, c'est que personne n'a réalisé à quel point les conditions météorologiques allaient empirer ce jour-là avant que nous ne soyons déjà dans les airs.

Combien tu paries que l'atterrissage va être merdique ? s'était demandé mon RIO[1] lors de notre approche.

Tant que nous ne finissons pas dans l'eau.

_____

1. Officier d'Interception Radar

Pas de pression, mec.

Ma bouche s'assécha et je malaxai la poche de glace pour occuper mes doigts.

— Nous sommes revenus et juste avant que je ne descende, le pont s'est incliné plus fort que je ne l'avais prévu. Nous avons manqué le câble d'arrêt parce qu'il n'était plus là, ce foutu pont s'était détaché du crochet de queue, et mon train d'atterrissage a touché un côté et pas l'autre. Pas seulement à cause de la force de l'avion qui descendait, mais aussi à cause du pont qui se soulevait. Le train d'atterrissage a été détruit, ensuite...

Mon estomac se retourna, et pas parce que j'avais avalé des pilules sans manger. Aujourd'hui encore, je pouvais sentir le tournoiement, la chute et l'apesanteur de mon coucou qui perd le contrôle. J'étais absolument certain que nous allions mourir, et j'avais prié pour que ce soit rapide plutôt que lent et ardent.

— Bref. C'est... Tout ce qui s'est passé après est un peu flou.

Tout sauf le verre brisé, les cris, la douleur et la vue de mon RIO inconscient avec du sang sur un côté du visage... Je me raclai la gorge en ajustant la poche de glace.

— Nous nous en sommes sortis tous les deux, Dieu merci, mais ça a signé la fin des vols pour nous deux.

— Je comprends pourquoi. Ça a l'air terrifiant.

— Tu n'imagines pas.

Je baissai la poche de glace et fis rouler mes épaules.

— Ça aurait pu être bien pire, pourtant. Même sans nous tuer.

Je fixai la moquette de la chambre d'hôtel.

— Un de mes bons amis a heurté l'arrière du navire lors d'un atterrissage de nuit dans une mer agitée. Heureusement qu'il était assez haut pour ne pas le percuter, sinon il serait mort.

— Qu'est-ce qui s'est passé ? Il a arraché son train d'atterrissage ou quelque chose comme ça ?

— Et une bonne partie du zinc avec, oui. Le pire, c'est qu'ils ont dû s'éjecter juste avant que le jet ne quitte le bord du pont pour tomber dans l'eau. Nous avons dû envoyer les services de recherche et de sauvetage à leur poursuite.

— Par mauvaise mer ?

J'acquiesçai.

— L'un des nageurs SAR a été blessé, mais par miracle, ils ont réussi à sortir mon pote et son RIO.

— Est-ce qu'*ils* vont bien ?

— En quelque sorte. Les deux étaient inconscients, et il a fallu attendre quarante-huit heures avant que l'on sache avec certitude s'ils s'en sortiraient. Travis a des problèmes chroniques de dos, mais il a eu beaucoup de chance, expliquai-je en grimaçant. Son RIO s'est retrouvé paralysé – il s'est cassé le dos dans l'accident, et ils ont bousculé sa moelle épinière en le tirant hors de l'eau.

Sean cligna des yeux.

— Oh mon Dieu.

— Mais il a survécu. Après un tel accident, le fait qu'ils s'en sortent tous les deux vivants est déjà un miracle.

— Sans blague.

Je gloussai.

— Mais si tu connaissais Travis, tu ne serais pas surpris qu'il s'en soit sorti. C'est un enfoiré têtu.

Le sourcil de Sean se haussa.

— Qui se ressemble s'assemble ?

— Quelque chose comme ça, oui.

Je penchai la tête d'un côté, puis de l'autre, étirant les muscles qui se détendaient lentement.

— Les pilotes sont tous dingues. C'est pour ça qu'on s'entend bien.

Il rit.

— Est-ce que c'est pour ça que *nous* nous entendons bien ?

Je me joignis à son rire, heureux qu'il ne puisse pas voir la façon dont mon estomac se retournait.

— Eh bien, nous faisons plus que nous envoler ensemble, alors...

Il s'approcha et posa ses mains sur ma taille.

— C'est vrai. J'aime bien notre style de folie, cependant.

Mon cœur battait la chamade. Mon Dieu, cette lueur enjouée dans ses yeux – si mon cou ne me faisait pas mal au point d'être distrait...

— Dommage qu'on ne puisse plus s'amuser ce soir.

Je lui adressai une grimace d'excuse et touchai la glace enveloppée dans une serviette.

— Désolé.

— Désolé ?

Sean sourit. Il m'embrassa doucement, et quand nos yeux se croisèrent à nouveau, son sourire était doux. Il me serra le bras.

— Je ne vais pas te proposer un nouveau rodéo alors que tu as assez mal pour mettre une serviette mouillée sur ta peau. Ne t'inquiète pas pour ça. De toute façon, je ne marcherai pas droit demain.

— De rien.

Je lui fis un clin d'œil, soulagé au-delà des mots qu'il semble vraiment d'accord pour ne plus faire de bêtises ce soir.

— Nous, hum...

Je jetai un coup d'œil au vieux radio-réveil posé sur la table de nuit et me raclai la gorge.

— Nous devrions probablement dormir un peu.

Son front se plissa.

— Tu devrais peut-être laisser la glace agir un peu plus longtemps.

— Je sais, mais...

Il fit un signe de tête vers la télévision.

— Je suis sûr qu'on peut trouver un film ou un truc à regarder. Il doit bien y avoir un programme stupide de fin de soirée ou quelque chose comme ça.

Je le regardai fixement.

— Tu... Tu n'as pas cours demain ?

— À midi, si.

— Mais tu...

Il m'embrassa à nouveau.

— Détends-toi. Nous pouvons regarder quelque chose jusqu'à ce que nous commencions à nous endormir. D'ici là, j'espère que tu n'auras plus aussi mal au cou.

— Oh. Je... Oui. Ça a l'air bien. Je pense que la télécommande est près de la télévision.

Pendant que je m'installais – plus ou moins – confortablement sur le lit, Sean fit défiler les chaînes jusqu'à ce que nous trouvions un vieux film sur les bons et les mauvais flics datant des années 1970. Une fois que je fus calé, il s'assit à côté de moi et nous nous appuyâmes tous les deux contre la tête de lit tandis que je continuais à glacer mon cou.

De toutes les conséquences que j'avais imaginées si je le réveillais en soulageant la douleur, celle-ci ne m'était même pas venue à l'esprit. Même si je savais pertinemment que Sean n'était pas un abruti, l'expérience passée m'avait fait m'attendre à des tentatives opportunistes de sexe. Ou à un grognement du genre « éteins cette putain de lumière ». Ou à un râle sur le peu de sommeil qu'*il* avait eu à cause de moi.

Je n'aurais pas dû être surpris quand aucune de ces

choses ne s'était produite. Sean n'était pas comme ça. Dès qu'il avait compris pourquoi j'étais réveillé, il était allé chercher de la glace, et maintenant il était parfaitement satisfait de regarder un film stupide jusqu'à ce que je sois assez à l'aise pour m'endormir. Il prenait tout à bras-le-corps. Il était si facile à vivre et si détendu. À propos de tout ça. De tout.

Et tandis que nous étions assis là, à regarder ce film ridicule, tout ce que je pouvais penser, c'était...

Où diable étais-tu pendant toute ma vie ?

Adossé à ma chaise de bureau, je fixais le plafond. Je ne faisais rien d'autre que de me demander ce qui se passait avec Sean. Il y avait une pile de paperasse sur mon bureau et plusieurs dizaines de courriels sans réponse dans ma boîte de réception, mais aujourd'hui... non, ce ne serait pas pour aujourd'hui. Les crises majeures avaient été gérées, bien sûr, mais les choses les plus ennuyeuses devraient attendre qu'un café, une course ou *autre chose* me sorte de ce mode tête en l'air.

La journée avait commencé de la meilleure façon qui soit : par du sexe paresseux et endormi. Sean avait dû partir peu de temps après pour terminer un devoir avant les cours, mais j'étais d'excellente humeur depuis. Maintenant, si je pouvais combiner cette humeur avec la capacité de me concentrer, je serais en bonne forme.

Au contraire, j'avais pensé à lui toute la journée. Ce n'était pas rare en même temps. Plus je passais de temps avec Sean au lit, plus il prenait de place dans mon cerveau.

Mais est-ce que je me faisais des illusions ? Après tout, Sean avait la moitié de mon âge, à un an près. Bien sûr, il était toujours enthousiaste dans la chambre à coucher, et il n'avait pas rechigné quand il avait vu mon corps de vieux. Mais en fin de compte, je n'arrivais pas à imaginer qu'il puisse se passer quelque chose d'autre que du sexe et un peu de badinage après le coucher.

Pourtant, ça en donnait vraiment l'impression. Plus encore chaque fois que je le voyais.

Dans quoi tu t'engages cette fois, Richards ?

Quelqu'un frappa à ma porte, me ramenant à la réalité.

— C'est ouvert.

Travis passa la tête dans mon bureau.

— Hé, tu es occupé ?

— Pas vraiment. Entre donc.

Il entra et referma la porte derrière lui. Lorsqu'il traversa mon bureau, sa claudication était légèrement plus prononcée que d'habitude. Je n'étais pas surpris – il avait passé toute la journée d'hier sur la ligne de vol pour superviser une inspection de contrôle qualité. Techniquement, ce n'était pas son travail, mais après l'inspection désastreuse de l'année dernière, il ne voulait prendre aucun risque. Malheureusement, cela signifiait qu'il avait dû rester debout plus longtemps qu'il n'aurait dû.

Je frottai ma nuque pour la débarrasser de sa raideur.

— Comment va ton dos ?

Il grimaça et haussa les épaules.

— L'entêtement et l'ibuprofène, mec. L'entêtement et l'ibuprofène.

— Tu te sentirais probablement mieux si tu ne te donnais pas autant de mal.

— Quand je me serai détendu ce week-end, j'irai bien, et aucun de nous n'aura à expliquer à l'amiral Cruz pourquoi nous avons échoué à l'inspection.

— D'accord, c'est juste. Mais ne te comporte pas en martyr pour une foutue inspection, plaisantai-je en souriant. Parce que, non, je ne vais pas demander la Purple Heart parce que tu es resté trop longtemps debout.

Il m'adressa un doigt d'honneur et nous nous mîmes à glousser.

Travis se redressa, s'avachit sur sa chaise et s'appuya sur son coude – l'image même de l'attitude militaire. Il essayait probablement aussi de cacher le fait qu'il avait mal au dos. Je faisais la même chose : mieux valait adopter une posture légèrement relâchée que de laisser quelqu'un comprendre que j'avais mal en respirant. Des pilotes idiots et leur fierté idiote, aurait dit ma première femme en plaisantant.

Je fis rouler la raideur de mes épaules. Cette fois, c'était moins dû à ma blessure qu'au fait d'avoir été à quatre pattes pendant un long moment la nuit dernière. Mes hanches me faisaient souffrir de la même façon et j'étais presque sûr d'avoir un bleu, juste en dessous de l'endroit où se trouvait mon portefeuille dans ma poche avant. Je ne pouvais pas vraiment me plaindre de cela, cependant.

Réprimant un sourire, je demandai :

— Alors, tu es venu pour discuter de tout et de rien, ou tu as quelque chose à dire sur le travail ?

— Un week-end ? ricana-t-il. Je t'en prie.

— Hum. Oui. C'est un bon point. Pourquoi es-tu au travail, alors ?

Il fit un signe de la main en direction de son bureau.

— J'avais besoin de rattraper quelques courriels, et il y a une grosse pile de notes de frais sur mon bureau que je ne veux pas voir lundi.

— Même chose, répliquai-je, avec un signe de tête vers ma boîte de réception, qui avait magiquement accumulé environ cinq cents mails alors que j'aurais juré qu'elle était vide hier après-midi. Mais qu'est-ce qui t'amène dans mon bureau ?

— Prendre une pause imposée par l'État, évidemment.

Nous éclatâmes tous les deux de rire. Les pauses imposées par l'État. Dans l'armée. *La bonne blague.*

— En fait, tant que nous sommes tous les deux improductifs, je suis curieux de quelque chose, ajouta-t-il.

— Ah oui ?

— Oui. Qu'est-ce qui t'arrive ces derniers temps ?

Il pencha la tête et plissa les yeux.

— Tu as été sur une autre planète récemment.

— Rien. Je suis…

— Avec tout le respect que je te dois, Capitaine – il fit un clin d'œil –, je me vois dans l'obligation de te dire que ce sont des conneries.

J'évitai son regard.

Il tapa du bout des doigts sur le bord de mon bureau.

— Je le savais. Allez, balance.

Il était inutile d'essayer de lui cacher quoi que ce soit. La CIA, l'Inquisition espagnole et ma seconde femme n'avaient rien à envier à la capacité de Travis Wilson à me soutirer des informations.

Je pris donc une grande inspiration.

— Je, euh, vois quelqu'un.

— D'accord. Dis-moi quelque chose que je ne sais pas. Je sais quand tu t'envoies en l'air et quand tu ne le fais pas. J'ai *demandé* ce qui se passait avec toi.

— D'accord, eh bien…

Je me raclai la gorge.

— Tu te souviens quand j'ai dit que j'avais déjà quelqu'un pour me changer les idées après Jayson ? C'est toujours le même gars. On s'est un peu précipités. Il s'est écoulé environ une heure entre ma sortie de la chambre de Jayson et le sexe avec ce type, et d'une manière ou d'une autre, nous continuons à nous fréquenter.

Les yeux de Travis s'écarquillèrent.

— Waouh. Une heure ? Impressionnant.

Je m'esclaffai.

— Ça a changé le ton de la soirée, je peux te l'assurer.

— Je veux bien te croire. Où l'as-tu rencontré ? Parce que je suis allé dans ces clubs à Flatstick, mais je n'ai pas eu de chance récemment.

— Je suis tombé sur lui par hasard.

— Quel veinard, marmonna-t-il. Peut-être qu'il faut que je me remette sur Grindr ou quelque chose comme ça. Il n'y avait pas beaucoup de choix il y a un an.

— Ça vaut le coup d'essayer, non ?

— Dit l'homme qui n'a pas besoin de parcourir tout Internet pour trouver une bite en ce moment, railla-t-il, avant de m'étudier. Alors, quel est le problème ? Tu es épuisé par le sexe avec Dickus Maximus, ou il y a autre chose ?

— Eh bien...

Son sourcil s'arqua.

— Le truc, c'est que... hésitai-je en tapotant mes doigts sur l'accoudoir. D'accord. J'ai une question à te poser.

— Bien sûr. Vas-y.

— Que penses-tu des couples qui ont un écart d'âge énorme ?

Travis haussa les épaules.

— Je suppose que ça dépend de l'écart d'âge dont on parle.

— Eh bien... hésitai-je. Et si Kimber ramenait à la maison un gars comme moi ?

Il rit.

— Si elle ramenait un type comme toi à la maison, je lui ferais vérifier le cerveau, mais pas à cause de ton âge.

Je levai les yeux au ciel.

— Va te faire foutre. Sérieusement, ça ne te dérangerait pas ?

Ses yeux se perdirent un moment dans le vide.

— Eh bien. Je suppose que ça dépend du type. Je veux dire, je suis honnêtement surpris chaque fois que Kimber *ne* sort *pas* avec quelqu'un de plus âgé qu'elle.

— Pourquoi ça ?

— Tu la connais. Elle a toujours eu quelques années d'avance sur ses pairs en matière de maturité. Si elle commence à fréquenter quelqu'un de plus âgé, j'interviendrais si c'est un vrai salaud, mais s'il a l'air d'un type bien, je me fierai à son jugement.

— Même s'il a, disons, deux fois son âge ?

Les sourcils de Travis se haussèrent.

— Ne me dis pas que tu as un magnat du pétrole de quatre-vingts ans sur le dos ou quelque chose comme ça.

J'éclatai de rire.

— Non, non. C'est moi le plus âgé.

— Vraiment ? Tu t'es trouvé un vingtenaire ? Bien joué, matelot.

— Oui, mais bon. Je continue à me demander si je suis un idiot, ou si je... Je ne sais pas. Il a une vingtaine d'années. Genre, *début* de la vingtaine. J'ai quarante-deux ans. Est-ce que c'est... bizarre ?

— Eh bien, je veux dire...

Il marqua une pause.

— Écoute, tu es dans la Navy depuis que Jésus était enseigne de vaisseau de 2ème classe. Ce gamin ne se souvient pas des présidents pour lesquels tu as voté. Mais si vous avez encore assez de points communs pour envisager de sortir ensemble, alors... qui peut dire que ça ne peut pas marcher ? Ça dépend des personnes.

Je gardai le regard baissé. En vérité, le seul point

commun que je connaissais avec Sean était la chambre à coucher. Nous n'étions pas allés beaucoup plus loin. Et si nous le faisions, nous découvririons probablement que les vingt et quelques années qui nous séparaient étaient un problème plus important que ce à quoi je voulais penser en ce moment.

— Manifestement, tu as quelque chose en commun avec lui, poursuivit Travis. Je ne pense pas que ce soit simplement parce que tu t'amuses avec lui au lit et que la nouveauté ne s'est pas dissipée.

Je ris, la chaleur me montant aux joues.

— Non, elle ne s'est certainement pas estompée.

Je jetai un coup d'œil derrière lui, comme si je pouvais voir quelqu'un qui se serait furtivement matérialisé dans le couloir devant mon bureau. Paranoïa irrationnelle.

— Mais il semble que nous ayons beaucoup de choses à nous dire. Il est jeune, mais je... je veux dire, j'oublie son âge, si ça a du sens.

Travis se passa distraitement le pouce sur la mâchoire.

— Oui. Tu as peur que ce soit un gigolo ou quelque chose comme ça ?

Je réfléchis, puis je secouai la tête.

— Il n'a pas l'air d'être ce genre de personne, non. D'abord, il insiste toujours pour payer lui-même quand on commande ou autre chose.

— Certainement pas un gigolo, alors.

— Non, je ne pense pas.

Il haussa à nouveau les épaules.

— Hmm. Eh bien. Comme je l'ai dit, si Kimber commençait à fréquenter quelqu'un de plus âgé, je suppose que ce serait parce qu'elle a trouvé quelqu'un qui peut garder son intérêt. Les gens de son âge ne sont pas très doués pour ça. Alors, peut-être que ce gamin t'aime bien parce que tu touches des notes que les autres gars dans la vingtaine ne touchent pas.

— C'est logique. Il n'a pas vraiment l'air d'aimer les jeunes de son âge.

— Alors peut-être qu'il n'*aime pas les* garçons de son âge.

— Possible. Mais je suppose que...

— Qu'est-ce qui te préoccupe ? Si tu as le déclic avec lui, vas-y.

— Ce n'est pas si simple.

— Pourquoi pas ? Quel est le pire qui puisse arriver ? demanda Travis en inclinant la tête. Vous connaîtrez une rupture horrible ? La même chose que ce qui arrive aux gens de ton âge ?

— Je ne sais pas, soupirai-je. Je crois que j'ai juste peur qu'il se rende compte qu'il peut trouver mieux.

— Et si c'était le cas ?

Je clignai des yeux.

— Quoi ?

— Écoute, tu as deux choix. Soit tu sors avec lui et tu vois ce qui se passe, soit tu le largues préventivement parce qu'il pourrait hypothétiquement décider qu'il est trop bien pour toi. L'un de ces choix garantit que les choses s'effondrent. L'autre... eh bien, il y a une possibilité que ce ne soit pas le cas.

— Tu penses vraiment que quelque chose comme ça pourrait marcher à long terme ?

— Pourquoi pas ?

Je me pinçai l'arête du nez et expirai.

— Je ne sais pas. Je veux être réaliste et ne pas me faire trop d'illusions, mais j'ai envie de voir où ça va nous mener. Il y a quelque chose en lui qui est...

Je laissai tomber ma main.

— Il est différent.

Je m'attendais à une réponse typiquement sarcastique, mais il me dévisagea en silence pendant un moment avant de parler.

— Paul, grâce à la Navy, nous avons tous les deux appris plus que la plupart des civils ne le feront jamais que la vie est courte et qu'elle peut changer en un rien de temps. Merde, regarde-nous, je peux à peine marcher la plupart du temps, et toi aussi tu es foutu.

J'acquiesçai, la tension dans ma nuque soulignant son point de vue.

Il poursuivit :

— Il y a dix ans, je t'aurais peut-être dit que c'était une mauvaise idée qui t'exploserait probablement à la figure. Mais maintenant, je vais te dire : fais confiance à ton instinct. Si tu as une bonne idée et que la seule chose qui t'arrête est son âge, fonce.

Travis m'observa avec une expression inhabituellement sérieuse.

— Même si ça t'explose à la figure, c'est mieux que de regarder en arrière et de se demander ce qui aurait pu se passer.

Je déglutis. De la part de n'importe qui d'autre, cela aurait ressemblé à une stupide affiche d'inspiration. De la part de Travis, ça résonnait. Depuis toutes les années où je le connaissais, il n'avait aimé qu'un seul homme pour quelque chose de plus que le sexe, mais il s'était retenu. Il avait eu peur d'être rejeté, de nuire à leurs carrières respectives à cause de la loi DADT, de perdre sa fille, et il avait laissé l'homme lui glisser entre les doigts. Le temps qu'il réalise ce qu'il avait perdu, il était trop tard pour revenir en arrière – je ne pouvais qu'imaginer à quel point ce regret lui pesait encore aujourd'hui, car *j*'étais toujours hanté par la douleur dans les yeux de Travis lorsqu'il les avait regardés descendre le cercueil.

Je me raclai la gorge et m'agitai sur ma chaise.

— Je n'avais pas vu les choses de cette façon.

Je marquai une pause avant de poursuivre :

— Je ne suis même pas sûr que ça ira quelque part. Peut-être que je m'emballe.

— Peut-être. Mais ne lui tourne pas le dos si tu penses qu'il pourrait en résulter quelque chose. Si ça ne marche pas, ça ne marche pas. Si ça marche...

Il sourit.

— Alors évidemment, ça marche.

Je relâchai mon souffle.

— Tu marques un point.

Son sourire se rapprocha d'une grimace.

— Pourquoi tu es toujours surpris lorsque ça se produit ?

— Hé, vu la source...

Il leva les yeux au ciel et m'adressa un doigt d'honneur.

— À ce propos, certains d'entre nous ont du travail à faire.

Il se leva de sa chaise avec précaution.

— Je vais donc aller jouer au Solitaire pendant que tu fais ton travail.

— Je suppose que Solitaire est un euphémisme pour Grindr ?

— La ferme.

Il quitta mon bureau et je m'adossai à nouveau à ma chaise en fixant le plafond.

OK, Paul. Et maintenant ?

Il était bien trop tôt pour avoir la moindre idée de la tournure que pourrait prendre cette histoire avec Sean. Même Jayson et moi nous appréciions encore à ce stade de notre relation. Dans quelques mois, Sean et moi pourrions être heureux ou nous disputer à la moindre occasion. Mais après avoir parlé à Travis, je me sentais beaucoup plus à l'aise pour tenter ma chance.

Je n'avais aucune idée de la direction que prenaient les choses, mais j'allais certainement rester dans les parages pour le découvrir.

CHAPITRE 9

SEAN

L e samedi, il y avait un grand festival sur la jetée, ce qui signifiait que tous les chauffeurs de la ville étaient en service. Cela me convenait – beaucoup de trajets signifiaient beaucoup d'argent. Et comme je pouvais me rendre à la base, cela voulait dire que j'emmenais des marins sobres au festival et ramenais des marins ivres chez eux. Ceux qui étaient alcoolisés oubliaient parfois de donner un pourboire, mais la plupart étaient divertissants et, jusqu'à présent, personne n'avait vomi dans ma voiture.

Le plus beau ? Chaque fois que je m'arrêtais, j'avais un nouveau texto.

Aujourd'hui, j'ai fait ma pire partie de golf depuis des années. C'est de ta faute.

Je ris et répondis : *Trop endolori ou trop distrait ?*

Presque immédiatement, il répondit : *oui.*

Je posai mon téléphone dans le porte-gobelet sans rien envoyer – Paul savait que je conduisais, il s'attendait donc à ce que mes réponses soient sporadiques.

Cet après-midi est interminable. Ça irait beaucoup plus vite avec toi.

Oh. *Oh.* Il était en train de me tuer.

J'ajustai le devant de mon pantalon, espérant que personne sur le trottoir ne l'avait remarqué, et répondis : *Je me rattraperai ce soir.*

Je souris comme un idiot. Cette nuit allait être chaude, surtout si nous continuions à flirter et à nous taquiner toute la journée.

Des types de mon âge me firent signe de m'arrêter, alors je reposai mon téléphone dans le porte-gobelet et m'arrêtai au bord du trottoir.

— Pouvez-vous nous emmener à la base ? demanda l'un d'eux.

— Oui. Quelle porte ?

— Porte 1.

— Compris.

Je les emmenai à la base, essayant de ne pas m'agiter visiblement sur mon siège alors que mon téléphone bourdonnait de ce qui était probablement un message de Paul. Quand je les déposai, d'autres gars cherchèrent à se faire déposer sur la jetée, alors pendant qu'ils montaient, je lus rapidement son message et y répondis.

J'ai hâte. L'attente en vaut toujours la peine.

Tu rends le travail impossible. Tu le sais, n'est-ce pas ?

Je retournai ensuite à l'embarcadère pour déposer les nouveaux et trouver d'autres passagers ivres d'un jour. Comme prévu, il y avait deux marins qui avaient besoin d'un chauffeur, alors je m'arrêtai et les laissai s'asseoir à l'arrière de ma voiture. Je les ramenai à la base. Je vérifiai mes textos. Je pris d'autres passagers. Je les emmenai à l'embarcadère. J'envoyai un SMS à Paul. Je récupérai des gens. Je les déposai. J'envoyai des SMS. Encore et encore et encore. Ce n'était pas une mauvaise façon de passer une journée de travail.

Peu après m'être arrêté pour manger un morceau, je reçus un autre message, mais il venait de mon père : *Tu viens à la salle de sport avec moi demain ?*

Je gémis et levai les yeux au ciel. Il me tannait depuis deux semaines, et l'expérience me disait qu'il n'allait pas lâcher l'affaire de sitôt. Il savait que je fréquentais la salle de sport de la base de façon sporadique mais assez fréquente, et que je me bottais le cul sans son aide. Mais… pas aussi souvent que je le devrais, et c'était pour cela qu'il me harcelait.

Mais j'avais une soirée libre avec Paul demain soir, et si je passais la matinée à la salle de sport avec mon père, j'aurais mal. Ce qui était une bonne chose – il savait jusqu'où me pousser avec les poids et haltères –, mais pas terriblement attrayant. D'autant plus que mes muscles étaient déjà endoloris par les récents exercices… de cardio.

Probablement pas. Je dois étudier, répondis-je donc.

Au moins, étudier était une excuse à toute épreuve. Que Dieu me vienne en aide lorsque le semestre serait terminé.

Vers la fin de l'après-midi, après avoir déposé un groupe de marins à l'embarcadère, je vérifiai mon téléphone, comme je l'avais fait toute la journée. Il y avait un message, mais cette fois, ce n'était pas Paul. Il s'agissait d'une notification d'un courriel.

Et l'e-mail provenait d'un médecin.

Résultats des tests.

Comme on pouvait s'y attendre, les résultats étaient négatifs. Je n'avais été qu'avec un seul autre homme depuis la dernière fois que j'avais fait un test. Je me sentis idiot d'être légèrement nerveux chaque fois que je vérifiais mes résultats, mais c'était assez logique. Ce n'était pas que je craignais un résultat positif. Il s'agissait plutôt d'une nervosité héritée des premières fois où je m'étais présenté pour un test et où je m'étais convaincu que mon père allait piquer une crise. Il ne m'avait jamais reproché d'être gay, mais s'il avait la confirmation que j'étais sexuellement actif ? À l'époque, j'étais persuadé qu'il me punirait pour le reste de ma vie, mais ce n'était évidemment plus le cas aujourd'hui.

De toute façon, j'avais laissé tomber cette inquiétude après qu'un infirmier eut laissé entendre à mon père que j'étais venu faire un test de dépistage du VIH et des IST. Apparemment, il s'était cru responsable en enfreignant le protocole et en l'informant que son fils mineur avait un « comportement à risque ».

Papa ne l'entendait pas de cette oreille. Il lui avait passé un savon, puis l'avait traîné dans le bureau du chef du commandement de l'hôpital pour qu'elle fasse de même.

« Mon fils est responsable de sa santé », avait-il crié assez fort pour que tout le bureau, moi y compris, l'entende. « Qu'est-ce que vous essayez de faire ? L'embarrasser ? Qu'il ait peur ou honte de venir plus tard ? Lorsqu'un adolescent sexuellement actif vient ici pour surveiller sa putain de santé, vous le testez, vous lui donnez les résultats et vous gardez vos commentaires à la con pour vous, ou je m'assurerai que vous passerez devant un conseil de discipline qui vous expliquera la signification de l'HIPAA[1]. C'est compris ? »

Dans la voiture, sur le chemin du retour, il s'était excusé, m'avait assuré que je n'aurais jamais de problèmes pour me

---

1. La loi américaine HIPAA (Health Insurance Portability and Accountability Act) de 1996 est une loi fédérale qui établit les exigences de sécurité et de confidentialité des données pour les organisations chargées de sauvegarder les données de santé protégées des patients.

présenter au laboratoire, et m'avait fait promettre que j'utilisais et continuerais d'utiliser des préservatifs.

Et ce fut fini, mais un écho de ce sentiment nerveux « est-ce que je suis sur le point d'être démasqué ? » se manifestait *encore* chaque fois que je me faisais tester.

J'archivai l'e-mail et rangeai mon téléphone dans le porte-gobelet. Une nouvelle sensation me fit tressaillir. Paul avait accepté de faire un test de routine lui aussi, et le sien était revenu il y a quelques jours avec le feu vert. Compte tenu des résultats négatifs, y avait-il une raison pour laquelle nous ne pouvions pas pratiquer le bareback ? Je ne l'avais jamais fait avec quelqu'un d'autre, mais si nous avions tous les deux des tests déclarant que nous n'avions rien de transmissible... alors... peut-être ?

Je me tortillai sur mon siège. Il ne m'était jamais venu à l'esprit de me passer de préservatif, mais l'idée de baiser Paul sans capote me donnait des frissons d'excitation. Aussi bon que ce soit avec un préservatif, je ne pouvais qu'imaginer à quel point ce serait plus intense sans.

Lorsque mon travail fut enfin terminé, je ne pus me rendre au motel assez vite. L'estomac barbouillé de papillons – excités et nerveux –, je me garai à l'adresse que Paul m'avait envoyée par texto. Il était déjà enregistré et m'attendait, et il ouvrit à la seconde où je frappai.

Nous avions à peine refermé la porte derrière nous que ses lèvres étaient contre les miennes. Ses doigts peignaient mes cheveux et son autre bras s'enroulait fermement autour de ma taille, me maintenant contre lui et son érection très proéminente.

Doucement, il tira sur mes cheveux jusqu'à ce que je penche la tête en arrière, puis il embrassa ma gorge.

— J'y ai pensé toute la journée, murmura-t-il dans mon cou.

Je dégageai sa chemise.

— Ah oui ? À quoi as-tu pensé ?

— Que tu me baises.

— Mmm. J'ai hâte.

Je jetai un coup d'œil à la table de nuit, où une bande de préservatifs trônait à côté de son portefeuille et de ses clés. Mon cœur s'emballa. Si je devais aborder le sujet, le moment me semblait mieux choisi que lorsque nous serions emmêlés et nus, alors je me raclai la gorge et je reculai suffisamment pour croiser son regard.

— Écoute, euh, avant d'en arriver là... j'ai reçu les résultats de mes tests. C'est bon.

Paul sourit.

— Très bien. Ce n'est pas que j'étais inquiet.

— Ouais, moi non plus.

Je haussai les épaules, même si je me sentais tout sauf détendu à ce moment-là.

— Mais c'est toujours bon à savoir.

— Sans aucun doute.

Il m'embrassa légèrement.

— Ça ne veut pas dire que nous devons être exclusifs ou quoi que ce soit d'autre. Juste, tu sais, si tu es avec quelqu'un d'autre...

— Je le dis ?

Il acquiesça et ses yeux se dirigèrent vers la table de nuit.

— Et tu te protèges. Bien sûr.

Mon sang se glaça.

— Qu'en est-il de...

Je fis un geste vers lui, puis vers moi.

— Qu'est-ce que tu veux dire ?

— Nous ? Préservatifs ?

Il haussa les épaules.

— Je ne vois pas vraiment pourquoi nous en aurions besoin à ce stade.

Mon cœur n'aurait pas pu battre plus fort. Nous allions vraiment le faire. Des capotes avec d'autres personnes s'il le fallait, mais nous deux ? À cru. Exactement comme je l'avais fantasmé depuis que j'avais lu cet e-mail médical. Exactement comme j'en avais envie.

Non ?

Merde.

Il caressa mon visage.

— Sean ? Qu'est-ce qu'il y a ?

Je me mordillai la lèvre.

— Écoute, ce n'est peut-être pas rationnel, mais je...

Je pris une grande inspiration, puis je lâchai :

— Je ne suis pas sûr d'être prêt pour ça.

Je ris en secouant la tête.

— Mon Dieu, c'est stupide. Nous sommes tous les deux négatifs. Mais je... je ne sais pas.

Il haussa à nouveau les épaules.

— D'accord. On peut toujours utiliser des préservatifs. Ce n'est pas grave.

Je clignai des yeux.

— Ça ne te dérange pas ?

— Absolument pas. Si tu changes d'avis, dis-le.

— Oh.

Il me regarda.

— Tu pensais que ça me dérangerait ?

En quelque sorte, oui. Ce qui est idiot, parce que tu es toi, et pourquoi diable je m'attendrais à ce que tu réagisses comme un con ?

Je secouai la tête.

— Je ne sais pas ce que je pensais.

Paul sourit.

— Eh bien, pour info, c'est toi qui décides. Le seul moment où je sens vraiment une différence, c'est quand je suis au-dessus, mais même là, ça va. Et quand je suis passif, je suis parfaitement heureux dans les deux cas – avec ou sans préservatif, c'est presque exactement la même chose pour moi.

J'hésitai, puis souris à mon tour. J'enroulai mes bras autour de lui.

— Ça me va très bien, même avec le préservatif.

— Donc, tu ne serais pas contre si je te proposais d'aller en chercher un et de l'utiliser ? Genre maintenant ?

— Absolument pas.

— Alors, enlevons ces vêtements.

Alors que nous nous déshabillions, j'étais très excité, mais le doute s'insinua rapidement. Je me sentais stupide d'avoir insisté sur les préservatifs. Il ne semblait pas offensé, Dieu merci. Ce n'était pas que je me méfiais de lui, et je savais pertinemment que la Navy faisait régulièrement passer des tests de dépistage du VIH à tout le monde. Je ne savais pas pourquoi deux tests négatifs n'avaient pas suffi à me convaincre de renoncer aux capotes. Ou pourquoi j'avais fait un tel virage à 180 degrés, passant de l'envie d'y aller à cru à la sensation d'être trop vulnérable sans préservatif.

Est-ce que j'étais idiot ? Ou est-ce que c'était parce que j'étais excité et que je me préparais à le pénétrer à cru ? Qu'est-ce qui me prenait, bordel ?

Paul tendit la main vers moi, mais hésita.

— Hé, ça va ?

Apparemment, je portais ma folie sur mon visage. J'évitai son regard.

— Oui. Je suis... je suppose...

— Le préservatif ?

Mes joues s'empourprèrent et j'acquiesçai.

— Ne t'inquiète pas, assura-t-il à voix basse. Ce n'est pas quelque chose à prendre à la légère.

— Je sais. Mais je...

Je levai à nouveau les yeux vers lui.

— Je n'ai jamais fait de bareback avec personne. Je suppose que c'est excitant d'y penser, mais quand vient l'heure de tester...

— C'est le moment de le dire, plaisanta-t-il..

Je marquai une pause, repensant à ce que j'avais dit. Puis j'éclatai de rire.

Paul rit aussi et me prit dans ses bras.

— C'est bon, assura-t-il, puis son ton et son expression devinrent sérieux. Tu dois te rappeler que j'ai grandi à l'époque où le sida était encore une horrible condamnation à mort. Vivre à cette époque laisse des traces.

Il m'embrassa doucement.

— Je ne ferai pas pression sur toi, même si je te donnais cent tests négatifs d'affilée.

Lentement, je me détendis, enroulant mes bras autour de sa taille. Notre conversation de tout à l'heure résonna dans mon esprit et mon estomac se retourna. Je reculai et l'étudiai.

— Tu as dit que tu ne remarquais les préservatifs que lorsque tu étais actif. Est-ce que tu aimes être passif ? Tout le temps, je veux dire ?

Il haussa les épaules.

— J'adore être baisé, mais j'admets que j'aime bien être actif de temps en temps.

— Oh.

Je déglutis.

— Je...

Bon sang, autant l'avouer.

— Je déteste être passif, admis-je en plissant le nez. Ce n'est pas un problème de pouvoir ou quoi que ce soit d'autre ; c'est juste que... je n'aime pas ce que je ressens. Je déteste ça, en fait.

— C'est douloureux ?

— Non, non. Ça ne m'a rien apporté. J'ai essayé plusieurs fois, mais je n'aime vraiment pas ça.

Il sourit, puis déposa un léger baiser sur mes lèvres.

— Ce n'est pas le cas de tout le monde. Ce n'est pas grave.

— Tu aimes ça, pourtant, n'est-ce pas ?

— Mm-hmm.

Il pencha la tête pour m'embrasser dans le cou.

— J'adore ça, putain.

— Mais tu aimes aussi être actif ?

— Oui.

Je me mordis la lèvre tout en penchant la tête en arrière pour lui donner un meilleur accès à ma gorge.

— Alors si je ne peux pas... Si ce n'est pas quelque chose...

— Détends-toi, chuchota-t-il, m'embrassant jusqu'à l'oreille. Je suis parfaitement heureux de te laisser me baiser.

Il pressa sa paume sur mon sexe.

— *Parfaitement* heureux.

— Tant mieux. Parce que j'aime vraiment...

J'aspirai une bouffée d'air et frissonnai...

— ... j'aime vraiment te baiser.

Il rit.

— C'est ce que je pensais.

Puis il me regarda dans les yeux.

— Cela dit, il y a une chose que nous pouvons faire. Pour que je puisse... enfin, en quelque sorte être au-dessus, mais sans te pénétrer, puisque tu n'aimes pas cette partie.

Je haussai les sourcils.

— Qu'est-ce que c'est ?

Il traça ma lèvre supérieure du bout de sa langue.

— Tu me fais confiance ?

Mon cœur s'emballa.

— Oui. Qu'est-ce que tu as en tête ?

Il me fit signe de me retourner, mais j'hésitai.

Paul sourit et m'embrassa doucement.

— Fais-moi confiance.

J'avais confiance en lui et je ne pouvais pas imaginer qu'il essaie de faire quelque chose que j'avais explicitement dit que je ne voulais pas, alors... je me retournai, dos à lui.

Il se moula contre moi, pressant son érection contre mon cul pendant une seconde avant de l'enfoncer entre mes cuisses. C'était bizarre, mais d'accord – si ça l'excitait, je n'allais pas dire non.

— Ça va ? demanda-t-il en balançant un peu ses hanches pour que son érection glisse d'avant en arrière.

— Oui, ça va. C'est un peu différent.

— Tu n'as jamais fait ça ?

— Jamais.

Et pourquoi pas ? C'était... un peu bizarre, mais j'aimais ça. Qu'est-ce que je n'aimerais pas dans le fait qu'il me tienne contre lui ?

— Qu'est-ce que je fais ?

— Reste comme ça. Serre... tes cuisses l'une contre l'autre comme... Merde, oui. Comme ça.

Sa main remonta le long de ma poitrine, et il accrocha ses doigts à mon épaule. Il s'en servit comme soutien pour pousser plus fort. Bon sang, la friction était insensée. Ça n'allait pas me faire jouir, mais à en juger par la façon dont il haletait dans mon oreille, ça allait probablement le faire jouir, *lui*.

Les cuisses serrées l'une contre l'autre, je bougeai mes hanches en même temps que les siennes, et Paul gémit, frissonnant contre moi.

Putain de *merde*, c'était chaud.

J'enroulai mes doigts autour de ma queue et me masturbai, et mes yeux se révulsèrent tandis qu'un gémissement bas s'échappait de mes lèvres.

— Merde, c'est bon, souffla-t-il.

Je n'arrivais pas à formuler des mots et je ne pris même pas la peine d'essayer. Le frottement était étrangement addictif, et avec ma propre main sur ma queue pendant qu'il laissait échapper ces sons impuissants et essoufflés près de mon oreille... c'était sexy. Tellement sexy.

Il enfouit son visage dans mon cou. Son gémissement sembla se répercuter jusqu'à moi, et soudain *je* jouis, et Paul poussa de toutes ses forces, puis *il* explosa en frémissant contre moi, haletant, jurant et enfonçant ses doigts dans ma hanche.

Nous relâchâmes tous les deux notre souffle et nous nous détendîmes.

— Tu as vu ? bredouilla-t-il contre mon cou. Je n'ai pas eu besoin de préservatifs finalement.

Je ris, la chaleur me montant aux joues, alors que notre conversation précédente résonnait dans mon esprit.

— C'était... beaucoup plus chaud que ce que je pensais.

Il m'embrassa sous l'oreille.

— Idem.

Nous nous séparâmes, et j'allais me lever pour aller me nettoyer, mais je m'arrêtai pour croiser son regard.

Il sourit et me caressa le visage.

— Tu vois ? Tu n'es pas obligé d'être passif, et je peux quand même être actif.

— Je vois.

Je levai la tête pour l'embrasser doucement.

— Je reviens tout de suite.

Il déposa un tendre baiser sur mon front.

— Je ne vais nulle part.

S'il te plaît, s'il te plaît, pense-le...

CHAPITRE 10

PAUL

— Je ne comprends toujours pas pourquoi un marin *voudrait* avoir un bateau.

Je jetai un coup d'œil par-dessus mon épaule en quittant le quai pour monter à bord de mon bateau de plaisance.

— Pourquoi pas ? Il me semble que la Navy attire les gens qui aiment l'eau, tu ne crois pas ?

Sean me rejoignit sur le bateau.

— Bon, d'accord. Je suppose que je pensais que la nouveauté d'être en mer se dissipait.

— Être sur un navire, oui. Mais c'est mon bateau. Et il y a de la bière à bord.

Avec un clin d'œil, j'ajoutai :

— Et des préservatifs.

— Oh, je crois que je vais aimer ce bateau.

— Je m'en doutais.

Je posai ma main sur le bas de son dos et embrassai sa joue.

Cela faisait des semaines que je lui avais envoyé ce premier texto pour qu'il vienne me chercher, et depuis, nous nous voyions chaque fois que l'occasion se présentait. D'habitude, nous nous rencontrions pour coucher ensemble, mais nous avions tous les deux commencé à nous sentir un peu claustrophobes.

Nous devions tout de même rester discrets. Anchor Point était une petite ville, et NAS Adams était une petite base, et les ragots étaient le passe-temps local. Que je sois ouvertement gay ou non, je n'aimais pas que ma vie privée soit scrutée par les gens de la base, je préférais donc passer autant que possible inaperçu. Sean ne semblait pas s'en soucier – il ne ressentait probablement pas le besoin d'annoncer qu'il s'envoyait en l'air avec quelqu'un qui avait deux fois son âge –, nous faisions donc profil bas.

Sauf que les murs des chambres de motel avaient commencé à se refermer sur nous, et nous avions commencé à remarquer que nous nous appréciions toujours quand nous ne testions pas l'intégrité structurelle des amortisseurs ou des cadres de lit, alors nous avions accepté de sortir en public. En plein jour. Certes, nous ne serions qu'à la marina, puis sur l'eau, mais ce serait une étape discrète pour voir si nous n'étions que des copains de baise ou si nous avions une chance d'aller plus loin.

Nous voilà donc sur mon bateau. Je manœuvrai soigneusement pour nous faire sortir de la marina et, une fois que nous eûmes quitté la zone d'interdiction de sillage et que nous nous trouvâmes en pleine mer, je mis les gaz. Sous un magnifique ciel bleu, nous naviguâmes sur les vagues à un rythme régulier. Oui, c'était un jour parfait pour cela.

Alors que la marina s'effaçait derrière nous et que nous poursuivions notre route vers le Pacifique, je commençai à me détendre. Il n'y avait pas d'autres bateaux à proximité. À l'horizon, un cargo rouge et noir se dirigeait vers le sud. Plus près de la base, l'un des patrouilleurs gris se promenait, mais nous étions loin de leur juridiction.

Malgré le léger balancement, Sean se déplaçait facilement sur le bateau. Il vivait dans une ville côtière, alors peut-être avait-il de l'expérience sur l'eau. Ou alors il faisait partie de ces gens que tous les marins enviaient, ceux qui avaient naturellement le pied marin. Connards.

Devant nous, une grosse houle se leva. Retomba. Se leva à nouveau.

— Attends, le prévins-je.

Il posa une main sur la rambarde, et lorsque le bateau toucha la houle, il vacilla à peine.

— Tu vois souvent des vagues comme ça ici ?

— C'est l'océan. Tout est possible, répondis-je avant de tourner la tête vers lui en souriant. Non pas que ça ait l'air de te poser problème.

Il s'approcha en riant, mais garda une main sur la rambarde et jeta un coup d'œil prudent sur l'eau.

— Je grimpe sur des bateaux depuis que je suis enfant. Ça ne m'a jamais semblé être une grosse affaire.

Il haussa les épaules.

— Tu as de la chance.

— Tu as eu des difficultés à bord d'un navire ?

— Oh mon Dieu, gémis-je. Lors de ma première sortie en mer, j'ai passé une semaine à tanguer.

Sean rit.

— Vraiment ?

J'acquiesçai.

— Mon escadron n'a pas cessé de se foutre de ma gueule, ces enfoirés. Je l'avais un peu mérité, cependant.

— Pourquoi ?

— Parce que je leur ai toujours reproché d'être malades en vol, surtout à l'école de pilotage. Je pouvais supporter bien plus qu'eux. Le bateau, par contre ? C'était mon putain de point faible.

— Je suppose que le karma a parfois la forme d'un porte-avions.

J'éclatai de rire.

— C'est tout à fait ça.

— On dirait que tu t'y es habitué.

— Enfin, murmurai-je.

Je mis le cap au sud et Anchor Point s'effaça derrière nous. Sur les quelques miles de côte suivants, il y avait plusieurs petites criques profondes où un bateau pouvait se glisser et jeter l'ancre sans être visible de la mer. Certaines d'entre elles étaient même suffisamment éloignées de l'auto-route pour être cachées à la vue des voitures qui passaient si nous décidions de nous arrêter pour plus qu'un déjeuner.

Pendant que je manœuvrais le bateau, je jetais quelques coups d'œil furtifs à Sean. C'était difficile de ne pas le faire – il était incroyablement séduisant, et parfois je n'arrivais pas à comprendre ce qu'il pouvait bien me trouver.

Ses lunettes de soleil dissimulaient ses yeux, et un soupçon de coup de soleil rougissait ses pommettes. C'était d'autant plus visible qu'il venait de se teindre les cheveux, quelques jours plus tôt. Le bleu s'était estompé ces derniers temps, mais il était maintenant du même cobalt riche que lorsque nous avions commencé à coucher ensemble, et le noir était *noir*. C'était la raison des légères taches sur mes doigts – elles m'avaient laissé perplexe les premières fois, mais j'avais fini par comprendre qu'elles résultaient du fait que je passais mes doigts dans les cheveux récemment teints de Sean, surtout lorsqu'ils étaient mouillés. Ce qui était souvent le cas, puisque nous prenions beaucoup de douches ensemble.

Ce n'était pas comme si c'était la première fois que j'étais près de lui, que je le voyais ou qu'il me surprenait en train de le reluquer. Mais chaque fois, mon corps réagissait comme si c'*était* la première fois.

Non. Pas comme la première fois. Plutôt comme si l'effet qu'il avait sur moi était cumulatif. Faisant boule de neige. De plus en plus intense chaque fois que nos yeux se croisaient ou que nos doigts se frôlaient.

Et j'étais de nouveau en train de le mater.

Je me raclai la gorge.

— Hé, j'ai faim. Et toi ?

— Oui.

Il fit un geste vers l'échelle qui menait à la cabine.

— Tu veux que j'aille chercher la glacière ?

— Oui, s'il te plaît.

Tandis qu'il descendait l'échelle, je stationnai le bateau dans l'une des criques.

Quelques minutes plus tard, nous nous détendions sur le pont dans deux chaises longues avec quelques sandwichs et des bières fraîches.

Je fis tinter ma canette de bière contre la sienne.

— Santé.

— Santé.

Alors que je prenais une gorgée, il arqua un sourcil au-dessus de ses lunettes de soleil.

— Ne devrais-tu pas t'abstenir de boire quand tu fais du bateau ?

Je levai les yeux au ciel.

— Je suis dans la Navy, Sean. Si une bière suffit à m'étourdir...

Il éclata de rire et acquiesça.

— D'accord, d'accord. J'ai compris.

Il observa les alentours du bateau.

— Alors, tu pêches quand tu viens ici ?

— Pas vraiment. La pêche ne m'a jamais attiré.

— Barbant ?

— Barbant et peu rentable. Quand ils commenceront à y mettre du poisson nettoyé et pané, nous en reparlerons.

Sean s'esclaffa.

— Le poisson pané risque d'être un peu détrempé dans l'eau, non ?

Je fronçai le nez.

— Oui, ça a l'air assez dégoûtant. Pas de pêche, alors.

— Pas de pêche.

Il but une gorgée de bière. Posant la canette en équilibre sur son genou, il fit glisser le pouce sur la languette.

— Je croyais que tu t'étais engagé dans la Navy pour voler. Tu as l'air d'aimer être sur l'eau maintenant. As-tu changé d'avis avant ou après la... cette période dont tu as parlé ?

— Après.

Je contemplai l'eau tandis qu'un picotement familier remontait le long de ma colonne vertébrale.

— Pilote un jour, pilote toujours, je suppose. Je t'ai dit que nous étions tous fous. On a aussi tous besoin de diriger quelque chose d'autre qu'une voiture de temps en temps.

Sean grimaça.

— Ça te manque ? Les vols, je veux dire, pas les atterrissages.

Je levai les yeux vers le ciel.

— Parfois. Il n'existe vraiment rien de tel.

Dans mon esprit, je voyais les nuages passer, et peut-être que c'était juste le bateau qui se balançait doucement, mais je jurais que je pouvais sentir les forces G d'un tonneau ou d'un piqué. Le pont d'envol noir rayé de blanc me revint en mémoire, tel que je l'avais vu à travers le pare-brise lors de la dernière approche.

Me ressaisissant, je me tournai vers Sean.

— Je me suis bien amusé. J'ai aussi évité des collisions de peu, j'ai perdu deux bons amis et *j'ai failli* en perdre plusieurs autres. Je suis donc d'accord pour garder les pieds sur terre à partir de maintenant.

— Quand tu le dis comme ça, je comprends pourquoi.

Il joua avec l'ongle du pouce sur la languette, ponctuant le silence d'un *tink-tink-tink*.

— Ça semble quand même difficile d'arrêter. Après avoir voulu le faire pendant si longtemps, je veux dire.

— D'une certaine manière, c'était le cas.

J'avalai une grande gorgée de bière, puis posai la canette dans le porte-gobelet.

— Pour être honnête, j'ai été soulagé quand ils m'ont cloué au sol. Je ne l'admettrais jamais à voix haute, mais après un tel atterrissage, j'avais peur de revoler. J'avais perdu toute confiance en moi. J'avais atterri des centaines de fois sur un porte-avions, mais j'étais terrifié à l'idée de paniquer et de nous faire tuer tous les deux. Ou même si je ne paniquais pas, le prochain crash ne serait pas aussi doux.

Il frémit. Moi aussi.

Se déplaçant sur sa chaise, il demanda :

— Après une telle chose, tu dois avoir... genre...

— Un SSPT ?

Sean acquiesça.

Je fis rouler mes épaules pour dissimuler un frisson.

— C'est certain.

Nous ne dîmes pas grand-chose pendant un moment. Je finis ma bière et jetai la canette dans le sac de recyclage. J'en sortis une nouvelle de la glacière et lui en proposai une, mais il n'avait pas fini la première.

Je fis sauter la languette et me réinstallai, le regard fixé sur l'horizon.

— C'est tellement bizarre. Quand je pense qu'il y a beaucoup de gens dans l'armée qui souffrent d'une forme ou d'une autre de stress post-traumatique. Surtout depuis 2003. Même s'ils n'ont jamais été au combat, il y a toujours quelque chose qui te fout en l'air. En ce qui me concerne, j'ai fait deux missions de combat, on m'a tiré dessus, j'ai largué des bombes... et les seuls flashbacks que j'ai sont des images de moi essayant d'atterrir lors d'un exercice d'entraînement.

Il resta silencieux pendant un moment.

— As-tu souvent des flashbacks ?

— Plus vraiment. La dernière fois que c'est arrivé, c'était après avoir dû m'arrêter brusquement en voiture – apparemment, un accident de la route évité de justesse est un déclencheur.

Je remuai sur ma chaise, souhaitant que la sensation de malaise dans mon estomac disparaisse.

— Mais je peux dormir maintenant. Je pourrais probablement même voler. C'est juste que... je ne préfère pas.

Sean acquiesça à nouveau.

— C'est tout à fait logique.

J'expirai.

— Tu sais, je n'en ai jamais parlé à personne avant.

— Vraiment ?

Secouant la tête, je fixai l'eau.

— Ce n'est pas quelque chose qu'un pilote va admettre à un autre.

Plus de silence. Merde. Nous étions venus ici pour profiter d'un après-midi sur l'eau, pas pour nous demander pourquoi je ne volais plus. Cette réflexion pouvait gâcher une nuit entière de sommeil – je n'en rêvais plus autant qu'avant, mais cela arrivait parfois – et je n'allais pas la laisser gâcher ma journée.

— Tu sais, c'est l'un des aspects que je préfère quand je suis sur un bateau comme celui-ci, susurrai-je en faisant glisser ma main à l'intérieur de sa cuisse. En pleine nature, et complètement privé en même temps.

Il sourit, roula les épaules comme s'il était soulagé par le changement de sujet, et passa sa main sur mon bras.

— Oui. Ici, on pourrait presque faire semblant qu'on sort ensemble.

Je croisai son regard.

— Qui a dit que nous faisions semblant ?

— *Vraiment* ?

— Je ne sais pas.

Il s'humecta les lèvres et rapprocha sa chaise de la mienne.

— Eh bien, peut-être que nous devrons nous éclipser comme ça deux ou trois fois jusqu'à ce que nous en soyons sûrs.

Je me penchai vers lui.

— J'aime ce plan. Il faudra peut-être plus que deux ou trois fois, cependant. Tu sais, puisque nous avons l'habitude de ne pas remonter à la surface pour respirer.

Sean rit, ses yeux se posant sur mes lèvres avant de plonger à nouveau dans les miens.

— Ça a l'air amusant.

— Ah oui ?

Il pencha la tête et, juste avant de m'embrasser, il dit :

— Ça ressemble à un sacré bon moment.

Après quelques orgasmes chacun, nous nous installâmes sur les chaises longues, vêtus uniquement de maillots de bain et d'un sourire béat. Sean buvait sa deuxième bière, et j'avais ouvert une canette de Coca pour moi – il valait mieux y aller mollo sur la bière quand j'étais à la barre.

Il passa distraitement son pouce sur le côté de ma main, inconscient des étincelles invisibles qu'il faisait crépiter le long de mes terminaisons nerveuses, et nous profitâmes du soleil et de la brise légère. Nous ne parlâmes pas pendant un long moment. Je profitais pleinement de l'après-midi, mais je tournai la tête vers lui et réalisai qu'il était... distant. Ses yeux étaient fixés sur l'horizon, mais il semblait perdu dans ses pensées. Au-dessus de ses lunettes de soleil, son front était tendu.

Je serrai son bras.

— Hé. La terre à Sean ?

Il se secoua, puis se tourna vers moi, et un léger sourire se matérialisa.

— Je suis désolé. Qu'est-ce qu'il y a ?

Le sourire semblait forcé et me mit mal à l'aise. Je me redressai un peu.

— Tu vas bien ?

— Oui. Oui.

Il se redressa également, faisant rouler la tension de ses épaules avant de déposer sa canette de bière dans le porte-gobelet.

Mon estomac se noua. C'était la chose la plus proche d'un vrai rendez-vous que nous ayons jamais eu, et s'il était distant et mal à l'aise, cela n'augurait rien de bon pour la suite des événements. D'autant plus que nous étions à deux heures de la marina, ce qui pouvait donner lieu à un long et pénible retour si les choses tournaient mal.

— Est-ce que, euh, tout va bien ?

Sean acquiesça. Il enleva ses lunettes de soleil et croisa mon regard.

— Je pensais à ce que tu as dit tout à l'heure. À propos de l'armée et du syndrome de stress post-traumatique.

— Oh.

Je ne l'avais pas vu venir. Et je me maudis d'en être soulagé – le SSPT était une putain de chose brutale –, mais j'avoue que je l'étais, ne serait-ce que parce que je m'attendais à ce que les choses se dégradent soudainement entre nous.

— À quoi tu pensais ?

— Que tu as raison de dire que toutes les personnes impliquées dans l'armée en souffrent dans une certaine mesure. Plus personne n'en sort indemne, tu sais ?

J'acquiesçai.

— Oui. Ce n'est pas pour les âmes sensibles.

— Non, en effet.

Sa voix avait un timbre étrangement creux et hanté.

Je l'étudiai.

— On dirait que tu en as fait l'expérience.

— Un peu. Mon père est un peu troublé depuis sa dernière mission de combat.

— Mince. Désolé de l'entendre.

Attends. Ton père est…

— Je pense que ça va de soi, ajouta-t-il avec tristesse. Il va mieux. Beaucoup mieux. Mais la première année…

Il déglutit.

— C'était vraiment moche.

Je posai une main sur son genou.

— Il n'y a pas que les vétérans qui sont touchés. Je connais des épouses et des enfants qui sont traumatisés par… Je suppose qu'il s'agit d'un traumatisme secondaire ?

D'essayer de vivre avec quelqu'un qui souffre d'un grave syndrome de stress post-traumatique.

Le regard à nouveau fixé sur quelque chose au loin, Sean hocha la tête.

— Je ne sais pas si je qualifierais ce qui nous arrive de SSPT. C'est peut-être le cas. Je n'en sais rien. Mais ça m'a vraiment affecté.

Je serrai sa jambe.

— J'en suis sûr. Si ce n'était pas le cas, je dirais qu'il y a vraiment quelque chose qui ne va pas.

Il pinça les lèvres et acquiesça.

— Il va mieux, cependant, non ?

— Oui. Oui, soupira Sean. Bien mieux.

— Bien.

Je me mordillai l'intérieur de la joue. Je n'avais pas réalisé avant que son père était militaire, et maintenant je m'inquiétais à propos de certaines choses.

— Ton père, il est toujours en service actif ?

Il acquiesça et fit un vague geste en direction d'Anchor Point.

— C'est pourquoi nous sommes ici. Il est stationné à Adams.

Mon sang se glaça et ma colonne vertébrale se redressa.

— Je te demande pardon ?

Sean haussa les épaules.

— Il est en poste ici. Pourquoi ?

Oh. Putain de merde.

Avant que je puisse parler, Sean se crispa.

— Oh, mon Dieu. Tu ne travailles pas avec lui, n'est-ce pas ?

Je grimaçai.

— En fait... Je peux dire avec une certitude absolue qu'il travaille *pour* moi.

Les sourcils de Sean grimpèrent sur son front.

— Comment le sais-tu ?

Je déplaçai mon regard vers la mer.

— Parce que tout le monde à NAS Adams travaille pour moi.

— Tu... Oh merde. Tu plaisantes, n'est-ce pas ?

Je secouai la tête, sans toutefois le regarder.

Sean se leva. Il se pencha, les mains sur le bastingage, et jura dans le vent.

— Merde.

— C'est à peu près ça.

Je me passai les doigts dans les cheveux. Qu'est-ce que je pouvais bien dire ?

Il frappa le bastingage de la paume de la main.

— Merde ! Toutes les fois où nous avons discuté, il ne t'est jamais venu à l'esprit de me dire que *tu es le capitaine de la base* ?

Je ne sais pas si je fus plus surpris ou agacé.

— Tu n'as jamais demandé. Tu savais que j'étais dans la Navy et que j'étais officier, alors...

— Tu es...

Sean se dégonfla et fixa à nouveau l'océan.

— Oui, c'est vrai. Tu as raison. Je suis désolé.

— Ce n'est rien.

Je commençai à m'approcher de lui, avec l'intention de poser une main sur le bas de son dos, mais je m'en empêchai. Avec cette nouvelle révélation encore en suspens entre nous, j'étais sûr que si je le touchais, nous serions soudainement arrêtés et ma carrière serait terminée. Moins d'une heure plus tôt, nous étions dans la cabine, un merveilleux soixante-neuf nous plongeant dans la béatitude, et maintenant je ne pouvais même pas me résoudre à poser une main rassurante sur lui.

— Tu te rends compte de ce que ça signifie, n'est-ce pas ? demandai-je en faisant tambouriner mes ongles sur le bastingage.

Sean tressaillit, ses épaules s'affaissèrent un peu plus et il soupira.

— Ça veut dire qu'on ne peut pas continuer.

— Oui, je suis désolé. Je...

Il leva la main et secoua la tête.

— Non. C'est comme ça. Allons...

Il jeta un coup d'œil par-dessus son épaule en direction d'Anchor Point.

— Rentrons.

— Bonne idée.

Quelques minutes plus tard, nous quittions la crique.

Et j'avais raison sur un point : le retour à la marina fut long et pénible.

CHAPITRE 11

SEAN

J e n'avais jamais été aussi soulagé de voir le front de mer d'Anchor Point. Bientôt, nous serions de retour à la marina et je pourrais descendre de ce bateau. À ce stade, j'étais sérieusement tenté de plonger et de rentrer à la nage.

Je n'étais pas en colère contre Paul, mais je mentirais si je disais que je n'étais pas en colère contre la situation. Combien de relations et d'amitiés avaient été perdues à cause de la carrière de mon père dans la Navy ? Beaucoup trop, putain. Et maintenant, celle-ci. Fait chier.

Ce n'était pas comme si Paul et moi sortions sérieusement ensemble ou quoi que ce soit d'autre. Et le sort se liguait contre nous. Même si Paul n'avait pas été le patron de mon père, il avait plus de vingt ans de plus que moi. Encore une chose que nous n'avions jamais avouée l'un à l'autre : nos âges. En fait, ce n'était même pas une relation. Juste du sexe avec quelques conversations pour nous faire patienter jusqu'à ce que nous puissions bander à nouveau.

De plus, il avait récemment rompu avec quelqu'un. C'était donc une bonne chose. Nous pouvions tous les deux aller de l'avant et je pouvais trouver quelqu'un de mon âge. Un civil de mon âge aussi.

Je l'observai du coin de l'œil pendant qu'il nous conduisait vers la marina. Mon cœur sombra. Crise de la quarantaine, déception amoureuse, folle aventure – quel que soit le nom qu'on lui donnait, je ne pouvais pas nier que c'était génial. Maudit soit-il pour avoir autant élevé le niveau !

Jurant dans ma barbe, je regardai à nouveau la ville, essayant mentalement de rapprocher la côte pour pouvoir quitter ce bateau plus tôt. Ensuite, une fois que j'aurais réussi à m'échapper, je pourrais conduire pendant quelques heures et demander à la route pourquoi j'avais si mal.

Ça fait mal ? Ce n'était que du sexe. Qu'est-ce que c'était que ce bordel ?

Après ce qui me sembla être des jours, Paul manœuvra le bateau dans la cale et coupa le moteur. Une fois les amarres fixées, nous nous fîmes face.

Il déglutit.

— Bon. Je, euh…

— Je devrais y aller, murmurai-je.

Il acquiesça. Moi aussi.

Mais mes pieds ne bougeaient pas. Et je n'arrivais pas à détourner mon regard de lui. Il fallait que je parte, et ce devait être la dernière fois que nous nous verrions. Ce n'était probablement pas une bonne idée de passer ne serait-ce qu'une seconde à m'assurer que je l'avais bien en mémoire. À quoi bon tracer les moindres lignes de son visage, ou remarquer pour la première fois qu'il avait un peu plus de gris sur la tempe gauche que sur la droite ?

Je me ressaisis et baissai les yeux sur le pont sous nos pieds. Cela risquait sans doute moins de me rendre fou que de m'abreuver de la façon dont son tee-shirt bleu moulant reposait sur ses épaules ou de la façon dont les muscles de son avant-bras bougeaient lorsqu'il tambourinait avec ses longs doigts sur le bastingage.

Tu es un idiot. Tu le sais, n'est-ce pas ?

Mon estomac essaya de se replier sur lui-même.

— Il n'y a pas grand-chose d'autre à dire, n'est-ce pas ?

Il soupira et secoua la tête.

— Non.

Je me mordis l'intérieur de la joue.

— Je devrais, euh... Je devrais vraiment y aller. Ça ne sert à rien de faire traîner les choses.

— Non, en effet.

Nos yeux se croisèrent. Nous avions toutes les raisons de nous tirer d'ici et de rester loin l'un de l'autre, mais aucun de nous ne bougeait.

Pourquoi sommes-nous encore là ?

Ses yeux n'offrirent pas de réponse aux miens. Pas une bonne, en tout cas. Ou si c'était le cas, j'étais trop occupé à m'enivrer de ses beaux yeux bleus...

Il faut vraiment que j'y aille.

J'humidifiai mes lèvres sèches.

— Tu veux que je parte ?

Paul déplaça son poids d'une jambe sur l'autre.

— Je suis presque sûr que tu connais la réponse à cette question.

— Fais-moi plaisir.

Il changea encore de position et son regard se porta sur le pont qui nous séparait.

— J'ai besoin que tu t'en ailles. Mais ce que je veux, c'est que... je veux vraiment que tu...

Le cœur dans la gorge, je fis un pas de plus.

Paul se redressa. Sa pomme d'Adam bondit et ses yeux se levèrent pour rencontrer les miens.

— C'est ce que tu veux ? demandai-je.

Lentement, il acquiesça.

— Définitivement sur la bonne voie, oui.

Mon cœur cogna contre mes côtes, et même si j'aurais dû me diriger vers la passerelle, je fis un pas de plus.

— Tu sais que ce n'est pas une bonne idée, n'est-ce pas ?

— Ce n'est pas une bonne idée, non.

Il combla la distance qui le séparait de moi et posa ses mains sur mes flancs.

— C'est probablement une très mauvaise idée, en fait.

— Mm-hmm.

Je me penchai et laissai mes hanches frôler les siennes.

— C'est vraiment une mauvaise idée.

Ses doigts se recourbèrent juste assez pour m'attirer vers lui.

— Je veux dire, si quelqu'un le découvrait…

— Les conséquences seraient…

— Désagréables.

— Oui.

Oh, mon Dieu. Ses lèvres touchaient presque les miennes désormais. *Embrasse-moi.*

Nous restâmes là, sans nous embrasser, mais suffisamment près pour le faire. Mon cœur battait la chamade. L'idée de ne pas le toucher à nouveau n'entrait pas en ligne de compte, et la perspective de le toucher et de se laisser emporter était à la fois tentante et terrifiante. Nous ne pouvions pas. Nous devions mettre un terme à tout cela maintenant.

Mais Bonté divine, je mourais d'envie de…

Paul recula brusquement. Il marmonna quelque chose que je ne pus entendre – des jurons, sans doute – et se passa une main sur le visage.

J'expirai de soulagement qu'il ait été plus courageux que moi, et de déception que je n'aie pas cherché à l'embrasser quand j'en avais eu l'occasion. Et maintenant qu'il m'avait laissé suffisamment de temps pour reprendre mes esprits, il fallait que je me tire d'ici avant que nous ne trouvions tous les deux une excuse pour nous rapprocher à nouveau.

Je me raclai la gorge.

— Je devrais...

Il évita mon regard.

— Oui. Je vais m'occuper de tout ici.

Il désigna le bateau d'un geste vague du bras.

— D'accord. Cool. Hum... Merci pour le... hésitai-je. Je devrais y aller.

Il hocha la tête, mais n'ajouta rien.

Sans un mot de plus, je descendis du bateau, me dépêchai de quitter la marina et récupérai ma voiture. Je brûlai de la gomme en sortant du parking, me dirigeant vers l'autoroute comme si toute la ville était en feu. Dès que je fus sur cette longue portion d'asphalte, je mis pied au plancher.

Je n'avais pas de destination en tête. J'essayais de ne pas penser à tout ce que Paul et moi avions fait dans cette voiture, je me contentais de rouler.

Quelques heures plus tard, je pensais toujours à Paul, mais j'étais aussi presque arrivé en Californie. Je fis le plein d'essence et repartis en direction d'Anchor Point.

Sur le chemin du retour, avec la radio à fond, comme si cela pouvait aider à étouffer le silence de ma voiture, je n'arrivais pas à croire que j'avais été aussi stupide. Je savais qu'il était officier. Chaque fois que je l'avais déposé à la base, les sentinelles l'avaient salué. Il avait un tatouage de l'Académie, pour l'amour de Dieu. Je ne pouvais pas vraiment le considérer comme un matelot ou un lieutenant, alors qu'il avait manifestement dépassé la vingtaine. À quoi je m'attendais, bordel ?

Je me passai une main dans les cheveux et tapai la paume sur le volant. La vérité, c'est que j'avais fait abstraction de tout ce qui avait trait à l'armée lorsqu'il s'agissait de Paul. Il n'avait jamais donné d'informations sur son travail ou son grade, et je n'avais pas demandé parce que, bon sang, j'avais déjà eu assez de conversations sur la Navy pour couler un cuirassé. Si je ne passais plus jamais une nuit au lit avec quelqu'un qui pensait que les subtilités de l'avionique étaient un bon sujet de conversation sur l'oreiller, ce ne serait pas du luxe. Alors, quand Paul n'avait pas proposé de parler boutique, je n'avais pas insisté, parce qu'on s'en foutait.

Peut-être qu'au fond de moi, je savais qu'il y avait une raison pour laquelle nous ne devions pas nous voir, alors j'avais délibérément ignoré tous les signes. Ou peut-être que j'avais été tellement pris par le sexe que je ne l'avais pas remarqué. Je ne me souvenais plus de ce que j'avais pensé à ce moment-là, car tout ce qui me venait à l'esprit, c'était que *j'avais baisé le capitaine de mon père.*

Si nous avions été surpris, Dieu seul sait ce qui se serait passé. Je n'étais pas très au fait du règlement pour ce genre de choses, mais j'étais presque sûr qu'il y avait quelque chose à propos de la fraternisation ou de la connaissance charnelle ou peu importait comment on appelait ça quand les gens fricotaient avec les mauvaises personnes. Je doutais que ses supérieurs voient d'un bon œil la fraternisation d'une personne nue avec une personne à charge sous son commandement.

Mais c'était fini. Personne ne le saurait. La carrière de Paul n'en souffrirait pas. Mon père n'avait pas besoin de le savoir, et comme Paul ne savait pas qui était mon père, rien ne changerait entre eux au travail. Tout irait bien, comme si rien ne s'était passé.

Comme si je n'avais jamais ramassé Paul devant ce motel. Comme si je ne l'avais jamais baisé à l'arrière de ma voiture ou dans un lit de motel louche. Comme si je n'avais jamais su ce que c'était que d'être embrassé et d'avoir l'impression que rien d'autre n'existait au monde. Comme si je ne l'avais jamais regardé avec le sentiment que nous nous connaissions depuis toujours.

Je soupirai, m'appuyai contre le siège et me concentrai sur les lignes blanches devant moi. Je me remettrais de lui comme je m'étais remis de tous les hommes que j'avais dû abandonner – ou qui m'avaient abandonné – à cause de la Navy. À un moment donné, comme chaque fois, je ne souffrirais plus.

Et peut-être qu'à un moment donné, je comprendrais pourquoi ça faisait si mal.

Je croyais qu'on ne faisait que s'envoyer en l'air. Pourquoi...

Ah oui. Parce que notre relation – quelle qu'elle soit – était devenue une autre victime de la carrière de mon père, et j'en avais plus que marre du gâchis que la Navy avait régulièrement fait de ma vie personnelle. Ce n'était pas que j'avais des sentiments pour Paul au-delà de ce qu'il pouvait faire au lit – j'en avais assez que la Navy me confisque toutes les choses qui me rendaient heureux.

Pas vrai ?

Lorsque je me garai sur le trottoir devant la maison, le pick-up de mon père était dans l'allée. J'eus un haut-le-cœur. OK. Tout ce que j'avais à faire, c'était de rester calme et il ne se douterait de rien. Avec un peu de chance. Non ? Merde.

Poker face. Je peux le faire. Poker face.

Je me dirigeai vers l'intérieur. Papa n'était pas dans la cuisine, mais il était en train de descendre les escaliers, alors je fis attention à mon expression – *visage impassible, allez !* – pendant que je sortais une bouteille d'eau du frigo.

— Oh.

Il s'arrêta et marqua un temps d'arrêt.

— Je croyais que c'était Julie.

Je souris malgré la boule de plomb que j'avais dans les tripes.

— Non. Désolé. Ce n'est que le résident pique-assiette.

Papa leva les yeux au ciel et rit.

— OK. Non pas que tu sois assez présent pour vivre à mes crochets.

— À part pour le loyer et l'assurance, tu veux dire ?

— C'est vrai. Mais je ne t'ai pas beaucoup vu ces derniers temps.

Il arqua un sourcil, comme s'il cherchait quelque chose.

— Le travail te tient occupé ?

Je déglutis.

— Et l'école, oui.

— Il doit y avoir des cours à l'extérieur ces jours-ci.

— Que... Quoi ?

Il me désigna d'un geste.

— Tu as pris un petit coup de soleil.

Je baissai les yeux sur mon bras et mon sang se glaça. J'avais un peu rosi aujourd'hui. Oh, mon Dieu. Est-ce que je sentais la crème solaire ? Est-ce que mes lunettes de soleil m'avaient laissé des marques de bronzage ? Voilà que la piqûre sous mon tee-shirt se manifestait. Puisque j'avais été torse nu. Sur le bateau. Pendant que je faisais l'amour à Paul, avant que nous ne descendions dans la cabine. Putain. Putain. *Putain.*

Mais je devais continuer à mentir. Si papa voyait clair dans mon jeu, Paul était foutu, même si notre relation était terminée. Bon sang, ça faisait mal d'y penser. C'était vraiment fini, n'est-ce pas ? Bien sûr. Il le fallait. Aucun de nous ne pouvait justifier de rester ensemble si les conséquences devenaient trop réelles. C'était un peu comme nager dans un endroit où l'on apercevait parfois des requins – seul un idiot sauterait à nouveau dans l'eau après s'être fait croquer les orteils.

Et mon père me dévisageait toujours, attendant une réponse à son commentaire sur mes coups de soleil.

Je me raclai la gorge.

— Oh, j'étais sur la jetée aujourd'hui.

J'ai l'air décontracté, non ? Comme si je ne racontais pas de conneries ?

— Je me suis dit que j'allais profiter du beau temps.

Il grogna doucement.

— Prends peut-être de la crème solaire la prochaine fois ?

— Je l'ai fait. Pas assez apparemment.

Mon père s'esclaffa.

— Tu as des racines irlandaises, gamin. On ne met jamais trop de crème solaire.

— C'est vrai ! gloussai-je.

C'est trop évident. Maîtrise-toi. Me raclant la gorge, je déplaçai mon poids.

— Je suppose que je devrais prendre de l'indice 80 la prochaine fois.

— Tu as l'intention d'y retourner ? Je croyais que tu n'aimais pas la foule sur la jetée.

Je haussai les épaules.

— C'est mieux que de rester à la maison à regarder la télé.

— Oui, je te l'accorde.

Il m'étudia, et j'étais sûr qu'il allait voir clair dans mon mensonge. Je l'avais dit sans sourciller, et je ne pensais pas du tout avoir révélé mon jeu, mais tout de même.

Mon cœur battait la chamade. Mon estomac se nouait un peu plus chaque seconde. J'étais à deux doigts d'avouer la vérité quand il haussa les épaules.

— Très bien, je suis content que tu aies passé un bon moment. Tu regardes la télé avec nous ce soir ? J'ai mis *Unhappy Hour* en file d'attente sur Netflix.

Il me fallut tout ce que j'avais pour ne pas pousser un soupir de soulagement incriminant.

— Oui, bien sûr. Je vais d'abord prendre une douche.

Il sourit.

— Super. Nous le mettrons quand Julie sera rentrée à la maison.

— Ça a l'air bien. Je vais juste... hum...

— Prendre une douche ?

— Oui. C'est ça.

Je commençai à m'éloigner.

— Oh, ajouta-t-il, encore une chose.

Je me figeai. Lentement, je me retournai.

— Oui ?

Il fit un signe de tête vers des papiers posés sur le comptoir.

— J'ai besoin que tu les remplisses pour la bourse scolaire. C'est pour la semaine prochaine.

— Oh.

Ma bouche était devenue sèche, je me raclai donc la gorge.

— Bien sûr. Oui. Je le ferai ce soir.

— Bien. Merci.

Il fit une pause, se balançant de ses talons à la pointe de ses pieds, comme s'il avait encore quelque chose à dire. Ou, pire, demander.

Je priai tous ceux qui voudraient bien m'écouter pour qu'il ne le fasse pas. Je n'étais pas sûr de pouvoir continuer à dire « non, non, il n'y a rien » plus longtemps.

— Très bien. Bon.

Il haussa les épaules.

— Je ferais mieux de commencer à préparer du pop-corn. Julie ne va pas tarder.

— Oui, et je dois toujours... il faut encore...

Quoi ? Ah oui ! La douche.

Je descends dans quelques minutes.

Je me retournai pour partir, et cette fois, il ne m'arrêta pas.

À l'étage, dans ma chambre, je m'affaissai contre la porte et respirai longuement. Pour autant que je sache, il ne se doutait de rien. Ou s'il s'en doutait, je l'avais convaincu de laisser tomber.

Oui. J'avais menti comme un arracheur de dents à mon père à propos de la relation que j'avais eue jusqu'à il y a quelques heures avec son capitaine.

Et je n'avais aucune idée de ce que je devais ressentir à ce sujet.

CHAPITRE 12

PAUL

Ça faisait deux semaines que Sean avait quitté ma vue pour la dernière fois, je ne le sentais plus. Toutes les douleurs et les élancements avaient disparu. La dernière ecchymose – une légère sur mon épaule due à une morsure enthousiaste – s'était estompée. Lorsque je courais sur le tapis de course ou sur les chemins de la base, mes hanches ne protestaient pas. Assis en réunion ou à mon bureau, je ne ressentais aucune douleur persistante après avoir été baisé jusqu'à l'extrême limite. Mes blessures chroniques étaient présentes et prises en compte, mais Sean ? Non.

Et j'allais perdre la tête.

La cerise sur le gâteau, c'était que j'avais terriblement besoin d'une cigarette. Encore plus que la nuit où Jayson et moi nous étions séparés. Probablement parce que je ne courais pas le risque de tomber sur Jayson à la base. Et personne dans la famille de Jayson n'avait de munitions pour essayer de foutre en l'air ma carrière.

Une cigarette. Une seule. Je la fumerai même lentement pour qu'elle dure plus longtemps.

J'avais cette conversation avec moi-même encore et

encore. La seule chose qui m'empêchait d'appeler Sean, c'étaient les conséquences, et la seule chose qui m'empêchait d'aller acheter un paquet de Marlboro à la boutique communautaire, c'était le souvenir de l'enfer que cela avait été d'arrêter de fumer. Ça avait été horrible. Les quatre fois.

La troisième fois, c'était lors d'un déploiement, à l'époque où j'étais lieutenant-commandant. Pendant dix jours, je n'avais pas touché une cigarette. La plus grande partie de cette période était floue – un flou atrocement misérable –, jusqu'au moment où le second m'avait emmené sur le pont fumeur et m'avait *ordonné* d'allumer une cigarette.

« Tu n'y retourneras pas tant que je ne t'aurai pas vu en fumer deux », m'avait-il averti en grognant. « Ne pense même pas à arrêter à nouveau avant que nous soyons de retour sur la terre ferme et que tu ne sois plus mon problème. C'est clair ? »

« Oui, Monsieur », avais-je répondu en allumant ma cigarette.

La quatrième fois, j'avais tellement envie d'arrêter que j'avais pris vingt et un jours de congés pour pouvoir supporter le sevrage sans que cela n'interfère avec mon travail. Trois mois et vingt kilos plus tard, j'avais presque rechuté, mais les souvenirs misérables étaient encore assez vifs pour me maintenir dans le droit chemin.

Et même aujourd'hui, huit ans plus tard, je devais encore m'en débarrasser chaque fois que quelque chose m'énervait. Quitter Jayson et Sean en peu de temps signifiait que je devais à nouveau m'en dissuader.

Fumer à nouveau signifie arrêter à nouveau, et arrêter à nouveau signifie vivre l'enfer et faire retoucher tous tes putains d'uniformes, alors pourquoi ne pas assumer et faire face à la situation ?

Intellectuellement, je savais ce qui se passait. Sean était

une distraction afin d'oublier Jayson. Une raison de ne pas penser à ma rupture.

Sauf que tout allait beaucoup mieux avec Sean qu'avec Jayson. Je n'avais jamais eu l'impression de marcher sur des œufs ou de faire semblant afin qu'il ne voie pas qui j'étais vraiment. Il était drôle et agréable à fréquenter, et même si j'étais convaincu que je ne pouvais pas avoir de points communs avec quelqu'un qui avait la moitié de mon âge, nous n'étions jamais à court de sujets de conversation.

Le sexe, bien sûr, n'était pas à dédaigner. Même à nos débuts, lorsque nous baisions dès que nous en avions l'occasion, Jayson n'avait jamais eu l'enthousiasme de Sean. Il avait toujours été là pour l'orgasme – *son* orgasme – et ne s'était pas vraiment soucié du reste. Sean, lui. Bon sang. Il était si attentif. Et généreux. Et juste... *à fond.*

D'accord, peut-être qu'il n'était pas une distraction pour oublier Jayson. Il me distrayait de tout, et à tort ou à raison, je voulais qu'il revienne, tout comme j'avais voulu que l'euphorie de la nicotine revienne quand le sevrage avait été au plus fort.

Mais était-ce là tout ce que je voulais ? Une solution pour tenir jusqu'à la prochaine envie ?

Je repensai à l'après-midi que nous avions passé sur mon bateau. *Avant que* tout ne parte en vrille, en tout cas. Oui, le sexe avait été torride, mais plus j'y pensais, plus sa compagnie me manquait. Nous commencions à peine à nous connaître, nous avions dévoilé suffisamment de cartes pour comprendre que nous ne pouvions pas nous fréquenter, et déjà...

Tu perds la tête, Richards.

Allongé sur mon lit, après avoir éteint mon réveil pour la quarante-cinquième fois, je me frottai les yeux. Fumer n'allait rien arranger, mais peut-être qu'une bonne course à pied m'éclaircirait les idées. Au moins, je pourrais être fonctionnel au travail aujourd'hui. De toute façon, j'avais besoin de courir. J'avais commencé à éviter la salle de sport, préférant courir à l'extérieur plutôt que de risquer d'y être encore une fois en même temps que Sean.

Ce plan avait fonctionné pendant un jour ou deux, mais comme nous étions sur la côte de l'Oregon, il y avait eu pas mal de pluie ces derniers temps. Le test de préparation physique approchait, et que je sois damné si je n'arrivais pas à suivre les plus jeunes, alors sauter mes entraînements n'était pas une option.

Je me redressai et balançai mes jambes sur le côté du lit. Bon. J'étais debout. Il ne me restait plus qu'à prendre une douche et à me rendre à la salle de sport.

À quelle heure Sean s'entraîne-t-il?

Je grimaçai. Malgré tous mes efforts, je l'avais croisé là-bas il y a quelques jours. Presque deux semaines après notre dernière nuit ensemble, j'étais entré dans la salle de sport juste à temps pour voir Sean se positionner sur un banc de musculation sous une barre d'haltères chargée. Je m'étais figé. Je l'avais regardé fixement. Et puis j'avais fait demi-tour et j'étais reparti, parce que j'étais un putain de lâche et un idiot qui perdait la tête à cause de quelqu'un avec qui il s'était amusé pendant un petit moment.

Au diable Sean, il fallait que j'aille à la salle de sport.

Néanmoins, ce n'était plus d'actualité. J'avais passé tellement de temps à essayer de me convaincre de sortir du lit que j'avais à peine le temps de me ressaisir et d'aller au bureau. Le contre-amiral venait aujourd'hui, et il avait la fâcheuse habitude d'arriver très tôt, alors il fallait que je sois prêt et que je me gave de café à temps.

Je courrais plus tard. Pour l'instant, j'allais me doucher,

m'habiller, me rendre au travail et faire face à cette journée comme l'adulte que j'étais.

Mon cou et mon dos me firent mal lorsque je me levai et m'étirai. Rien d'étonnant à cela : le stress aggravait mes anciennes blessures comme il aggravait mon addiction latente à la nicotine. Heureusement que j'avais une bonne dose d'ibuprofène dans mon bureau. J'allais en avoir besoin.

La douche n'aida pas. Quel grand choc ! Le fait d'être nu et de laisser l'eau glisser sur moi comme des mains chaudes et avides ramena Sean à l'avant-plan de mon esprit. Comme s'il en avait été très éloigné au départ.

Maintenant que j'ai ton attention, sembla dire mon corps tandis que mon sexe durcissait, *tu n'as toujours pas soulagé une partie de cette tension.*

Je laissai le jet de la douche couler sur mon visage et sur ma nuque. Ces dernières nuits, j'avais lutté contre l'envie de me masturber en pensant à Sean, mais aujourd'hui, je ne pouvais pas l'éviter. Mon esprit était complètement préoccupé par lui – sa bouche talentueuse, son corps fort et mince, sa voix tendue quand il se rapprochait de l'orgasme – et si je voulais être un tant soit peu utile pendant la visite de l'amiral, j'avais besoin de me vider la tête. Et comme je n'avais pas le temps de courir, je cédai. Je fermai les yeux et me laissai aller à imaginer que ma main était celle de Sean.

En un rien de temps, j'étais là, jouissant vite et fort, après avoir résisté trop longtemps. Je n'avais même pas eu l'occasion de fantasmer ou de profiter – quelques coups de poignet et c'était fini.

Haletant, je reposai ma tête contre mon avant-bras. Non, cela n'avait rien arrangé. Mon érection était réglée, et le délicieux soulagement de l'orgasme coulait encore dans mes veines, mais me vider la tête ? Rétablir ma capacité de concentration pour ne pas me ridiculiser auprès de l'amiral qui pourrait décider si oui ou non j'aurais un jour mon propre vaisseau ? Pas vraiment.

Je m'en remettrai.

Je me suis remis de la nicotine (plus ou moins). Je me suis remis de Jayson (en quelque sorte).

Pourquoi Sean serait-il différent ?

Durant tout le trajet jusqu'à mon bureau, pendant mes diverses réunions et alors que je parcourais ma boîte mail surchargée, mon esprit refusait de lâcher Sean. Le fait que le premier maître Wright ait traversé le bâtiment plusieurs fois pour se rendre à des réunions et en sortir n'aidait pas, et chaque fois que je le vis, je perçus un autre indice de la ressemblance entre le père et le fils. Je ne sais pas comment j'avais pu ne pas le remarquer auparavant. Il lui suffisait d'avoir les cheveux plus longs, quelques mèches bleues, et...

Ne reluque pas le premier maître, imbécile. Cela ne servira à rien.

L'amiral dut penser que j'étais un parfait crétin. Même si je faisais généralement très bien semblant, il dut quand même se répéter plusieurs fois après que mon cerveau s'était arrêté à des moments inopportuns. Cela ne me ferait certainement pas gagner des points pour prendre le commandement d'un porte-avions. La Navy hésitait à me confier un bateau de toute façon – mes blessures me rendaient inapte au service en mer – et le fait d'être dans la lune devant ce type ne m'aiderait pas. Putain de merde.

Le lendemain après-midi, je me fus suffisamment ressaisi pour lui faire croire que j'étais vraiment un professionnel accompli qui avait juste eu une mauvaise journée, et je restais ainsi jusqu'à ce que l'hélicoptère décolle et l'em-

mène loin de la NAS Adams. Il avait à peine quitté l'aéro-
drome que j'envoyai un SMS à ma secrétaire pour
l'informer que je ne reviendrais pas au bureau. Le fait de
partir plus tôt n'était pas un privilège dont j'abusais régulièrement, alors je décidai que, cette fois-ci, je pouvais me
l'octroyer.

J'allai courir pour me changer les idées, mais est-ce que
ça me fit du bien ? Même pas un peu. Je courus cinq putains
de kilomètres, je me douchai, m'habillai, rentrai chez moi, et
j'avais *encore* l'esprit plein d'un chauffeur de taxi sexy.

Comme je n'avais pas de meilleures idées, j'ignorai le
fait que je devais travailler le lendemain et me rendis dans
un bar à l'extrémité nord d'Anchor Point. C'était un vrai bar
de quartier, ce à quoi je m'attendais. Il n'y avait probablement pas un autre gay à moins de dix pâtés de maisons, et ce
n'était probablement pas un endroit où un gay devrait agiter
un drapeau arc-en-ciel ou regarder subtilement un cul dans
un jean moulant.

Tant pis. Je ne cherchais pas un plan cul. Je ne cherchais même pas à me saouler. J'avais juste besoin de passer
du temps dans un endroit qui ne me rappelait pas Sean, à
supposer qu'un tel endroit existe. Je pourrais probablement
aller à la chapelle de la base et toujours trouver une raison
de penser à lui et de me sentir coupable.

Le bar était peu éclairé, principalement par les néons et
les fausses lampes Tiffany suspendues au-dessus des trois
tables de billard. L'air était probablement épais et gris avant
l'interdiction de fumer en intérieur dans l'Oregon. Même
aujourd'hui, il semblait étrangement brumeux, comme s'il y
avait eu suffisamment de fumeurs pour que l'air reste
enfumé pendant des années. Je pouvais presque sentir le
goût du tabac, même si ce n'était sans doute que mon

cerveau qui essayait de me faire céder à cette envie subtile et persistante.

Pas ce soir. Pas de sexe. Pas de tabac. Juste une bière ou douze et un peu de temps loin de la maison.

Il y avait quelques visages familiers penchés sur des bières ou jouant au billard. Rien d'étonnant dans une si petite ville. Aucun d'entre eux ne s'approcha de moi, et je ne m'approchai pas d'eux. J'espérais qu'ils ne pensaient pas que je me croyais au-dessus d'eux ou que je racontais des conneries de ce genre – certains militaires, en particulier ceux des grades inférieurs, avaient été conditionnés pour craindre ceux qui se trouvaient au sommet de leur chaîne de commandement. J'avais le plus grand respect pour eux et je ne voulais pas avoir la réputation d'un officier qui ne donnait pas la parole à ses soldats, alors j'espérais qu'ils me pardonneraient de ne pas être sociable ce soir.

Je trouvai une place au bout du bar, j'ouvris une ardoise et commandai une bière. Avant d'avoir fini la moitié de celle-ci, j'en commandai une autre. Je bus, mon regard alternant entre mon téléphone et le vide. Seule la présence de quelques gars de la base m'empêcha de verser de la bière dans mon gosier aussi vite que mon organisme pouvait le supporter. La dernière chose dont j'avais besoin, c'était de tomber ivre mort devant des gens qui me rendaient des comptes. D'autant plus que l'alcool était un sacré sérum de vérité, et qu'il ne serait pas bon de commencer à raconter que j'avais trouvé un type génial qui était un coup extraordinaire, pour ensuite réaliser qu'il était le fils du premier maître Wright.

« Uh-huh, le fils du premier maître Wright. Vous le connaissez ? Bien sûr. Au sens biblique du terme. Mon Dieu, ce type est sexy... »

Mouais. Non. Je n'avais pas besoin de me saouler à ce point.

Après une douzaine de parties d'un jeu stupide sur mon téléphone, j'allais prendre une gorgée, mais je réalisai que la bouteille était vide. Je la repoussai, et un instant plus tard, la barmaid se matérialisa.

Elle m'adressa un sourire en récupérant ma bouteille de bière vide.

— Une autre, chéri ?

— Hum.

N'en avais-je pas déjà bu beaucoup ? Merde. Si. En une succession assez rapide, j'en avais vidé trois. C'était loin d'être suffisant pour me retourner la tête, mais si je voulais rentrer chez moi en voiture, il faudrait que j'attende quelques heures pour sortir de la zone de danger de la conduite en état d'ivresse.

— Non, merci, répondis-je, forçant un sourire.

La barmaid acquiesça et continua à nettoyer le bar.

Une autre bière était tentante, mais pas si je voulais partir d'ici de sitôt.

Et pour aller où, Paul ? Chez moi pour me masturber sous la douche ?

Je soupirai, appuyai mon coude sur le bar et me frottai le front. Un verre de plus signifiait rester ici plus longtemps. Esquiver ce verre signifiait que je pourrais sortir d'ici plus tôt et aller... où ? Peut-être à Flatstick pour une partie de jambes en l'air qui s'annonçait déjà comme un effort bien trop grand pour un résultat bien trop maigre ?

Sinon, je pourrais trouver un autre moyen de rentrer chez moi.

Je sortis la carte de Sean de mon portefeuille. Le cœur serré, je fis courir mon pouce d'avant en arrière sur son nom et son numéro de portable.

Je l'avais effacé de mon téléphone, mais j'avais toujours sa carte. Il y avait un million de raisons pour lesquelles je ne devais même pas la garder. Et passer un appel ? Le retrouver quelque part ? Faire quelque chose pour remédier à toute cette frustration ?

Stupide.

Stupide. Stupide. *Stupide.*

Une stupidité préjudiciable à ma carrière.

Mais tellement, tellement tentante. J'étais le genre de personne qui pouvait se convaincre qu'il y avait une bonne raison de faire marche arrière et de fumer une cigarette – c'est pourquoi il m'avait fallu si longtemps pour arrêter. Seul le souvenir du douloureux sevrage m'empêchait de recommencer. Pas le risque de cancer du poumon ou d'autres maladies. Ni le coût, ni l'odeur, ni la tache jaune sur tout. Non, la seule barrière efficace était cette période infernale qui suivait ma dernière cigarette.

En théorie, les deux dernières semaines auraient dû avoir le même effet que ce sevrage. Retrouver Sean n'impliquait qu'inévitablement repasser par cette douleur. Alors peut-être que cela signifiait que dans une semaine ou deux, quand le pire serait passé et que j'irais de l'avant comme j'aurais dû déjà le faire, ce serait facile. Enfin, plus facile.

Ou pas. D'autant plus que je me souvenais trop bien que rien n'avait jamais eu aussi bon goût que cette première cigarette après une tentative d'arrêt. Si une Marlboro pouvait me propulser au bord de l'extase, je ne pouvais qu'imaginer ce que serait une nouvelle aventure avec Sean en ce moment même.

Je frissonnai, la chair de poule picotant sous ma chemise.

De qui je me moquais ? J'étais nul pour m'éloigner des choses dont je n'avais pas besoin de m'approcher, et Sean ne faisait pas exception à la règle. Alors pourquoi mener une bataille perdue d'avance ? Bien sûr, cela pourrait foutre en l'air ma carrière, mais je ne pouvais pas imaginer que cela ferait plus de dégâts que d'être dans les nuages, comme je l'avais été ces derniers temps.

Me sentant à la fois nerveux, coupable et très excité, je fis signe à la barmaid et commandai une autre bière.

Et pendant qu'elle faisait sauter la capsule de la bouteille, j'envoyai un texto à Sean.

Tu roules ce soir ?

CHAPITRE 13

SEAN

J e regardai fixement le message. Je venais de déposer un client au Navy Exchange et, moins de trente secondes plus tard, mon téléphone avait sonné. Je l'avais consulté, m'attendant à une autre course.

Il s'agissait bien d'une demande de prise en charge – pas besoin d'être un génie pour lire entre les lignes –, mais j'étais sacrément sûr qu'il ne s'agissait pas d'une personne lambda. Même si j'avais effacé ses coordonnées, je reconnaissais le numéro de Paul.

Putain de merde. Rien que de lire ce message, c'était jouer avec le feu. Y répondre ? Mauvaise idée. Très. Mauvaise. Idée.

Je regardai autour de moi, espérant que quelqu'un essayait d'attirer mon attention. Il devait bien y avoir du monde qui voulait faire la fête ce soir. Non ?

Et je ne me moquais de personne si je disais que je n'avais pas envie de brûler de la gomme et d'arriver là où Paul se trouvait en ce moment. Ma concentration avait été mise à mal depuis que nous nous étions quittés pour la dernière fois.

Mes orteils se recroquevillèrent dans mes chaussures. Nous ne pouvions pas revenir à ce que nous faisions avant, mais c'était vraiment tentant.

Je jetai un nouveau coup d'œil sur le parking. Toujours personne à la recherche d'un taxi. Le central restait silencieux. La soirée avait été calme jusqu'à présent, et à part ce message sans réponse sur mon téléphone, personne ne m'avait demandé de le conduire. Je pouvais soit rester ici toute la nuit, soit...

L'écran de mon téléphone s'étant éteint, je tapai dessus et fis réapparaître le texte. Un homme intelligent l'aurait effacé, bloqué le numéro et serait allé en ville pour voir si quelqu'un sortait d'un bar à la recherche d'un capitaine de soirée.

Ce soir, je n'avais pas envie d'être intelligent.

Oui, répondis-je. *Besoin d'un chauffeur ?*

Une fois le message envoyé et qu'il l'eut lu, je retins mon souffle en fixant l'écran. J'aurais dû l'ignorer. Je pouvais encore le faire, je suppose. S'il me répondait, je pourrais insister sur le fait que quelqu'un d'autre était monté dans ma voiture et m'avait demandé de l'emmener à Portland ou à Eugene, ou à New York, ou quelque chose comme ça. *Désolé, peut-être un autre soir !*

Puis sa réponse arriva, et toutes les excuses que j'avais s'évaporèrent :

Besoin de toi.

Oh. Seigneur.

Je me mordillai la lèvre. Mon cœur tambourinant et mon estomac nauséeux essayaient de me dissuader d'aller le chercher. En même temps, la douleur subtile de mon coude me rappelait qu'il serait agréable de laisser quelqu'un d'autre me faire jouir ce soir. J'avais fantasmé sur Paul tous les soirs et certains matins. Autant se laisser aller à la réalité.

Sauf que c'est une mauvaise idée parce que...

Mon téléphone vibra.

Paul m'avait envoyé une adresse par SMS que je reconnus. C'était un bar proche de l'hôtel où je l'avais récupéré la première fois.

La bouche sèche et les doigts hésitants, je répondis :

J'arrive tout de suite.

Je ne pouvais même pas dire qu'il m'avait surpris dans un moment de faiblesse. La plupart de mes bons sens s'étaient envolés le soir où je l'avais rencontré, et depuis, je fonctionnais au ralenti, prêt à céder et à me précipiter à nouveau dans son lit pour un rien. Et maintenant que j'en avais l'occasion...

J'enclenchai la première et me dirigeai vers cette adresse. Pendant tout le trajet, mon cœur ne cessait de battre la chamade. Le volant était glissant dans mes mains moites, alors je le serrai plus fort. Je me focalisai sur la route, les lignes, les voitures, les panneaux – je n'osais pas me déconcentrer, car je risquais de me retrouver dans un fossé ou de percuter la devanture d'un magasin. J'avais été distrait ces deux dernières semaines, mais ce serait bien ma veine si j'avais un accident ce soir, alors que Paul m'attendait avec Dieu seul sait quelles vilaines intentions.

Je réussis à ne pas me crasher. Lorsque le bar miteux apparut, le sang battit dans mes oreilles. Je fis une dernière tentative pour me ressaisir, mais ça ne dura pas longtemps – Paul attendait dehors, me regardant alors que je m'arrêtais sur le trottoir.

J'avais des millions de questions sur le bout de la langue, surtout des questions du genre « Qu'est-ce qui t'a fait changer d'avis ? » et « Es-tu fou ? », mais un seul regard sur lui effaça tous les mots de mon vocabulaire.

Alors qu'il s'installait sur la banquette arrière comme un client normal, je parvins à m'étouffer en demandant :

— Un endroit en particulier ?

— Non.

— Alors...

Je déglutis, croisant son regard dans le rétroviseur.

— Je roule ?

Paul acquiesça.

Le soir de notre rencontre, cette demande m'avait agacée. Ce soir, elle avait un effet que je n'arrivais pas à définir. Me rendait-elle nerveux ? Excité ? Putain. Je n'en savais rien.

Mais ce que je fis, c'est conduire.

L'estomac agité, les paumes plus moites qu'à l'aller, je quittai le parking du bar.

Avec Paul.

Juste là.

Dans ma voiture.

Qu'est-ce qu'on était en train de faire ? Et si nous nous étions retrouvés pour les raisons que je croyais, pourquoi roulions-nous au lieu de trouver des préservatifs et une surface plane ?

Nous nous trouvions près de la limite nord de la ville et nous n'allions pas tarder à sortir d'Anchor Point proprement dit. Plus loin, nous serions sur cette autoroute qui n'offrait aucun endroit où s'arrêter ou faire demi-tour pendant des kilomètres.

Je trouvai donc une route secondaire déserte, tournai puis m'arrêtai. Je me garai, mais laissai le moteur tourner au ralenti.

— Très bien. Il faut qu'on parle.

Je me retournai pour pouvoir regarder Paul dans les yeux.

— Qu'est-ce qu'on fait ?

— Je n'en suis pas sûr. J'avais juste besoin de te voir.

— De me voir ? répétai-je. Ou...

Le clic de sa ceinture de sécurité me fit taire. Les yeux rivés sur les miens, il se rapprocha, probablement jusqu'au bord de la banquette arrière. Mon Dieu, il était presque assez proche pour me toucher. Puis il se pencha un peu plus en avant, et tout mon bon sens s'envola lorsqu'il murmura :

— Je sais qu'on ne devrait pas.

Il caressa mon bras, envoyant de l'électricité jusqu'à mes orteils.

— Je ne peux pas m'en empêcher.

Je tendis la main vers son visage.

— Moi non plus. Sinon, je ne serais pas venu te chercher.

Paul déglutit. Puis il s'avança encore plus et m'embrassa par-dessus le dossier du siège.

Le soulagement, l'excitation et un million d'autres sentiments m'envahirent. Je saisis sa nuque. Ses doigts parcoururent mes cheveux. Si les sièges n'étaient pas une entrave, et si je n'étais pas tordu comme je l'étais, nous serions déjà enveloppés l'un dans l'autre et nous aurions perdu la tête à l'heure qu'il est. Pourtant, c'était mieux que les deux dernières semaines sans rien du tout. Cela pourrait être une énorme erreur, mais je n'en avais pas l'impression à ce moment-là, alors j'ignorai le bon sens et laissai son baiser me retourner.

Lorsqu'il s'écarta, son front était fiévreux contre le mien.

— Seigneur...

Respirant difficilement, je reculai suffisamment pour croiser son regard.

— Je suppose que je ne te conduis nulle part ce soir ?

— Tu me rends fou depuis deux semaines.

Je gémis.

— Tu as passé tout ton temps à penser à cette phrase ?

Il me ramena à lui.

— Il fallait que je fasse quelque chose. Sinon, tout ce à quoi je sers, c'est...

Je l'embrassai parce que cela faisait déjà trop longtemps et que, de toute façon, je savais exactement de quoi il parlait. J'avais à peine été capable de conduire, de dormir, d'étudier – tout ce que j'avais voulu ces deux dernières semaines, c'était ça. Lui.

— Nous ne devrions pas faire ça, murmurai-je entre deux baisers. Mais j'ai l'impression qu'on va le faire quand même.

— Je sais. Et c'est moi qui devrais me montrer responsable et dire qu'on ne peut pas...

— Je suis autant responsable que toi. Je suis jeune, mais je ne suis pas un môme.

— Non, mais tu ne vas pas nuire à ta carrière.

— Je pourrais nuire à la tienne et à celle de mon père.

Il s'éloigna un peu.

— Bien. Si on continue à faire ça *ici*, tu vas te bousiller le cou.

Mes muscles devenaient un peu raides, en effet. Je m'étirai subrepticement en penchant la tête d'un côté, puis de l'autre.

— Je devrais peut-être m'asseoir à l'arrière avec toi.

— J'ai une meilleure idée, dit-il en faisant un geste vers la route sombre et vide derrière nous. Prenons une chambre.

Je clignai des yeux plusieurs fois. Cette idée était insensée. Une chambre ? Avec un lit ? C'était complètement fou et c'était la pire idée qui soit... et... et...

Exactement ce dont j'avais besoin.

— D'accord. Une chambre.

Je déglutis.

— Bonne idée.

Il sourit, et la luxure brilla encore plus fort dans ses yeux. Il se pencha à nouveau sur les sièges et m'embrassa une fois de plus, puis nous retournâmes tous les deux à nos places. Je fis demi-tour, brûlant la gomme sur la chaussée non marquée, appuyant sur l'accélérateur. Le cœur battant toujours à quatre-vingt-dix miles à l'heure, l'estomac toujours aussi nauséeux et palpitant à la fois, je conduisis comme si j'étais poursuivi par les chiens de l'enfer.

En quelques minutes, nous étions de retour à Anchor Point, et je me garai dans le parking du premier établissement à l'allure louche, avec *Chambres Libres* en vitrine.

— Je vais aller nous enregistrer.

Sa ceinture de sécurité cliqua avant même que je ne m'arrête. Dès que la voiture s'immobilisa, il bondit et se dirigea vers le bureau. Je m'agrippai au volant, prenant quelques grandes respirations pour me calmer. Si j'avais l'intention de me tirer d'ici, c'était le moment ou jamais, mais je n'y songeai guère. Ça allait se produire et c'était définitif. Après ce soir ? On verrait ça plus tard. Ce soir ? J'allais suivre Paul.

Mon sexe devenait déjà dur. La chair de poule me démangeait et j'avais du mal à rester assis. C'était comme si mon cœur pompait de l'agitation liquide dans mes veines, et *putain, combien de temps faut-il pour obtenir une putain de chambre d'hôtel ?*

À point nommé, il sortit de la réception, la carte-clé à la main.

Putain. *Oui.*

Il s'installa sur le siège passager.

— L'entrée se trouve sur le côté du bâtiment.

— Rez-de-chaussée ?

— Mm-hmm.

Dieu merci. Je n'allais pas monter les escaliers – pas très vite, en tout cas – tant que l'un d'entre nous n'aurait pas fait quelque chose à propos de cette érection.

Je fis le tour du petit bâtiment et me garai près de la porte. Aucun de nous deux ne dit un mot en sortant, mais à mi-chemin du couloir menant à la chambre, j'hésitai.

Il haussa les sourcils.

— Qu'est-ce qui ne va pas ?

Toi et moi savons ce qui ne va pas et pourquoi nous ne devrions pas être ici.

Je déglutis.

— As-tu apporté... hum...

Il tapota la poche de sa veste.

— Je suis passé à la supérette pendant que je t'attendais.

— Oh.

Bien, alors. Il n'y avait plus de raison d'hésiter. Nous avions tout ce dont nous avions besoin. Un glissement de la carte, et nous aurions un lit, des serviettes et de l'intimité.

Il inclina la tête.

— Tu vas bien ?

— Oui, oui. Oui, bredouillai-je en marchant vers la porte. Je voulais juste, euh... m'assurer...

À la porte, il m'effleura l'épaule et lorsque je croisai son regard, son expression était tout à fait sérieuse. Les sourcils froncés, les lèvres pincées, il n'y avait rien d'autre qu'une véritable inquiétude dans ses yeux. Ses magnifiques yeux bleus.

— Il n'est pas trop tard, tu sais. Si tu n'en as pas envie, dis-le.

— La question n'est pas de savoir si j'en ai envie.

Sa posture se redressa un peu. Le silence était tendu entre nous.

Après quelques longues secondes, il se racla la gorge.

— Alors, on y va ?

Mon cœur s'écrasa contre mes côtes. Je connaissais la réponse à cette question. Et lui aussi. Et une fois qu'il aurait mis la clé dans le lecteur et déverrouillé la porte, nous aurions un chemin tout tracé vers un lit, la nudité et le sexe qui me manquait depuis...

— Non.

Le mot sortit si doucement que je ne savais même pas s'il l'avait entendu, mais quand je levai les yeux vers lui...

Oui, il m'avait entendu. Son visage se décomposa. Puis ses épaules s'affaissèrent un peu.

— Non, répétai-je, et je basculai sur mes talons pour ajouter un tout petit peu d'espace entre nous. J'en ai envie, mais...

Il rompit le contact visuel et soupira, fixant la carte magnétique dans sa main. Une partie de moi voulait qu'il discute. Je voulais qu'il me demande si j'étais sûr, ou qu'il m'y incite. À ce moment-là, le plus petit effort de persuasion aurait suffi. Je le voulais. Je le voulais tellement que je me tenais là, avec une érection implacable et un cerveau plein de fantasmes qui ne demandaient qu'à être réalisés. Ma détermination à faire ce qu'il fallait – ou du moins, à ne pas faire ce qu'il ne fallait pas – aurait tenu aussi bon qu'une toile d'araignée arrêterait un avion de chasse.

— Tu as raison.

Il se frotta la nuque et s'affaissa contre la porte restée ouverte. Tournant distraitement la clé dans sa main libre, il jura en regardant le plafond.

— C'était une très mauvaise idée.

La déception et le soulagement s'affrontaient dans mon

cerveau et s'annulaient presque l'un l'autre. Mon corps avait apparemment compris le message, et la tension sur le devant de mon jean se relâcha en même temps que mon sexe ramollit.

Paul s'humecta les lèvres, puis leva les yeux vers moi.

— Je suis désolé. Nous ne pouvons pas faire ça. Je sais que je n'aurais pas dû t'envoyer de texto. Je…

— Je sais, murmurai-je. J'ai aussi pensé à prendre contact plusieurs fois. Nous ne pouvons pas, mais je ne dirai pas que ce n'est pas tentant.

Il acquiesça.

Le silence était atroce et la tentation n'avait pas vraiment disparu. Plus nous resterions là, plus la situation serait inconfortable, et plus l'alternative deviendrait alléchante.

Je me raclai la gorge.

— Je vais, euh, y aller.

Je marquai une pause.

— Sauf que je suis ton chauffeur, je suppose.

Silence.

— Ton taxi, je veux dire. Ton taxi.

Paul rit sèchement.

— Je sais ce que tu veux dire. En fait, je pense que je pourrais…

Il jeta un coup d'œil à la porte.

— J'ai déjà payé la chambre. Je pourrais regarder un film ou quelque chose comme ça jusqu'à ce que je sois dégrisé.

Il ne me semblait pas si ivre que ça. Un peu éméché, peut-être ? Et d'ailleurs, j'allais lui rappeler qu'il n'avait pas besoin d'être sobre pour appeler un taxi – un taxi différent –, mais je me demandais s'il avait l'intention de faire autre chose que de regarder un film. Probablement la même chose que j'avais l'intention de faire dès mon retour à la maison. Ce n'est pas que se masturber rendrait la situation moins frustrante, mais pourquoi pas ? Et dans ce cas, cela nous éviterait la pénible maladresse de passer du temps dans la voiture. Le retour à terre sur son bateau avait déjà été assez brutal.

— D'accord. Bon.

Je toussotai et fis un geste vers le couloir.

— Je vais y aller.

Il acquiesça, évitant mon regard.

Il n'y avait plus rien à dire. Je n'osais pas le toucher – pas un baiser, pas une poignée de main –, parce qu'alors j'aurais voulu le toucher davantage.

Alors, sans un mot de plus, je m'éloignai.

J'étais à mi-chemin dans le couloir quand j'entendis le bip et le clic de la porte de la chambre qui se déverrouillait, et je regardai par-dessus mon épaule juste à temps pour voir Paul disparaître à l'intérieur. La porte se referma et je me figeai, le regard dans le vide pendant une minute.

Il était probablement allongé sur le lit que nous avions prévu de partager. Il avait probablement les yeux fermés et son érection dans la main, et je me demandais s'il pensait à moi, ou à quelqu'un d'*autre que* moi.

Et si je retournais maintenant frapper à la porte, je me demandais s'il me laisserait prendre la relève et terminer le travail à sa place.

Sur cette pensée, je tournai les talons et continuai à me diriger vers le parking. Je marchais si vite que je faillis me mettre à courir, et ma main tremblait tellement que j'eus du mal à mettre la clé dans le contact. Mais je finis par l'insérer, démarrer le moteur, enclencher la marche arrière et je me tirai de là.

Sur le chemin du retour, j'essayai de penser à quelqu'un d'autre que lui.

CHAPITRE 14

PAUL

Allongé sur le lit dur du motel, je fixai le plafond.

Avec un peu de chance, Sean était en route pour un club à Flatstick, ou en train de consulter Grindr, ou d'envoyer un texto à un plan cul fiable. Il méritait une nuit de sexe sans stress avec quelqu'un qui n'alternait pas entre l'insouciance et l'indécision.

Je fermai les yeux et poussai un soupir.

Je n'essayais même pas de me convaincre que j'aurais repris mes esprits avant que nous n'allions trop loin. Nous étions allés trop loin dès que nous avions repris contact, et si Sean n'avait pas mis le holà, je n'aurais certainement pas pu le faire. J'aurais dû, oui. L'aurais-je fait ? Aucune chance. Peu importait ce qui était en jeu ou à quel point il était stupide que nous nous approchions l'un de l'autre – un regard sur Sean, et toute ma pensée rationnelle s'envolait par la fenêtre.

Au moins, l'un de nous avait les idées claires. Ironiquement, il était exactement le genre de personne dont j'avais besoin, quelqu'un qui équilibrait mon impulsivité. Même s'il était aussi exactement le genre de tentation irrésistible qui était mon talon d'Achille. *Il* était peut-être pondéré et rationnel, mais il était aussi... tellement... *sexy*.

Je fixai à nouveau le plafond. S'il était resté, nous aurions probablement fini maintenant. Le premier round, en tout cas. C'était toujours rapide et furieux, surtout si nous avions été séparés pendant plus de deux jours. Nous serions probablement allongés ici, en sueur et à bout de souffle, à nous demander si nous pourrions tenir assez longtemps pour prendre une douche ou si nous devrions attendre jusqu'à ce que nous ayons inévitablement baisé à nouveau.

La chair de poule piqua ma peau. Cet homme. Mon Dieu.

Au moins, avec le sexe, je savais ce que je manquais en le laissant partir. Ce qui me rendait fou, c'était l'inconnu. Même si nous ne pouvions pas dormir ensemble, je voulais le connaître davantage. Qu'est-ce qu'il étudiait ? Que voulait-il faire après avoir obtenu son diplôme ? Où était-il allé ? Où voulait-il aller ?

Mais nous ne le pouvions pas. C'est tout. Peu importait que j'aie commencé à réaliser que Sean était tout ce que j'attendais d'un homme. Je n'avais pas à m'impliquer avec lui – à rester impliqué avec lui –, à moins que je ne veuille vraiment dire adieu au grade d'amiral et, à la place, aller en cour martiale.

Ma carrière était tout pour moi. J'avais consacré à la Navy plus de la moitié de ma vie, j'avais perdu certaines de mes meilleures années et j'en gardais des séquelles mentales et physiques. Je n'avais jamais pris cette carrière à la légère.

Pourtant, il me suffisait de regarder Sean...

Je me passai la main sur le visage et jurai à voix haute. J'étais obsédé. C'est tout. Je m'étais fait larguer, j'avais besoin d'une distraction, et je m'étais trop laissé étourdir. Heureusement, Sean avait fait ce qu'il fallait.

Dans mon esprit, je revis le moment où Sean avait reculé. Bien qu'il ait gardé un visage plutôt stoïque, même maintenant je pouvais voir la tension sur ses traits et la lutte évidente dans ses yeux. Il n'avait pas plus voulu partir que moi – il avait juste eu les moyens de mettre un terme à la situation. Je ne pouvais pas imaginer ce qu'il ressentait maintenant. S'il s'en voulait d'être parti, ou s'il se reprochait de s'être fourré dans cette situation. Il était peut-être en colère contre moi ou, pire, blessé. D'une manière ou d'une autre, il se sentait sans doute comme une merde. À cause de moi.

Je me redressai et expirai. Si je n'arrivais pas à me ressaisir au sujet de ma carrière, je pouvais m'empêcher de le remettre dans cette situation. La dernière chose que je voulais, c'était le blesser ou le stresser comme ça.

Il était temps de rentrer chez moi et de passer à autre chose, et peut-être de trouver quelqu'un de mon âge qui ne soit pas dépendant de l'armée. Ou d'être célibataire pendant un certain temps. Au moins, cela ne me causerait pas d'ennuis, ni à moi ni à personne d'autre.

Alors, déterminé à *ne plus* être un idiot à partir de maintenant, je quittai la chambre. Je déposai ma clé à la réception, appelai un taxi d'une autre compagnie et rentrai chez moi.

Et en silence, je souhaitais le meilleur à Sean.

CHAPITRE 15

SEAN

D ans les semaines qui suivirent ma rupture avec Paul
au motel, je me jetai à corps perdu dans le travail.
Du travail scolaire quand j'en avais, et des heures derrière le
volant le reste du temps. D'un côté, mes notes étaient
impeccables et mon compte en banque était bien rempli. De
l'autre, j'étais toujours aussi distrait par l'homme qui ne
m'envoyait plus de textos avec pour seul message un
numéro de chambre de motel.

Plusieurs fois, j'avais pensé que je devais serrer les dents
et m'envoyer en l'air. Il y avait ce club à Flatstick qui avait
toujours été cool. Et bien sûr, certaines applis. Mais l'idée
de coucher avec quelqu'un d'autre n'avait pas beaucoup
d'attrait en ce moment. Je n'arrivais même pas à me branler
sans penser à Paul, et Dieu sait que j'avais essayé.

Le sexe étant apparemment exclu pour l'instant, j'avais
besoin de me défouler, alors j'avais fini par accepter la
proposition de mon père, qui me harcelait sans cesse pour
que je vienne à la salle de sport avec lui. Cela aidait – je ne
pouvais pas me masturber en pensant à Paul quand je n'arrivais pas à la lever ou à bouger suffisamment mon bras. Au

bout d'une semaine, j'étais plus concentré sur mes muscles endoloris que sur n'importe quoi d'autre.

La semaine suivante, je n'avais pas aussi mal, mais mes entraînements me permettaient de penser à autre chose qu'à Paul. Il n'était pas loin de mon esprit, mais ça allait mieux. Petit à petit, ça allait mieux. J'avais trouvé une raison de me concentrer sur autre chose que lui.

Pendant un certain temps.

Un mercredi matin, à l'aube, je déployai des efforts surhumains pour me rendre à la salle de sport. J'étais encore endolori par une série d'exercices brutaux la veille, et je *n'*étais *pas* motivé à cent pour cent... mais je me traînai hors du lit, traversai la ville et me rendis à la base, parce que je ne voulais pas entendre mon père plus tard si je ne m'étais pas présenté. Cela faisait partie de notre accord : si l'un de nous se défilait, l'autre devait lui faire la gueule jusqu'au lendemain. L'amnistie n'était accordée qu'en cas de maladie réelle ou de retard lié au travail. Gueule de bois ? Paresse ? Veillé trop tard en vous masturbant sur le patron de quelqu'un ? Pas une excuse.

Non seulement je réussis à aller au gymnase, mais je battis mon père. C'était déjà ça. En traversant le parking, je lui envoyai un texto pour m'assurer qu'il venait toujours, puis entrai.

Alors que je me traînais dans les vestiaires à la recherche d'une alcôve qui n'était pas occupée par d'autres gens, je reçus un texto de mon père.

J'arrive.

Cool. J'étais en train de rédiger une réponse quand quelqu'un s'avança devant moi. Nous faillîmes entrer en collision, mais je m'arrêtai net.

Il en alla de même pour Paul.

Pendant quelques secondes, nous nous dévisageâmes.

Je n'aurais pas dû être choqué. Bien sûr qu'il s'entraînait à la salle de sport de la base. Il était manifestement en forme, et Dieu sait que l'endroit était très pratique puisqu'il travaillait sur la base. En fait, j'étais surpris que nous ne nous soyons pas vus ici avant. Cela devait arriver tôt ou tard, et c'était le moment.

— Euh... bredouillai-je.

Le message de papa me revint en mémoire. Merde !

Je me raclai la gorge. Paul fit de même. Puis, sans un mot, nous continuâmes à marcher dans des directions opposées. Je n'osai pas me retourner, pas même lorsque je pénétrai dans une alcôve de casiers vides.

La porte du vestiaire grinça sur ses gonds.

— Bonjour, Monsieur, dit papa.

— Bonjour, Premier Maître, répondit Paul.

Les bruits de pas se poursuivirent. La porte se referma avec fracas.

Une seconde plus tard, papa apparut, sac de sport en bandoulière.

— Salut. Qu'est-ce que tu penses de travailler les jambes ?

Tout le bas de mon corps me fit mal en signe de protestation. Je secouai la tête.

— Le dos et les épaules. Mon genou est encore douloureux de la course de l'autre jour.

Papa haussa les épaules.

— Ça me paraît bien. Je te rejoins là-bas.

Il se dirigea vers une autre rangée de casiers tandis que je restais là, une boule de plomb inconfortable se formant au creux de mon abdomen. Même si le travail, l'école et le sport m'avaient détourné de Paul, il avait suffi d'une brève rencontre pour me rappeler à quel point il avait été difficile de le laisser partir. Et le fait d'entendre ce bref échange entre lui et mon père avait été du sel dans la plaie. Comme si l'univers avait dit : « *Voici l'homme que tu aimerais avoir, et voici un rappel de la raison pour laquelle tu ne peux pas l'avoir* ».

Au diable ma vie.

Je m'assis sur le banc pour mettre mes baskets. En les enfilant, je jetai un coup d'œil à la porte par laquelle Paul était passé.

Soudain, je me sentis trop visible dans les vestiaires. Comme si le fait de l'avoir vu me rendait transparent. Comme si le fait de s'être croisés une fois signifiait qu'il serait là chaque fois que je viendrais m'entraîner.

Et si c'était le cas ? Il y a longtemps que j'étais passé maître dans l'art de côtoyer des hommes nus, à moitié nus ou sur le point de l'être, sans révéler que je les trouvais attirants. De toute façon, je ne reluquais jamais les hommes parce que c'était odieux, et je gardais les yeux baissés de peur que si je baissais ma garde et que j'établissais un contact visuel avec quelqu'un, ce soit l'un de ces gigantesques carnassiers qui était aussi un homophobe enragé.

Désormais, j'avais encore une autre chose à éviter – le gars que j'aurais aimé baiser à nouveau. Il y avait beaucoup de coins et de recoins dans ce vestiaire. Si Paul et moi venions ici tard dans la nuit, et que la tentation prenait le dessus, nous pourrions toujours…

Le baseball. Pense au baseball.

J'ajustai le devant de mon short et me penchai – mal à l'aise – pour lacer mes baskets.

La séance d'entraînement d'aujourd'hui allait être longue…

Elle allait être dure…

Et puis merde. Cette séance d'entraînement allait être nulle.

Ce ne fut pas aussi terrible que je l'avais prévu. Je ne vis pas beaucoup Paul. Un coup d'œil de temps en temps, mais il s'occupait surtout de l'entraînement cardiovasculaire, tandis que papa et moi faisions de la musculation à l'autre bout du gymnase. C'était une bonne chose qu'en dépit de sa petite taille, la NAS Adams disposait d'une salle de sport de taille décente – dans certaines autres bases, nous aurions trébuché les uns sur les autres.

Pourtant, je fus sacrément soulagé lorsque mon entraînement se termina et que papa et moi allâmes nous réfugier dans les vestiaires. Papa alla prendre une douche pendant que je me laissais tomber sur le banc près de mon casier. Fatigué et en sueur, j'enlevai mes baskets. Je prendrais une douche à la maison avant d'aller en cours – il y avait beaucoup moins de risques de regarder quelqu'un de travers.

Je sortis mon sac de mon casier et y fourrai mes chaussures. Au moment où je m'apprêtais à enlever mon tee-shirt, ma nuque se hérissa.

Je me retournai.

Et pour la deuxième fois de la journée, nous étions ensemble dans les vestiaires. Au moins, aucun de nous n'était en train de se déshabiller. Non pas que ce soit mieux quand il était en sueur et rougi, parce que j'aimais son apparence comme ça. Ça me rappelait tellement...

Des choses que je ne pouvais pas avoir. Et que je voulais désespérément. Et j'aurais vendu mon âme pour me traîner dans la douche et baiser.

Je souris nerveusement.

— Hé. Bonne séance d'entraînement ?

— Oui.

Son sourire était tout aussi nerveux et, comme moi, il

jeta un coup d'œil autour de lui pour s'assurer que personne ne nous espionnait.

— Toi ?

— Mm-hmm.

Je ne savais pas quoi dire. Nous avions toujours été capables de jacasser jusqu'à l'épuisement quand nous étions seuls, mais maintenant ? Entourés de gens sous son commandement ? Avec mon putain de père à proximité ? Merde.

Paul but une gorgée de sa bouteille d'eau.

— Bon, je devrais retourner au travail.

— Oui. Je dois aller en cours.

Il acquiesça.

— D'accord.

Nos regards s'ancrèrent. Il n'aurait jamais pu imaginer à quel point j'avais envie de dire quelque chose d'anodin comme « *je t'envoie un message tout à l'heure* », mais je n'osais pas. Nous ne pouvions pas nous envoyer de textos, ni sortir ensemble ou quoi que ce soit d'autre, et je le savais, mais debout avec lui, cela semblait encore si décontracté et normal d'agir comme si les choses n'avaient pas changé.

Avec quelques hochements de tête subtils et un « plus tard » grogné, il continua à marcher et je me concentrai sur le rangement de mes affaires.

Je changeai rapidement de vêtements et me dépêchai de quitter ce vestiaire comme s'il s'agissait d'une maison en feu. Dès que je sortis de la pièce étouffante et moite pour entrer dans le couloir climatisé et moite, je relâchai mon souffle. Il n'y avait aucune raison rationnelle pour que cela fasse une différence que je sois ici, pourtant c'était le cas. On se sentait plus en sécurité avec une porte entre nous.

Sauf que je n'avais rien fait de dangereux. Paul et moi avions été parfaitement civilisés et polis, comme deux gars normaux dans un vestiaire. Il n'y avait rien à voir. Il ne se passait rien entre nous.

Mes épaules s'affaissèrent, tout comme mon estomac. Il me manquait. Il n'y avait pas à dire. Ça me manquait de pouvoir échanger des textos avec lui. Ça me manquait de lui parler. Son sourire enjoué et son rire subtilement rauque me manquaient.

Je ne peux pas l'avoir, je dois l'oublier.

C'était stupide. Je devais sortir, m'envoyer en l'air et l'oublier. Bien sûr, la dernière fois que j'avais couché avec quelqu'un au pied levé, je m'étais retrouvé dans cette situation.

Merde. Pourquoi étais-je si accro à lui ? Probablement parce que je n'arrivais pas à m'envoyer en l'air régulièrement. Il *était* peut-être temps de trouver un autre mec qui s'ennuyait et qui serait partant pour une nuit.

Ça fait un moment que je ne suis pas allé au Backdoor Bob...

Sean avait raison à propos du Backdoor Bob – ils préparaient des boissons bien fortes.

Apparemment, pas assez, car deux rhums-coca plus tard, je pensais encore à Sean. Exactement le contraire de ce que j'étais venu faire ici. Accoudé au bar, j'appuyai le verre glacé sur mon front et me maudis. Je m'en sortais si bien jusque-là ! D'accord, peut-être pas très bien, mais mieux. J'avais commencé à me convaincre que je pouvais aller de l'avant... jusqu'à ce que nos chemins se croisent à la salle de sport.

Après notre brève rencontre de cet après-midi, il ne faisait aucun doute dans mon esprit qu'il était temps d'utiliser ma méthode éprouvée pour me remettre d'une rupture. Sean m'avait fait oublier Jayson, après tout. J'avais clairement besoin de coucher avec quelqu'un d'autre pour oublier Sean.

J'avais envisagé Internet, et j'avais fait un tour sur Grindr, mais tout cela me semblait trop professionnel.

Bonjour, Bear71. Tu as l'air assez séduisant. Je te retrouve à cette adresse à 19 heures pour faire l'amour dans diverses positions. Veille à apporter du lubrifiant et des produits prophylactiques.

Non.

J'avais donc opté pour le Backdoor Bob. Si je ne trouvais personne de prometteur, au moins je n'aurais pas à dépenser trop d'argent en boissons pour me consoler, parce que, bon sang, j'avais déjà la tête légère.

Je sirotai mon verre en balayant la salle du regard. Je ne reconnus personne de la base, et personne n'arborait une coupe de cheveux ras, ce qui était prometteur. Pourtant, à bien y regarder, j'étais presque sûr que le chauve qui sirotait une bière près de l'autre bar était un entrepreneur civil qui travaillait sur la ligne de vol. Comme il ne semblait pas me reconnaître, je l'ignorai.

Il y avait un bon mélange d'hommes. Quelques barbus grisonnants qui ressemblaient à des camionneurs ou à des bûcherons. Plusieurs hipsters en pantalons moulants qui avaient probablement fait le voyage depuis Portland ou quelque chose comme ça. Et... *Oh, qu'est-ce qu'on a là ?*

L'homme était incroyablement sexy. Une coupe nette, des cheveux bruns, un soupçon de bronzage qui n'était peut-être pas dû à la faible luminosité du club. Il avait des épaules carrées, et quelque chose chez lui me faisait penser qu'il aurait pu être un flic ou un pompier. Il avait ce regard, mais je n'arrivais pas à mettre le doigt sur la raison.

Il n'y avait qu'une seule façon de savoir si mon intuition était juste. Je bus une rapide gorgée de mon rhum-coca pour me donner un peu de courage liquide, puis je commençai à m'éloigner du bar. Je cherchai le meilleur chemin à travers la foule, et...

Mon verre faillit m'échapper des mains.

C'est une blague !

Impossible.

Sean ?

De tous les clubs...

Bien sûr qu'il viendrait à celui-ci. Il m'avait recommandé cet endroit.

Le pompier, le flic et tout ce qui s'ensuit disparurent soudain. Toutes mes pensées et tous mes sens se concentrèrent sur l'homme que j'étais venu oublier.

Il était beau ce soir. Vraiment beau. Comme un homme en chasse. La chemise noire était ajustée à tous les bons endroits, et l'éclairage du club était parfait pour faire ressortir les reflets bleus caractéristiques de ses cheveux. Il parlait à quelqu'un, et quand il rit...

Je dus détourner le regard pour reprendre mes esprits. Putain de merde. J'étais venu ici pour me le sortir de la tête, pas pour le reluquer alors qu'il était habillé pour draguer.

Je tournai de nouveau prudemment la tête dans sa direction.

Il n'était plus là.

Mon estomac se noua. Je le cherchai dans la foule, nerveux à l'idée de ne pas le trouver. C'était comme voir un tigre dans la jungle, puis *ne plus* le voir. Il était toujours là quelque part, mais sans repère visuel, je ne pouvais pas être sûr de garder suffisamment d'espace entre moi et la menace. Sean n'était pas dangereux, mais la tentation l'était. Tant qu'il y avait une foule de danseurs ivres entre nous, nous ne pouvions pas nous toucher.

Mais où était-il ?

Une seconde plus tard, je le trouvai. Il discutait toujours avec l'autre gars, mais ils s'étaient déplacés vers l'une des tables à hauteur de poitrine le long du mur.

Je déglutis, la bouche soudain sèche. J'allais me retourner vers le bar quand Sean changea de position et m'aperçut.

Il se figea. Ses lèvres s'entrouvrirent, et je suppliai le sol sous mes pieds de faire de même et de m'engloutir. Il ne le fit pas, bien entendu, alors je cherchai la meilleure chose à faire : m'enfuir.

Naturellement, Sean se trouvait entre moi et la sortie, et je savais très bien que si je me dirigeais dans cette direction, je n'atteindrais pas la porte.

Au lieu de cela, je fis demi-tour et me précipitai vers les toilettes pour hommes. J'avais besoin d'espace. De plusieurs portes entre nous. Respirer pendant que j'élaborais un plan de bataille.

Les toilettes pour hommes étaient vides, Dieu merci. Ou presque. Une respiration lourde et des gémissements provenaient de derrière la porte fermée d'une cabine, mais je n'en tins pas compte. J'avais fait ma part – et plus encore – de cochonneries dans des cabines de toilettes.

À l'autre bout de la pièce faiblement éclairée, je posai mes mains sur le lavabo et m'étudiai dans le miroir. Pendant un long moment, j'observai le reflet de la porte, persuadé qu'elle allait s'ouvrir. Mais elle ne s'ouvrit pas. Sean n'entra pas après moi. C'était un homme intelligent. Au moins, l'un d'entre nous avait la tête sur les épaules.

Je relâchai ma respiration et laissai ma tête tomber en avant. C'était stupide. Sean avait autant le droit d'être ici que moi, et il avait clairement déjà attiré l'attention d'un autre gars. Avec un peu de chance, ils sortiraient du club en un rien de temps, et ce *n'*était *pas de* la jalousie qui se tordait dans mes tripes.

Je fermai les yeux. Putain, je perdais la tête. J'aurais vraiment dû m'en tenir à l'approche impersonnelle des applications de rencontres. Au moins, j'aurais pu aller droit au but – comme, par exemple, le flic/pompier sexy – sans être dérouté par un autre homme plus sexy et moins résistible. Un homme avec qui j'avais déjà couché suffisamment de fois pour savoir que je ne risquais pas d'être déçu par un amant égoïste, un pénis défectueux ou un manque de compréhension de l'hygiène de base.

Je me passai la main sur le visage et soupirai. Puis je me redressai et regardai mon reflet dans les yeux. J'étais stupide. Ce qui n'était pas vraiment nouveau, mais j'allais me rendre fou si je ne changeais pas de cap.

Tout ce que j'avais à faire, c'était de retourner dans le club et de trouver le courage d'approcher le type que j'avais fixé avant de remarquer Sean. C'était simple. Peut-être pas facile, mais simple. Je pouvais le faire. Si je n'y arrivais pas, je pouvais me rendre dans un autre club et y tenter ma chance.

Respire profondément. Je pouvais le faire.

Nerveux mais déterminé, je quittai les toilettes pour hommes.

Tournai au coin du couloir...

Et m'arrêtai net.

La musique résonnait toujours en arrière-plan. Mon cœur battait toujours dans mes oreilles.

À plusieurs mètres de distance, Sean se tenait là, comme s'il m'avait attendu, adossé au mur, la hanche inclinée, comme s'il voulait me faire croire qu'il était décontracté et détendu. Les yeux plissés et les lèvres retroussées, il me dévisagea comme si nous étions les seules personnes dans le bâtiment.

Nous nous regardâmes dans les yeux pendant un long moment, nous fixant l'un l'autre. Je pouvais presque ressentir les échanges télépathiques entre nous.

Dis quelque chose.

Non, toi, dis quelque chose.

Fais quelque chose.

Je te mets au défi.

Enfin, Sean bougea. Il vint vers moi. Et il ne s'arrêta pas.

Une seconde, nous nous faisions face dans l'étroit couloir.

L'instant d'après, j'étais dos au mur et les lèvres de Sean étaient contre les miennes, et *mon Dieu, tu m'as manqué.*

Je l'entourai de mes bras et saisis une poignée de ses cheveux. Il gémit dans le baiser, alors je serrai ses cheveux plus fort, et quand il frissonna, je fis de même. Bon sang, n'était-ce pas ce que j'étais venu oublier au club ?

Oh, au diable tout ça. Il était là, j'étais là, et si l'on se fiait à son baiser, il n'allait pas reculer, cette fois. Je n'étais certainement pas le plus rationnel, alors... *oui, s'il te plaît.* Je l'embrassai plus profondément et l'enlaçai plus fort, et il me plaqua si fort contre le mur que je pouvais à peine respirer. Je m'en fichais. L'oxygène, c'était... peu importe.

— Je sais que nous ne devrions pas faire ça, chuchota-t-il. Il y a... tellement de raisons... et je...

Il agrippa le devant de ma chemise et m'embrassa à nouveau, puis rompit le baiser juste assez pour murmurer :

— J'ai besoin de toi ce soir.

— Tu n'as pas idée.

Je glissai une main dans sa poche arrière et le rapprochai pour qu'il ne puisse pas manquer de voir à quel point j'étais dur.

Sean gémit doucement et pressa son érection contre la mienne. Putain de merde, si ça ne se terminait pas par nous deux nus et haletants, je serais physiquement incapable de me branler autant qu'il le faudrait pour rattraper le coup.

Qu'est-ce que tu fous, Paul ? C'est Sean. C'est Sean, pour l'amour de Dieu.

Il me tint la nuque et fit courir le bout de sa langue contre la mienne.

Oui, c'est bien Sean. Doux Jésus...

J'étais à bout de souffle quand je rompis le baiser.

— Ce n'est pas ce que j'avais en tête en venant ici ce soir.

Sean me mordilla la lèvre inférieure.

— Tu es venu ici pour t'envoyer en l'air, non ?

— Je ne suis pas venu ici pour les boissons, c'est certain.

Il rit, et quand nos yeux se croisèrent, la lueur dans les siens fit fléchir mes genoux.

— Nous sommes donc venus ici pour la même chose.

Je glissai mes doigts dans les passants de sa ceinture.

— Oui. Tu as raison.

Mais pas avec toi. Avec quelqu'un d'autre que toi.

Il passa sa langue sur ses lèvres.

Putain de merde, j'ai besoin de toi.

— Sortons d'ici, chuchota-t-il. Ou je vais finir par te baiser directement...

— Allons-y.

CHAPITRE 17

SEAN

— Tu sais qu'on ne devrait pas faire ça, n'est-ce pas ?

— Bien sûr, répondis-je lorsque nous nous arrêtâmes devant la porte de la chambre d'hôtel. Mais je pense que nous savons tous les deux que nous allons le faire quand même.

Il baissa les yeux et je suivis son regard jusqu'à la carte-clé qu'il tenait dans sa main. Puis nous nous regardâmes à nouveau dans la faible lumière du couloir de l'hôtel bon marché.

C'était le moment pour l'un d'entre nous de freiner. Nous pouvions encore faire machine arrière. Descendre. Rendre la clé. Partir chacun de son côté. Nous étions déjà arrivés jusqu'ici et nous avions renoncé.

Je ne dis rien. Paul ne dit rien.

J'étais trop agité pour rester planté là, alors je lui pris la carte des mains et l'introduisis dans la fente. Il me fallut plusieurs essais, mais elle finit par coopérer et la lumière verte s'alluma.

Je ne pouvais plus reculer. Pas quand j'étais dans la même pièce que Paul et un lit.

Je jetai la carte-clé sur la table près de la télévision. Paul referma la porte derrière nous, me poussa contre le mur et m'embrassa brutalement, et je crus que j'allais fondre sur place.

Comme si cela ne suffisait pas, il commença à descendre dans mon cou, son menton rugueux contre ma peau, et je décidai qu'il n'y avait rien que je ne ferais pas pour lui ce soir s'il continuait à faire ça.

Je fermai les yeux et penchai la tête.

— Tu sais qu'en couchant ensemble maintenant, il sera d'autant plus difficile de ne pas le faire à l'avenir, n'est-ce pas ?

Il embrassa le côté de mon cou.

— Uh-huh. Il y a beaucoup de choses en jeu, mais bon sang, je *ne peux pas* te résister.

J'aspirai une bouffée d'air et serrai ses épaules plus fort.

— Je suppose que nous pourrions aussi bien céder, non ?

Il leva la tête et croisa mon regard.

— C'est ce que je pense. Mais je suis sûr que je n'ai pas envie de m'arrêter.

— Alors pourquoi s'arrêter ?

Paul sourit, puis m'embrassa, et nous n'allions définitivement plus nous arrêter.

D'accord, même si ma tête tournait et que mon sexe était dur, je savais que c'étaient des conneries. Une fois que nous aurions tous deux satisfait nos érections et que nous aurions pu réfléchir pendant une minute ou deux, nous nous rendrions compte de la stupidité de la situation. Nous reprendrions notre souffle, nous nous habillerions et nous nous mettrions d'accord pour repartir chacun de notre côté. Mais pour l'instant, avec son corps contre le mien et ses lèvres explorant chaque centimètre de mon cou, cela semblait être une bonne idée.

Les vêtements commencèrent à voler. Ma chemise s'em-
mêla dans nos pieds et faillit nous faire trébucher tous les
deux, mais nous nous rattrapâmes. Je fus presque sûr que
nous déchirâmes une couture de la chemise de Paul, mais il
n'avait pas l'air de s'en soucier, alors je m'en moquais.

La chose la plus intelligente à faire – en plus de ne pas
le faire du tout – serait d'avoir un rapport rapide, d'en finir
et de se tirer de là.

Non. Les pieds plantés, nous nous serrâmes l'un contre
l'autre et nous nous embrassâmes comme si nous avions
toute la nuit, et celle de demain, et celle d'après. N'importe
quelle autre nuit, je serais déjà en lui jusqu'à la garde, mais
je n'avais même pas enlevé mes chaussures. Ça m'allait. Si
c'était la dernière fois que j'étais au lit avec lui, alors j'allais
savourer chaque minute.

Paul glissa ses mains dans mes poches arrière – j'adorais
quand il faisait ça – et me rapprocha, frottant son érection
contre la mienne.

— Je suis en sueur à cause de ce putain de club. Je prendrais bien une douche.

— Oui ?

— Mm-hmm. Tu veux te joindre à moi ?

Je souris contre ses lèvres.

— Comment se fait-il que ce soit une question ?

Paul rit. Il m'embrassa encore une fois, puis me prit la
main et me conduisit à la salle de bains.

Toute une vie passée à essayer de faire ce qu'il fallait et
à respecter les règles de la Navy aurait dû m'arrêter, mais
rien de tout cela n'était comparable à l'envie et au besoin
que j'avais de Paul. Faire ce qu'il fallait pouvait attendre un
peu plus longtemps.

Je levai les yeux vers lui, croisant son regard qui brillait
de convoitise. J'eus l'eau à la bouche.

Pourquoi pensais-je que c'était une mauvaise idée, déjà ?
Ah. Oui. Le capitaine et... des trucs. Pleins de trucs.
Bref.

Je tirai sur sa ceinture.

Nous entrâmes dans la douche ensemble, et oui, faire ce qu'il fallait pouvait *définitivement* attendre. Vraiment, l'eau pourrait-elle être encore plus chaude si nous continuions à nous embrasser dessous ? Personne ne pouvait le savoir.

Je fis une petite prière pour que le motel ait un de ces chauffe-eau qui duraient éternellement, parce que j'aimais ça. J'aimais tout. Ses mains dans mes cheveux et sur ma peau. Le frottement de sa hanche contre mon érection. Sa verge épaisse dans ma main. Et putain de merde, ses baisers. Il était difficile de comprendre pourquoi c'était mal de laisser Paul me goûter, me toucher et m'embrasser comme nous si nous avions toute la nuit devant nous.

J'aimais que nous ne soyons pas pressés. L'urgence était différente, cette fois-ci. Ce n'était pas un orgasme que je recherchais. Je voulais que ce soir soit gravé dans nos mémoires à tous les deux. Si c'était la dernière fois que je le touchais – et Dieu savait que c'était nécessaire –, je voulais me souvenir de tout.

Je fis courir mes mains sur lui, observant chaque contour de ses muscles et la courbe de sa colonne vertébrale. Les bords de certains de ses tatouages étaient légèrement surélevés, et je les traçai du bout des doigts, suivant toutes les lignes, les courbes et les angles. De temps en temps, je le caressais ou je taquinais ses bourses pour le tenir en haleine et l'exciter, mais il n'avait pas l'air de se désintéresser. Pas quand son érection était aussi dure et que sa respiration était aussi rapide et irrégulière que la mienne.

Ses mains aussi étaient partout. Pour la première fois, je

regrettais de ne pas avoir de tatouage, car cela signifiait que je n'avais pas de dessin à lui faire tracer comme je le faisais avec les siens. D'un autre côté, je ne pouvais pas me plaindre d'avoir ses paumes douces et chaudes et ses doigts talentueux qui parcouraient tout mon corps. Parfois, il les enfouissait dans mes cheveux. Parfois, il caressait mon cou ou mon visage. De temps en temps, ses deux paumes descendaient sur mon cul, comme lorsqu'il les glissait dans mes poches et qu'il m'attirait contre lui et sa queue très, très dure.

Il me pétrit les fesses avec ses doigts puissants, puis il plongea la tête et embrassa mon cou.

— Tu n'as pas froid, n'est-ce pas ?

Froid ? Il me fallut une seconde pour me rappeler où nous étions. Nous étions toujours debout dans la douche, l'eau se déversant sur nous.

— Non. Je n'ai pas froid.

Je me mordis la lèvre alors que sa barbe grattait le devant de ma gorge.

— Pas du tout. Et toi ?

— Non. Mais...

Il releva la tête.

— Je pense que c'est assez de douche pour une nuit.

Il passa devant moi et coupa l'eau.

— Allons dans la chambre pour qu'on puisse s'amuser sans glisser et se casser la figure.

— Oh, j'aime bien cette idée.

Pourquoi avais-je l'air ivre ? Pourquoi me sentais-je ivre ? J'ouvris les yeux et le contemplai de la tête aux pieds. *Probablement parce que je suis là, nu, avec un homme magnifique, trempé, dont l'érection a besoin d'une attention immédiate.*

Nous sortîmes de la douche, nous séchâmes suffisamment pour que les draps ne soient pas mouillés, puis nous dirigeâmes vers le lit qui nous attendait.

Juste avant que nous l'atteignions, Paul m'arrêta et m'embrassa, et un instant plus tard, il rompit le baiser et se mit à genoux. Je ne pourrais plus respirer tant que sa bouche n'entourerait pas ma queue. Je peignis de mes doigts ses cheveux grisonnants, mes genoux tremblant tant j'étais excité. Tout ce que je pouvais me faire avec ma main n'était rien comparé à ce que Paul pouvait faire avec la sienne, ses lèvres et sa langue. Ou peut-être que j'étais juste trop excité. Ou peut-être les deux. Peu importait.

Il se cramponna à mes hanches et me suça avec acharnement, m'offrant une gorge profonde, me léchant et me pressant avec ses lèvres. Il gémit autour de ma longueur et je frémis. Je me rendis compte trop tard que je m'étais enfoncé plus profondément dans sa bouche, mais cela n'eut pas l'air de le déranger. Il n'eut pas de haut-le-cœur et continua à me taquiner.

Puis il se releva et me fit signe de m'allonger. J'obéis, et il grimpa sur le lit, mais ne s'allongea pas à côté de moi. Mon cerveau trop excité pour réfléchir ne comprit pas pourquoi nous n'étions pas dans les bras l'un de l'autre à nous embrasser. Pourquoi il s'éloignait de moi, tournait...

Il s'installa sur le flanc, son sexe très érigé à quelques centimètres de mon visage, et prit ma queue entre ses lèvres.

Oh. Merde. Oui. Message reçu.

Même si j'aimais habituellement les soixante-neuf – Seigneur Dieu, putain, j'adorais les soixante-neuf –, c'était en fait un peu frustrant avec Paul. Sa bouche était incroyable et je ne pouvais pas me concentrer sur ce que je lui faisais quand il m'excitait comme ça. Je me perdais dans les trucs qu'il me faisait avec ses lèvres et sa langue. J'oubliais ce que j'étais censé faire avec les miennes.

— Tu es tellement doué pour ça, soufflai-je.

— Toi aussi.

— Je le serais si tu n'étais pas si distrayant.

Il rit, puis enroula sa langue autour de mon gland.

Tout en continuant à le caresser, je laissai ma tête retomber en arrière.

— Putain...

Il laissa échapper un gémissement silencieux, peut-être même un rire, mais il n'arrêta pas ce qu'il faisait. Je recommençai à le sucer. À la seconde où mes lèvres touchèrent sa hampe, il gémit, sa voix résonnant contre ma peau, et ma concentration s'envola à nouveau.

— Tu es si...

Je fermai les yeux, tandis qu'il dessinait un autre cercle avec sa langue.

— *Distrayant.*

Paul s'esclaffa.

— C'est un compliment.

— Uh-huh. Mais ça... rend un peu difficile de...

Putain, comment tu fais ça ?

— Je veux... Oh mon Dieu.

Je frissonnai.

— Tu vas... me faire jouir.

Il s'arrêta brusquement et leva les yeux vers moi, souriant tout en continuant à se caresser.

— On ne peut pas laisser ça se produire, n'est-ce pas ?

Paul se retourna pour que nous soyons à nouveau dans la même direction, et la frustration apparut pendant quelques secondes, mais ne dura pas longtemps. Pas quand il me regardait avec cette lueur dans les yeux. Il m'embrassa, et je ne protestai pas parce que, mon Dieu, sa bouche talentueuse n'était pas seulement bonne à sucer des bites. La façon dont il m'embrassait me rendait encore plus sauvage que la façon dont il me baisait. Merde, ça allait me manquer. J'avais été avec quelques gars qui aimaient embrasser, mais personne qui aimait autant ça ou qui était aussi doué que Paul.

*Je suppose que j'*aurais dû *sortir avec des hommes plus âgés avant. L'expérience a du bon.*

Je rompis le baiser et passai ma langue sur mes lèvres.

— J'ai envie de te prendre.

Il frissonna et acquiesça.

— Oui, s'il te plaît.

Il était si essoufflé, et même cela me faisait tourner la tête, surtout quand il haleta :

— Personne ne baise comme toi.

Je me tortillai dans ses bras.

— Tu as des préservatifs ?

— Beaucoup.

Il m'embrassa rapidement et ajouta :

— Dois-je en prendre un ?

— *Oh* oui.

Il se leva si vite que je ne le vis presque pas bouger. Je le rejoignis en gloussant et, le temps que je descende du lit, il avait sorti de son jean les préservatifs et un petit flacon de lubrifiant.

Il commença à s'allonger sur le lit, mais je l'arrêtai.

— Non. Reste debout, ordonnai-je avant de déchirer l'emballage avec mes dents. Et penche-toi sur le lit.

— J'aime bien la direction que ça prend.

— Je m'en doutais.

Il fit ce que je lui demandais tandis que je versais du lubrifiant dans ma paume. Après en avoir étalé une bonne partie sur le préservatif, j'en laissai couler sur lui aussi. Il jura quand j'enfonçai deux doigts dans son orifice.

— Qu'est-ce qui ne va pas ?

— Juste...

Il fit rouler ses épaules et déplaça son poids.

— Merde, Sean, je ne veux pas de tes doigts.

— Ah bon ?

J'en ajoutai un troisième. Tout en le doigtant lentement, je dis :

— Je dois m'assurer que tu es prêt et...

— Putain de merde !

— Enthousiaste, hein ?

Il grommela quelque chose en écartant les jambes.

— Baise-moi maintenant, ordonna-t-il plus clairement.

Ma colonne vertébrale était en proie à l'excitation la plus pure. Même si cela faisait de moi un salaud égoïste ou un idiot complet – probablement les deux –, je ne pouvais pas nier que le fait de savoir qui était Paul rendait la situation encore plus excitante. Tout le monde sur la base se tenait droit et le saluait, moi, je l'obligeais à se pencher en avant et m'implorer pour ma queue.

Je retirai mes doigts et versai à nouveau du lubrifiant sur le préservatif. Puis je me plaçai derrière lui. Il ne bougea pas tandis que je me guidais, mais dès que mon gland glissa en lui, tout son corps réagit. Son dos s'arqua et ses épaules se contractèrent, comme s'il pouvait contenir ce frisson. Il gémit doucement, se balançant contre moi tandis que ses doigts s'enroulaient autour des draps.

N'importe quelle autre nuit, j'aurais essayé de reprendre le contrôle. J'aurais peut-être tenu ses hanches, je l'aurais pénétré lentement, je l'aurais taquiné pour le plaisir.

Ce soir ? Je n'y pensais pas. Je me synchronisai avec lui, et m'abreuvai de la vue de son corps puissant et de ma queue qui entrait et sortait de lui. Peu importait à quel point je m'étais masturbé récemment – le baiser maintenant, pour de vrai, était diablement excitant.

Pinçant les lèvres, je retins mon souffle pour ne pas jouir trop vite. Je ne sais pas pourquoi je m'en préoccupais, je sentais déjà mon orgasme monter, monter, monter. J'allais soit jouir rapidement, soit m'évanouir, alors au diable tout ça.

Je posai mes mains sur ses épaules et fis courir mes ongles vers le bas, laissant huit lignes rouges et lui faisant lâcher des jurons chuchotés comme seul un marin de carrière pouvait en enchaîner. Mon Dieu, oui, j'adorais l'exciter.

Je voulais que ça dure, mais je ne pouvais pas résister à l'envie d'accélérer. La tentation était trop forte, surtout quand je savais comment il gémirait et se camberait quand j'enfoncerais mes doigts dans ses hanches, que je relâcherais ma respiration et que je le baiserais bien et fort. Il ne me déçut pas. Sa tête tomba en avant. Ses épaules se tendirent et ondulèrent. Un souffle lourd. Un doux juron. Un grogne-ment bas et guttural. Cela ne durerait peut-être pas long-temps, mais je m'en souviendrais sûrement.

— Putain, soufflai-je.

Ma tête tournait. Je le martelais avec une telle force qu'il tomba sur ses avant-bras. Je perdis également l'équi-libre et j'eus juste assez de présence d'esprit pour poser une main sur le lit à côté de lui. Cela m'empêcha de tomber plus bas, et mon cerveau revint à la chose la plus importante : pénétrer Paul aussi profondément que possible avant de jouir.

Bien trop vite, j'explosai, frémissant, gémissant, m'en-fouissant aussi profondément qu'il pouvait me prendre et profitant de la libération de tant et tant de besoin et de frus-tration.

Ça ne fait que deux semaines. Pourquoi est-ce que j'ai l'impression que ça fait des années ?

Peu importait. C'était le cas. Et finalement, je l'avais eu à nouveau, et j'avais joui en lui à nouveau, et maintenant je pouvais peut-être respirer à nouveau.

Sauf qu'il n'avait pas encore joui. Il fallait faire quelque chose à ce sujet.

Je me retirai, et la voix affreusement tremblante j'ordonnai :

— Sur le dos.

Il n'était pas très stable non plus, mais il réussit à se retourner sur le dos. Je me penchai pour l'embrasser brièvement, et la tentation faillit prendre le dessus – je voulais rester allongé et l'embrasser jusqu'au lever du soleil –, mais je murmurai :

— Je reviens dans une seconde. Ne bouge pas.

Il obéit. Lorsque je revins après avoir jeté le préservatif, il me regardait, les yeux vitreux, se caressant lentement en attendant que je le rejoigne à nouveau. Mon Dieu, cet homme était sexy. Des poils noirs parsemés sur de la peau lisse et des muscles fins, ses tatouages semblant briller contre l'éclat de sa peau moite.

Et cette lueur dans ses yeux ?

Oh, oui. Que les conséquences aillent au diable, je te veux.

Je le rejoignis sur le lit et commençai à m'approcher de sa queue avec la ferme intention de le sucer, mais il m'arrêta en posant une main sur mon épaule.

Il me fit signe d'approcher et murmura :

— Viens ici.

Je fis ce qu'il demandait. Alors que je me penchais pour l'embrasser, il glissa une main autour de ma nuque. D'accord, je pouvais m'en accommoder. Ce n'était pas comme si j'allais m'opposer à ce qu'il m'embrasse, surtout quand il était excité au point de trembler.

Je fis donc ce qu'il y avait de mieux et enroulai mes doigts autour de sa longueur.

— Oh mon Dieu, souffla-t-il en fermant les yeux.

— Comme ça ?

— Quel genre de question est-ce là ?

Il m'embrassa et ne s'arrêta pas. Je le caressais, et mon pouls s'accéléra lorsqu'il balança ses hanches en même temps que mes va-et-vient, se poussant dans mon étreinte.

Son membre devenait encore plus dur dans ma main et son baiser de plus en plus frénétique. Des expirations brusques et chaudes effleuraient sur ma peau à toute vitesse. Ses doigts se crispèrent sur ma nuque. Mon Dieu, c'était encore mieux que de le faire jouir en le baisant. Le sentir se désagréger, l'embrasser pendant qu'il se tordait et tremblait, tout cela était incroyablement sexy.

Et je t'ai résisté aussi longtemps... comment ?

Mieux vaut rattraper le temps perdu.

Je resserrai ma prise et l'embrassai encore plus fort, et il me récompensa par un tremblement de tout le corps et un gémissement doux et impuissant. Du sperme chaud éclaboussa ma main et mon avant-bras, et il poussa dans mon poing plusieurs fois avant de rompre le baiser et de se laisser tomber sur les oreillers.

— Seigneur, haleta-t-il.

— Non. Pas Seigneur.

Je me penchai pour embrasser le côté de son cou.

— Juste moi.

Il rit, l'air un peu ivre.

— Juste toi ? Impossible, Sean. Impossible.

Je relevai la tête. Nous échangeâmes des sourires béats, et je pressai de nouveau mes lèvres contre les siennes pour un autre long baiser langoureux.

— Une autre douche ? murmura-t-il au bout d'un moment

— Une autre douche.

Si la douche de la chambre de motel avait été un peu plus grande avec un peu plus de pression d'eau, nous aurions probablement passé la moitié de la nuit dedans. J'adorais me doucher avec lui, et cela me manquait énormément.

Malheureusement, le jet d'eau tiède et sans intérêt ne fut pas aussi agréable qu'il aurait pu l'être, alors nous sortîmes, nous séchâmes et nous couchâmes ensemble sur le matelas dur.

Paul se tourna sur le côté, face à moi, et prit ma joue en coupe.

— Je n'arrive toujours pas à croire que nous sommes là.

— On ne devrait probablement pas l'être.

Probablement ? Non, il n'y avait pas de « *probablement* », il était inutile de se convaincre du contraire. Je baissai les yeux.

— Je sais que nous ne devrions pas. Mais… hésita-t-il en traçant ma pommette avec son pouce. C'est comme ça.

Je déglutis.

— Oui.

Il rit, l'air un peu endormi ou peut-être un peu ivre.

— Pour ce que ça vaut, tu n'es pas facile à oublier.

Je gloussai en me calant sur le flanc. Je passai mon bras autour de lui.

— Toi non plus. Je crois que tu m'as abîmé.

— Mm-hmm. Idem.

Il passa ses doigts dans mes cheveux.

J'observai ma main courir le long de son bras et mon cœur sombra. La nouveauté de voir le capitaine de la base me supplier de le baiser s'estompait rapidement. À sa place, la culpabilité s'installait. Je me sentis coupable. Qu'est-ce que je faisais ?

Ce n'était pas par malveillance envers mon père, la Navy ou quoi que ce soit d'autre. Quand j'étais avec Paul, la Navy était la dernière chose à laquelle je pensais.

Avec Paul, je me sentais séduisant et désiré, pas seulement pratique. En fait, j'étais le contraire de la praticité pour Paul, et il me voulait *toujours*. Il y avait plein d'homosexuels chauds et célibataires à Flatstick, même à Anchor Point, et il n'aurait pas à être aussi discret avec eux qu'il le serait avec moi. Il pourrait se faire arrêter nu avec toute la ligne défensive d'une équipe de football universitaire, il n'y aurait pas autant de conséquences que si on le surprenait ne serait-ce qu'en train de me parler.

Des plis jumeaux se formèrent entre ses sourcils.

— Sean ? Tu es bien silencieux.

Je caressai sa pommette avec le pouce.

— Oui, je... Tu prends un énorme risque avec moi. Pourquoi ?

Paul déglutit, évitant mes yeux un moment. Mes tripes se nouèrent – il allait entendre raison et tout serait fini. Je le savais.

Puis il me prit la main, embrassa ma paume et croisa mon regard.

— Je n'ai pas de réponse. Vraiment pas. Et certainement pas une qui ferait que tout irait bien tout d'un coup.

— Alors pourquoi...

— Parce que je te veux. C'est aussi simple que ça.

Il se pencha vers moi et m'embrassa doucement, s'attardant pendant quelques longues secondes.

— Je n'ai pas cessé de penser à toi. Je suis sûr que c'est dingue et stupide, et je sais que c'est un risque énorme.

Un autre baiser, plus long cette fois.

— Mais je n'arrive pas à te sortir de ma tête.

— Moi non plus.

Pendant un moment, nous ne dîmes rien. C'était stupide et dangereux – si je restais ainsi plus longtemps, j'allais m'endormir –, mais je ne pouvais pas résister. J'avais déjà accepté d'être dépendant de Paul, et sachant que c'était la dernière fois... eh bien, je n'avais pas très envie de partir.

Mes paupières commencèrent à papillonner. Tout mon corps était détendu et lourd, et de temps en temps, je me surprenais à glisser dans un rêve avant de revenir à la réalité. La réalité où j'étais au lit avec Paul alors que je n'avais rien à faire ici.

Je passai une main sur mon visage en soupirant.

— Je devrais y aller.

— Je sais. Je n'aurais pas dû te garder ici aussi longtemps.

— Tu ne m'as pas vraiment retenu contre mon gré.

Un petit sourire se dessina sur ses lèvres.

— Non, mais...

Nos yeux s'ancrèrent. Il n'avait pas besoin de le dire. Nous savions tous les deux pourquoi j'étais ici et pourquoi je n'aurais pas dû y être. J'avais l'impression qu'il n'était pas pressé de me mettre dehors, tout comme je ne me précipitais pas vers la porte. Et maintenant que je le regardais, m'endormir n'était plus aussi préoccupant.

— Ce n'était pas le dernier préservatif, n'est-ce pas ? demandai-je, le cœur battant.

Paul secoua la tête.

— Non.

— Bien.

CHAPITRE 18

PAUL

Sean et moi remontâmes les couvertures et nous blottîmes l'un contre l'autre. À part nos cheveux mouillés, nous étions encore chauds de la longue douche que nous avions partagée, mais pas assez pour rester séparés. Dieu merci, j'aimais la façon dont nos corps s'imbriquaient l'un dans l'autre, même lorsque nous ne faisions pas l'amour. Il se couchait sur le côté et se moulait à moi, et je passais mon bras autour de ses épaules. Même avec ses cheveux mouillés, j'aimais que sa tête soit sur mon torse.

J'avais été célibataire ou dans des relations à distance pendant bien trop longtemps – il me manquait d'être avec une autre personne comme ça. Vivre seul, c'était bien, faire l'amour avec des inconnus, c'était bien, et même être célibataire pendant de longues périodes, c'était bien. L'absence de contact humain ? Ça, c'était lassant.

Nous restâmes allongés ainsi pendant un moment, nous imprégnant de la chaleur de l'autre. Mais mon bras finit par s'engourdir et nous nous déplaçâmes pour nous installer sur les oreillers, l'un face à l'autre.

— Beurk. Mes cheveux sont encore humides, grommelat-il en relevant la tête et observant la taie d'oreiller. Euh, j'ai les cheveux teints, j'espère que je ne vais pas abîmer les draps ou quoi que ce soit d'autre.

Je haussai les épaules.

— C'est un motel. Ils ont vu pire. J'en déduis que... – je passai mes doigts dans ses cheveux noirs-bleus humides –, ce n'est pas nouveau pour toi ?

— Non. Je les colore depuis des années. Je change de temps en temps, mais c'est généralement du noir et... autre chose.

Je souris.

— Ça te va bien.

Il passa sa main dans mes cheveux courts.

— Merci. Je ne pense pas que la même couleur t'irait.

Je poussai un soupir dramatique.

— Euh, non. Peu de choses m'iraient dans ce métier, crois-moi.

Il rit à moitié.

— Je te crois.

J'ouvris la bouche pour dire que, oui, il comprenait probablement à quel point l'armée était stricte, mais cette remarque plomberait sûrement l'ambiance.

Tu es un idiot. Tu sais que tu joues avec le feu.

J'ignorai ces pensées et me tus.

Sean se hissa sur un coude.

— Je suppose que tu es dans l'armée depuis longtemps.

— On peut dire ça.

— Est-ce la carrière que tu voulais ?

Je hochai la tête.

— Je voulais commander un porte-avions, mais une base, c'est bien aussi. Dans l'ensemble, oui, c'est ce que je voulais. Ce n'est pas une vie facile, mais c'est une bonne vie.

Je marquai une pause.

— En grande partie.

— En grande partie ?

— Tu sais ce que c'est. La vie militaire n'est pas sans sacrifices. Et j'admets qu'il y a des moments où je me demande si les sacrifices en valent la peine.

Le silence s'installa entre nous et s'attarda longtemps jusqu'à ce que Sean murmure :

— Est-ce le cas ?

— De quoi ?

— Les sacrifices. En valent-ils la peine ?

Je ne répondis pas tout de suite. Passant distraitement ma main le long de son bras, je fixai le plafond l'espace d'un instant.

— Repose-moi la question quand je serai à la retraite.

— Quand comptes-tu la prendre ?

— Ça dépend si j'ai une chance de devenir amiral.

— Tu penses que c'est le cas ?

Je haussai les épaules.

— C'est difficile à dire. Peu de capitaines y parviennent, mais je vais me démener jusqu'à ce que je sache si j'ai été retenu.

— Comment fais-tu pour être retenu ?

— Je dois commander un navire avant qu'ils l'envisagent, alors j'espère que c'est là que j'irai après Anchor Point.

Je me renfrognai.

— Ça fait un moment que j'essaie de les convaincre de me donner un bateau, mais...

— Ils ne veulent pas de toi à la tête d'un navire ?

— Tu imagines ? répliquai-je en riant amèrement. Mais je n'abandonnerai pas tant qu'ils n'auront pas craqué et qu'ils ne m'auront pas mis sur un bateau. Pour devenir amiral, il faut aussi connaître les bonnes personnes. J'ai plusieurs amis haut placés, mais j'ai aussi énervé quelques personnes haut placées. Nous verrons qui prendra sa retraite et qui restera au Congrès après les prochaines élections.

— Je croise les doigts.

Il leva la main, l'index croisé derrière le majeur.

— Merci.

Je ris à nouveau, mais cela ne dura pas longtemps. Nous soupirâmes tous les deux et nous nous enfonçâmes dans les oreillers.

— Nous sommes des idiots, hein ?

— Oui. Mais nous sommes là. Autant en profiter jusqu'à ce qu'on parte.

Ce que nous devrions faire. Genre maintenant.

Mais aucun de nous ne bougea.

La pièce resta complètement silencieuse jusqu'à ce que l'estomac de Sean grogne.

— Si ce n'est pas évident, gloussa-t-il, j'aimerais bien manger un peu.

— Nous devrions peut-être commander quelque chose. Je ne pense pas que ce soit une bonne idée de sortir ensemble.

Il se renfrogna, mais acquiesça.

— Pizza ?

— Ça me paraît bien.

Nous cherchâmes une carte des restaurants et Sean passa commande. Pendant que nous attendions, nous enfilâmes des pantalons pour être décents lorsque le livreur arriverait, et nous nous allongeâmes sur le lit froissé.

Sean s'étendit sur le flanc.

— Dommage qu'on ne puisse pas sortir. Il y a de très bons restaurants dans cette ville.

— Ah oui ?

Il hocha la tête. Je souris.

— Eh bien, soit ils nous regarderaient de travers parce qu'ils penseraient que je te prends au berceau, soit ils penseraient que tu es mon fils.

Sean rit.

— Oh, allez, on est tous les deux majeurs.

Un sourire amusé se dessina sur ses lèvres.

— Même si certains d'entre nous ont plus d'années d'expérience que d'autres en ce qui concerne l'âge.

Je levai les yeux au ciel.

— Tant que ça ne te dérange pas que j'aie passé toute ma vie dans la Navy.

Sean éclata de rire.

— Tu es sérieux ?

— Oui. Ça fait vingt-quatre ans que j'y suis.

Il siffla.

— Waouh.

Je m'esclaffai.

— Ouais. Waouh. Ça a l'air encore plus fou maintenant que je l'ai dit à voix haute.

— C'est vrai, mais la folie est amusante, alors...

— Je ne discuterai pas sur ce point.

Nos regards se croisèrent et mon cœur s'emballa. C'était le moment où nous aurions dû parler du porte-avions dans la pièce. Maintenant que nos orgasmes étaient passés et que nous avions commencé à évoquer des choses comme la Navy et l'énorme différence d'âge qui nous séparait, je ne voyais pas comment nous pourrions continuer à l'éviter.

Mais il n'en parla pas. Moi non plus.

Nous échangeâmes un long baiser, et alors que Sean passait une main sur mes fesses, il murmura :

— La pizza devrait être là dans une demi-heure. Tu penses qu'on a le temps ?

Je le fis rouler sur le dos.

— *J'ai tout mon* temps.

Je regardais par la fenêtre de mon bureau. Il faisait gris et pluvieux aujourd'hui, on était sur la côte de l'Oregon, naturellement, et le temps soulignait ma mauvaise humeur.

Je me serais senti beaucoup mieux si la nuit de vendredi avait été horrible. Mais ce n'était pas le cas. Elle avait été incroyable. Avec Sean, il était impossible qu'une nuit *ne soit pas* extraordinaire.

Mais ce matin...

Je me frottai les yeux avec le pouce et l'index. Coucher avec lui avait été comme une beuverie après une longue période d'abstinence. Bien sûr, c'était amusant pendant un moment, mais la suite était tout le contraire de l'amusement. Et en ce moment, j'aurais été heureux d'avoir la gueule de bois et de vomir, parce que ce que je ressentais vraiment était bien pire.

J'avais ressassé à maintes reprises nos paroles d'adieu le samedi matin...

« *Nous ne pouvons pas recommencer.* »

« *Nous n'aurions pas dû céder cette fois-ci.* »

« *Je sais. Mais recommencer ne fera qu'empirer les choses.* »

Puis il était parti, j'étais parti, et maintenant nous étions lundi matin et j'étais au bureau sans savoir quoi faire de moi-même. Heureusement qu'aucun de mes supérieurs n'était là. Inutile de me comporter comme *un crétin distrait – qui n'avait pas l'étoffe d'un amiral –* au moment d'une éventuelle promotion.

Sauf que je commençais à penser que c'était peut-être

vrai. Quel genre d'amiral faisait des conneries, comme retourner encore et encore vers la mauvaise personne ? D'ailleurs, je voulais croire que si Sean m'appelait ou m'envoyait un texto, je l'ignorerais sagement ou lui dirais non, mais c'étaient des conneries. J'étais accro à lui comme je ne l'avais jamais été à la nicotine ou à quoi que ce soit d'autre.

Oui. Devenir amiral n'était *définitivement* pas à l'ordre du jour pour moi à ce rythme.

J'avais besoin de quelques paroles de sagesse – plutôt d'un coup de pied au cul –, je décrochai donc le téléphone et appelai le poste de Travis.

Notre bureau disposait d'un système d'identification de l'appelant, il ne s'embarrassa donc pas de formalités lorsqu'il décrocha.

— Salut.

— Hé, tu as quelques minutes pour passer à mon bureau ?

— Je dois envoyer un e-mail, mais je peux être là dans dix minutes.

— Très bien. Merci.

Exactement dix minutes plus tard, Travis entra dans mon bureau. Nos regards se croisèrent et il ferma la porte derrière lui. Apparemment, mon visage « aide-moi, je perds la boule » était plus visible que je ne l'espérais.

Il s'assit sur une chaise en grimaçant légèrement.

— Alors, qu'est-ce qu'il y a ?

— Eh bien...

Un mélange de culpabilité et de honte s'enroula autour de mon estomac.

— Tu te souviens quand je t'ai dit que je voyais quelqu'un de plus jeune que moi ?

Il acquiesça.

— Je pensais que tu avais tourné la page. Tu n'as pas parlé de lui depuis un moment.

— Je...

Je laissai ma tête retomber contre le dossier de la chaise.

— J'essayais de passer à autre chose, mais il n'est pas facile à quitter.

Travis inclina la tête.

— Que s'est-il passé ? Pourquoi essaies-tu de le quitter ?

— Parce que... le truc, c'est que...

J'hésitai, jetant un coup d'œil à la porte, et baissai la voix.

— Rien ne sort de ce bureau, d'accord ?

Travis se redressa un peu, les yeux écarquillés.

— Évidemment. Qu'est-ce qui se passe ?

— Il s'avère qu'il est à la charge de quelqu'un.

Travis cligna des yeux.

— Oh. Merde.

— Oui.

— Quelqu'un du commandement, je suppose ?

— Oui. Maintenant tu comprends pourquoi j'essayais de rester loin de lui ?

— Oh, oui. Sans aucun doute.

Son sourcil s'arqua.

— La question est de savoir pourquoi tu me parles d'*essayer*, à moins que tu n'aies fait marche arrière ? Tu joues avec le feu, imbécile.

Mes joues me brûlèrent.

— Je sais. Crois-moi. Le truc, c'est qu'on se voyait depuis un moment avant de réaliser que son père travaille pour moi. Si ça s'était su dès le début, ça n'aurait pas été un problème.

— Mais tu as eu l'occasion de t'attacher à lui.

— Tellement.

Ma poitrine se comprima douloureusement à l'idée de ce que je ressentais quand j'étais avec Sean. Et quand j'étais loin de lui. Dans quoi m'étais-je fourré ?

— C'est une petite ville. On ne se voyait plus, mais on s'est croisés dans un club, on a été pris au dépourvu, et...

Je fis un mouvement de roulis avec ma main.

— Tu vois ce que je veux dire.

— J'ai l'impression que c'est plus qu'une bonne partie de jambes en l'air. Je veux dire, même si le côté physique est génial, je te connais, tu ne vas pas perdre la tête juste parce qu'un gars est bon à sucer des bites.

— Exactement. Mais quelle différence cela fait-il ?

Je tapotai mon ongle sur l'accoudoir.

— Le règlement c'est le règlement. Je veux dire, c'est une chose quand il s'agit de ma carrière. Mais ça pourrait aussi foutre en l'air la carrière de son père. Je ne peux pas... Je ne peux pas faire ça.

Travis se renfrogna.

— Bon sang. Je ne sais même pas quoi suggérer.

Je frottai ma nuque raide.

— Il n'y a rien à suggérer. La seule chose que je puisse faire, c'est de l'oublier.

Je marquai une pause, puis expirai bruyamment.

— Ce que j'essaie de faire, et ça ne fonctionne pas.

Libérant une longue respiration, Travis s'adossa à sa chaise.

— Merde, c'est du gâchis.

Je déglutis.

— À qui le dis-tu. La vérité, c'est que, à tort ou à raison, je n'ai jamais ressenti ça pour quelqu'un. Mais ça n'a pas d'importance parce qu'on ne peut pas...

J'agitai la main.

Il ne dit rien pendant un moment, puis secoua la tête.

— J'aimerais avoir un conseil, mais je n'en ai aucun.

— À part « ne t'approche pas de lui » ?

— Eh bien, c'est la Navy qui dit de ne pas t'approcher de lui.

Travis sourit, mais quelque chose dans ses yeux m'indiqua qu'il était tout à fait sérieux quand il ajouta :

— Je ferais beaucoup de choses pour mes amis, mais leur dire de rester à l'écart de quelqu'un qu'ils aiment ? Oublie ça.

— Exactement ce dont j'ai besoin – un complice.

Il haussa les épaules.

— Je ne suis complice de rien. Mais je te connais. Et je sais que tu n'es pas stupide quand il s'agit de ta carrière. S'il y a quelque chose chez ce gamin qui te pousse à revenir vers lui alors que tu sais très bien que c'est une mauvaise idée... eh bien, qui suis-je pour te dire de t'en éloigner ?

— Mon meilleur ami qui ne veut pas me voir torpiller ma carrière ?

— Je veux te voir heureux, Paul. Tu le sais bien.

Bordel. En plein dans les couilles, Travis. En plein dans les couilles.

Je baissai les yeux.

— Le règlement est assez clair à ce sujet.

— Je sais. Et j'en suis désolé. J'espérais vraiment que tu avais trouvé de l'or avec ce gamin.

Je l'ai fait. Tu n'as pas idée.

Après le départ de Travis, mon regard se perdit de nouveau par la fenêtre, observant quelques gouttes de pluie couler le long de la vitre sur une toile de fond grise et floue.

Le règlement était ce qu'il était. Les circonstances ne pouvaient être modifiées.

Et même si je savais que c'était stupide, que je risquais tout ce pour quoi j'avais travaillé, j'espérais que Sean me contacterait.

CHAPITRE 19

SEAN

Aucun travail scolaire n'était possible, parce qu'il nécessitait plus de trois cellules cérébrales consacrées à autre chose que Paul. Les séances d'entraînement n'étaient plus une distraction utile, car je m'attendais toujours à le croiser à la salle de sport. En voiture ? J'avais du mal à me concentrer suffisamment pour démarrer, et encore moins pour conduire quelqu'un quelque part.

Je perdais la tête.

Finalement, je n'en pouvais plus. Ce matin, c'en était trop. Nous nous étions croisés à la salle de sport pour la énième fois, et j'avais passé ma séance d'entraînement à baver subrepticement devant son physique et à me retenir de pleurer. Au moins, mon père avait pris mes yeux larmoyants pour un signe que je forçais pendant mes levées, mais j'étais ébranlé.

J'avais donc cédé.

J'avais envoyé un message à Paul.

J'avais roulé jusqu'à un petit motel minable à l'extérieur d'Anchor Point.

Et maintenant, nous étions allongés ensemble dans le

lit, satisfaits et souriants. Ma conscience coupable me rongeait, mais pas autant que d'habitude. C'était stupide et mal, mais bon sang, se blottir contre Paul, l'embrasser, le toucher... c'était trop beau pour être mal.

Je m'occuperai de ma conscience demain. Ce soir, j'ai besoin de toi.

Ah, oui. Parce que cela avait bien fonctionné dans le passé.

Ignorant que mon cerveau faisait des sauts périlleux autour de toutes les raisons pour lesquelles nous n'aurions pas dû être ici, Paul me lissait les cheveux.

— Ça te dérange si je te demande quelque chose de personnel ?

— Alors que je suis nu, dans le lit d'un motel miteux, après t'avoir baisé à en perdre la tête ?

Paul s'esclaffa.

— Je prends ça pour un non.

Son expression devint plus sérieuse et il posa une main sur ma taille.

— Tu as été un enfant de Navy toute ta vie, je suppose.

J'acquiesçai.

— Comment... Je veux dire, comment c'était ? Ça a dû être dur.

Je haussai les épaules.

— C'est la seule vie que j'ai jamais connue. Je pense que la vie civile serait un peu bizarre pour moi maintenant.

— Eh bien, oui. Mais quand même. C'est dur pour moi, et moi, je touche un salaire. J'ai du mal à imaginer ce que c'est que d'y passer toute sa vie.

— Il y a des moments vraiment, vraiment merdiques, admis-je calmement. Évidemment, il y a...

Je fis un geste vers lui et moi, et il hocha la tête en grimaçant.

— Mais il y a aussi des avantages, poursuivis-je. L'assurance maladie. Les frais de scolarité sont payés. J'ai pu vivre dans des endroits sympas. La plupart du temps, l'armée a été bonne pour moi.

— Heureux de l'entendre.

Il marqua une pause.

— Ton père doit être proche de la retraite maintenant.

Je laissai échapper un rire sans humour.

— Papa ? Prendre sa retraite ? Pas avant qu'il ne devienne maître-chef, au moins. Je l'ai entendu dire à sa petite amie qu'il pensait qu'il pourrait devenir représentant des officiers mariniers.

— Ambitieux.

— Euh... ouais... Mais ça signifierait déménager à Washington, répondis-je en fronçant le nez. Non, merci.

Paul grimaça.

— En effet. Ce n'est pas un endroit idéal pour être stationné. Et ta mère ? Elle est militaire aussi ?

Je secouai la tête.

— J'aimais bien l'idée qu'un de mes parents reste au même endroit, mais vivre avec elle n'a pas fonctionné.

Il haussa un peu les sourcils, comme s'il voulait demander ce qui s'était passé mais n'était pas sûr de devoir le faire.

Je remuai un peu.

— La raison pour laquelle je vis avec mon père, c'est que ma mère ne pouvait pas subvenir à mes besoins. Ils se sont séparés quand j'avais quatorze ans, et j'étais censé aller vivre avec elle une fois qu'elle se serait installée. Mais entre l'économie et son CV, elle n'a pas pu trouver de travail décent.

Paul acquiesça lentement.

— Mon ex-femme avait le même problème. Nous avions

tellement déménagé qu'elle n'arrivait pas à garder un emploi très longtemps. Son CV comportait donc trop de lacunes et pas assez d'emplois à long terme.

— Oui, c'est ça. Et ce n'est pas comme si je voulais critiquer la Navy. C'est manifestement une bonne carrière pour toi et...

J'hésitai.

— C'est une bonne carrière, OK ? Mais c'est difficile aussi. Toute la vie militaire ? Et ce n'est pas comme si c'était l'enfer pour moi et la belle vie pour mon père. Je veux dire, lui et sa copine ont eu la vie dure aussi. Ils ne sont ensemble que depuis un an, et ils parlent déjà de se marier, parce qu'une fois qu'il aura reçu des ordres ailleurs...

Paul fronça les sourcils.

— C'est soit la laisser derrière soi, soit avoir une relation à distance.

— Il n'a vraiment aucune envie de se marier, mais elle ne veut vraiment pas faire le truc de la longue distance. C'est donc difficile.

Je fis une pause et croisai son regard.

— Est-ce que c'est bizarre de parler de mon père ? Quand on est... euh...

— Il fait partie de ta vie, tout comme la Navy.

— Je sais, mais...

Nous ne devrions pas être ici, nous le savons tous les deux, et parler de ça, c'est parler de la raison même pour laquelle nous sommes des putains de crétins.

Il embrassa ma tempe.

— J'ai compris. Et oui, quand on y pense, tout ça est un peu bizarre. Mais c'est comme ça. Je suis curieux de te connaître, et il fait partie de ta vie.

— Même...

— Oui. Même si nous ne devrions pas être ici, ajouta-t-il

en me caressant les cheveux. Ça ne fait aucune différence pour moi, d'ailleurs. Je veux dire, je sais que ça devrait. Professionnellement, ça devrait. Mais ici ?

Il prit ma joue en coupe.

— Je n'y pense même pas. Tu es juste toi, pas le fils de quelqu'un sous mon commandement.

Je tressaillis, puis m'appuyai contre sa paume.

— Pareil. Il faut que je m'arrête et que j'y pense pour me rappeler que tu es son capitaine.

Parce que je suis stupide.

— Je ne pense qu'à toi.

Paul acquiesça.

— Moi aussi.

Il soupira avant de poursuivre.

— Tu sais, je n'échangerais ma carrière pour rien au monde, mais je ne prétendrai pas que ça a été facile non plus. Ce n'est pas facile non plus pour les personnes à charge.

Je soupirai.

— Oui.

— Mes deux ex-femmes se sont battues comme des diables contre ça, crois-moi.

Paul expira longuement.

— Ce n'est pas tout à fait juste. La Navy n'a pas rendu mes mariages *faciles*, mais ce n'est pas ce qui y a mis fin.

Je l'observai un moment, ne sachant pas si je devais parler. Mais nous avions appris à nous connaître de plus en plus ces derniers temps, et il n'aurait pas abordé le sujet s'il était tabou, alors je demandai calmement :

— Que s'est-il passé ?

Il leva les yeux au plafond, faisant courir ses doigts le long de mon bras.

— Si tu nous avais posé la question à l'époque, nous t'aurions dit qu'elles n'avaient pas réalisé que la Navy passait en premier, et que j'étais assez stupide pour la faire passer en premier.

Je ne répondis rien. Il était difficile d'imaginer Paul comme ça.

Il ferma les yeux.

— La réalité est... que c'était ma faute. Pas celle de la Navy. La mienne. Nous...

Il resta silencieux pendant un moment.

— D'accord, d'une certaine manière, c'était à cause de la Navy. La loi DADT était en vigueur, et tous les officiers que je connaissais m'ont inculqué que personne ne dépassait le grade de lieutenant sans avoir une femme et des enfants. Une belle femme et des enfants bien élevés, bien sûr.

— J'ai entendu ça, grommelai-je.

— Et je l'ai cru. J'y ai cru. Je pensais aussi que si je me mariais, personne ne soupçonnerait mon homosexualité.

— Sauf toi.

— Sauf moi, soupira-t-il. Parce qu'à l'époque, devenir pilote et éventuellement amiral semblait valoir la peine de renoncer à tout. Y compris faire l'amour ou tomber amoureux de personnes pour qui j'étais fait pour éprouver ces sentiments.

Je me décalai un peu.

— Alors attends, tu es gay ou bi ?

— Gay. Cent pour cent gay.

Il se frotta les yeux, puis soupira en laissant tomber sa main sur son côté.

— Mais si j'essaie de rester marié et de préserver ma carrière, tu n'imagines pas à quel point je peux faire semblant.

Il grimaça.

— Au détriment de mes deux ex-femmes. Je doute qu'elles me le pardonnent un jour complètement, et je ne leur en veux pas du tout.

Il se tourna vers moi.

— C'était il y a longtemps. Je te promets que je ne suis plus le connard que j'étais à l'époque.

Je souris et passai mes doigts dans ses cheveux humides.

— Je sais. Je ne serais pas là si c'était le cas.

Ses lèvres esquissèrent un léger sourire et il leva la tête pour m'embrasser doucement. S'allongeant à nouveau, espérant probablement que je n'avais pas remarqué cette légère grimace, il se frotta la nuque et poursuivit :

— Mon deuxième mariage a été un désastre dès le départ. Tina et moi, nous nous sommes mariés... je ne sais pas, environ un an après la fin de mon premier mariage. Aujourd'hui encore, je ne pourrais pas te dire pourquoi.

— Qu'est-ce que tu veux dire ?

— On ne s'entendait pas du tout. La seule chose qu'on faisait bien, c'était de baiser, et même ça...

Il haussa les épaules.

— Comme je l'ai dit, je suis gay. Il y a des limites à ce que je peux simuler, tu sais ?

J'acquiesçai.

— Et ton premier mariage ?

Il respira longuement.

— Le premier... Si j'emporte un regret dans ma tombe, ce sera ça.

— Tu ne t'entendais pas avec elle non plus ?

— C'est tout le contraire, dit-il, presque en chuchotant. Mary Ann et moi étions des amis proches depuis longtemps. Depuis le collège. Elle a laissé entendre qu'elle voulait sortir avec quelqu'un, et nous sommes allés ensemble à des événements comme le bal de fin d'année et la remise des diplômes, mais je n'ai jamais voulu aller plus loin que ça. Ce qui, je pense, lui a plu : je ne l'ai pas poussée à faire l'amour comme tous les garçons qui sont sortis avec elle. Elle revenait donc toujours vers moi.

— Même si elle ne te plaisait pas ?

Il acquiesça.

— Comme je l'ai dit, je ne l'ai pas poussée. Et je cherchais encore à savoir qui j'étais. J'ai eu quelques pensées pour les garçons, mais je n'y ai pas porté plus d'importance.

Il déglutit.

— Puis je suis entré à l'Académie, et quelques mois plus tard, j'ai batifolé avec un autre cadet et j'ai commencé à réaliser que j'étais définitivement gay. Mais j'étais terrifié à l'idée que quelqu'un le découvre. J'avais travaillé comme un fou pour entrer à l'Académie et obtenir mon diplôme en étant presque le premier de ma classe. Si je le révélais, ou si quelqu'un le faisait, je perdrais tout ça. Pendant un certain temps, j'ai volé sous le radar autant que je le pouvais. Mais un soir, j'ai failli me faire prendre et j'ai décidé que je jouais avec le feu, qu'il valait mieux me marier et faire taire toutes les rumeurs. Alors... Mary Ann et moi avons commencé à sortir ensemble, puis nous nous sommes mariés.

— Était-elle au courant pour toi ? Que tu es gay ?

— Non.

Il prononça ce mot si doucement que je faillis ne pas l'entendre.

— Elle n'en avait aucune idée. Aussi proches que nous étions, j'avais peur de lui dire ou de dire à quelqu'un d'autre que j'étais gay. En fait, elle avait le béguin pour moi depuis longtemps. Les gens pensaient que nous étions amoureux depuis le lycée, et personne n'a été surpris quand nous nous sommes mariés, parce qu'ils savaient tous que nous finirions ensemble. Et je veux dire, je l'aimais. Mon Dieu, j'aimais cette femme. Mais je n'étais pas amoureux d'elle. Elle était mon amie la plus proche, la plus fiable, et je me suis toujours senti en sécurité avec elle.

— Mais pas assez pour lui avouer ton homosexualité ?

Se renfrognant, il secoua la tête.

— Le temps que je réalise ce que j'étais vraiment, nous avions commencé à sortir ensemble, et je ne voulais pas la blesser. De plus, j'ai stupidement pensé que je pourrais devenir hétérosexuel et être heureux en ménage avec elle. Je veux dire, nous étions amis, alors...

Il se tut durant une longue minute, puis poursuivit :

— Elle méritait tellement mieux. J'ai fait de mon mieux, j'ai essayé d'être un bon mari, mais je n'étais pas ce dont elle avait besoin, pas plus qu'elle n'était ce dont j'avais besoin. Peut-être que si nous avions été au même endroit, et que j'avais eu un travail normal sans le stress des déploiements et des combats, nous aurions pu au moins mettre les choses au clair et passer à autre chose en tant qu'amis. Mais...

— Mais le stress fait des ravages, devinai-je à voix basse. C'est ce qui est arrivé à mes parents aussi.

— Merde, c'est dur.

— Oui. Et ça, même sans des choses comme le DADT.

Paul grimaça.

— Oui, je n'avais pas besoin de ça. Personne n'avait besoin de cette connerie. Tu sais ce qui est vraiment merdique ? Quand nous avons divorcé, j'ai pensé que le pire était que je ne pourrais plus cacher mon homosexualité. C'est exactement pour ça que je ne peux pas lui reprocher d'être partie. J'étais plus préoccupé par moi et par ma carrière que par elle. Il s'agissait de mon image, de ma carrière, de mon avenir. Elle était une femme trophée, un alibi.

Il ferma de nouveau les yeux et expira.

— Je l'ai *tellement* blessée, et il m'a fallu beaucoup, *beaucoup* trop de temps pour réaliser que le pire dans ce divorce était la perte de ma meilleure amie.

— Ça ne s'est donc pas bien terminé ?

Les yeux ouverts mais le regard dans le vide, Paul secoua la tête.

— C'était plutôt moche. Nous nous sommes vus à notre réunion d'anciens élèves il y a quelques années, et nous avons réussi à être cordiaux, mais... C'est probablement le mieux que l'on puisse faire à nouveau.

— Waouh. Désolé de l'apprendre.

Il se passa la main sur le visage.

— Moi aussi. Au moins, elle a trouvé quelqu'un de mieux. Elle s'est mariée à l'époque où ma deuxième femme et moi divorcions, et aux dernières nouvelles, ils sont parfaitement heureux ensemble.

— C'est bien.

— Oui. Je leur souhaite à toutes les deux le meilleur.

Il se frotta la nuque et regarda le plafond.

— Elles le méritent vraiment.

Nous ne dîmes rien pendant un long moment. Finalement, je rompis prudemment le silence.

— Alors, tu es sorti du placard maintenant ? En tant qu'homosexuel ?

Paul acquiesça à nouveau, tout en continuant à fixer le plafond.

— Lorsque la loi DADT a été abrogée, je suis d'abord resté caché pour des raisons politiques. Mais quand j'ai réalisé que les plus jeunes craignaient de faire leur coming out parce qu'ils s'attendaient à des répercussions de la part de la chaîne de commandement supérieure, j'ai décidé que je leur devais de montrer l'exemple. J'ai donc amené mon petit ami au bal de la

Navy et à la fête de Noël, et c'était fait. Je n'étais plus dans le placard.

— C'est assez admirable. Surtout s'il y a des raisons politiques.

Il rit doucement.

— Je suis presque sûr que ça m'a permis de rester commandant un an ou deux de plus, mais il n'y a pas eu autant de réactions que je l'espérais.

— Waouh, sifflai-je. Difficile d'imaginer qu'il faille faire son coming out à l'âge adulte.

Il arqua un sourcil.

— Quand es-tu sorti du placard ?

— Avec mes amis, quand j'avais treize ans. Avec mes parents, quinze. Ça semble un peu stupide maintenant, mais j'avais peur que mes parents me mettent à la porte ou quelque chose comme ça.

Il secoua la tête.

— Stupide ? Il semble raisonnable d'avoir peur, étant donné ce qui est arrivé à beaucoup de gens.

— Oui, mais je connaissais mes parents mieux que ça. Quand je leur ai annoncé, mon père n'a même pas sourcillé.

Je gloussai, levant les yeux au ciel à ce souvenir.

— Il a dit qu'il le savait depuis que j'avais six ans, et j'ai répondu : « Pourquoi tu ne *me* l'as pas dit ? »

Paul s'esclaffa.

— Waouh.

— Oui. Il m'a répondu qu'il ne me l'avait pas dit parce qu'il sait que je déteste les spoilers.

Paul cligna des yeux.

— Il... sérieusement ?

— Oui, sérieusement. Je suppose qu'il me connaît.

— À nouveau. Waouh. Je ne peux même pas imaginer être capable de révéler son homosexualité comme ça.

— Ta famille ne sait pas que tu es gay ?

— Oh, maintenant, si. Il a fallu dix ans à mon père pour l'accepter, et ma mère me demande encore de temps en temps si je suis *sûr* que ce n'est pas seulement à cause de mes divorces, pourtant j'ai ramené quelques petits amis à la maison.

Il croisa mon regard.

— Au risque de passer pour un vieil homme, je dirais que nous appartenons à deux générations différentes. J'envie la tienne parce qu'il y a tellement plus de soutien et d'ouverture aujourd'hui. Quand j'étais adolescent, mon Dieu, la crise du sida battait son plein, et nous avions ces prédicateurs qui hurlaient à la télévision que c'était une punition divine, et... crois-moi quand je dis que les choses étaient très, très différentes.

— Au temps jadis...

Il rit en levant la tête pour m'embrasser.

— Fais attention. Respecte tes aînés. Ou quelque chose comme ça.

— Je vais faire ça.

Nous éclatâmes de rire, puis nous nous calmâmes. Nous nous tournâmes sur le côté, l'un face à l'autre, et je posai ma main sur sa taille.

— OK, je suis curieux.

Paul soutint mon regard.

— Dis-moi.

— Si tu savais que tu ne pouvais pas être toi-même, pourquoi t'es-tu engagé dans la Navy ?

Il inspira longuement.

— J'étais encore un peu dans le déni à ce moment-là, mais j'avais aussi des objectifs qui ne pouvaient être atteints qu'à travers la Navy.

— Qui étaient...

— Voler et devenir amiral.

— Oh. Volerais-tu toujours si... cet atterrissage... ?

— Non, non. Les pilotes doivent généralement raccrocher leurs ailes lorsqu'ils accèdent à des grades plus élevés. On ne peut pas être pilote et capitaine.

Il inspira longuement.

— Mon RIO n'est pas resté après l'accident. Il ne supportait pas d'être cloué au sol, même après que nous ayons tous deux perdu des amis et que nous ayons eu suffisamment d'accidents évités de justesse pour être bien conscients de notre propre mortalité. J'ai fait la paix avec ça, cependant. Je veux dire, j'ai pu voler. C'est ce que je voulais. J'ai donc raccroché et je me suis concentré sur ma mission d'amiral.

Je me soulevai sur un coude.

— Quand tu le seras, que se passera-t-il ?

— Que veux-tu dire ?

— Je veux dire qu'une fois devenu amiral, tu prendras ta retraite ?

Paul haussa les épaules.

— En fait, je dois servir en tant qu'amiral pendant plusieurs années. Ensuite, il s'agira de savoir si je veux tenter d'obtenir la deuxième étoile ou si je veux prendre ma retraite avec une étoile.

— Et après ?

— Après quoi ?

— Lorsque tu prendras ta retraite ?

Ses yeux se perdirent à nouveau et il respira longuement.

— Je ne sais pas encore. La Navy a été toute ma vie pendant si longtemps qu'il est difficile d'imaginer ce que je ferai après. Peut-être travailler comme entrepreneur pour le ministère de la Défense ou quelque chose comme ça ? Je n'en ai aucune idée.

— Je suppose que ce n'est pas comme si tu devais prendre une décision la semaine prochaine. Tu as encore quelques années devant toi.

— Oui, c'est vrai. Et ma pension de retraite sera suffisante pour que je n'aie pas besoin de trouver un emploi, mais je ferais mieux de trouver quelque chose à faire pour ne pas mourir d'ennui.

Je ris.

— Tu n'as pas vraiment l'air d'être du genre à t'asseoir sur le canapé et à regarder la télé toute la journée.

— Pas pour longtemps, non.

Il marqua une pause et son hilarité mourut.

— Tu veux savoir ce que je veux plus que tout après ma retraite ?

— Hmm ?

— Un chien.

— Vraiment ?

Il hocha la tête.

— Je n'en ai pas eu depuis que mon ex-femme a emmené le nôtre avec elle, et je ne peux pas vraiment le justifier parce que je pourrais encore être déployé. Mais mon Dieu, les animaux de compagnie me manquent. Avoir un chien me manque tout particulièrement.

— Pourtant, beaucoup de gens en ont, non ? Je veux dire, j'en vois tout le temps dans les logements de la base.

— C'est vrai, mais ce n'est pas juste pour les animaux, tu sais ? Les déménagements sont déjà assez stressants, mais les déploiements... un chien peut s'adapter à une nouvelle maison, même s'il y a un voyage en voiture ou en avion. Mais quand on disparaît pendant six mois ou un an ?

Il secoua la tête.

— Je ne peux pas faire ça à un chien.

— Sans blague. Ils ne comprennent pas. Je ne sais pas pour qui c'est le pire, pour être honnête – le chien qui ne comprend pas ce qui se passe, ou l'enfant qui le comprend.

Il me regarda dans les yeux.

— Ça doit être brutal.

— Ça craint. Tu penses que tu seras à nouveau déployé ?

Il déglutit.

— C'est une possibilité. C'est peu probable pour le moment, mais ça fait un moment que j'essaie d'obtenir un navire. Je dois en commander un si je veux être promu. Si c'est le cas, ça signifiera des déploiements.

Acquiesçant, je passai ma main le long de son bras, sur le tatouage du Super Hornet.

— Si ça arrive... mouais, je suppose qu'on fera avec quand ça arrivera.

Il me prit la main et embrassa ma paume.

— C'est à peu près tout ce que nous pouvons faire. Sortir avec quelqu'un est un risque, et quand l'armée est impliquée, eh bien...

— Sans blague. C'est tellement stupide de prendre un risque comme ça, soupirai-je.

Sans un mot, Paul me ramena à lui et m'embrassa à nouveau.

Et au moins pour ce soir, le risque n'eut pas d'importance.

Sauf que c'était important. C'était toujours important. Il y avait tellement de choses en jeu si quelqu'un le découvrait !

Mais... chaque fois que j'étais avec lui, j'avais de plus en plus de mal à me convaincre de partir et de ne pas le revoir.

Mais... voilà.

Soupirant, je fermai les yeux et me laissai emporter par son baiser. J'étais à peu près sûr de ne pas vouloir freiner. J'aurais pourtant dû le faire. Même si une relation avec Paul n'avait pas été interdite à cause de son grade et de celui de mon père, il était toujours dans l'armée et je dépendais toujours d'elle. Nous vivions dans un monde où tout ce qui figurait sur un calendrier ou dans un carnet d'adresses était écrit au crayon à papier, car les choses pouvaient changer en un clin d'œil. Tomber amoureux de quelqu'un était un pari, de la même manière que jouer avec un engin non explosé était dangereux – il y avait de fortes chances qu'il vous explose à la figure.

Attendez.

Mon cœur s'arrêta.

Qui a parlé de tomber amoureux ?

Je reculai et rencontrai son regard.

Paul sourit. Mon cœur se remit à battre.

Oh.

Oh, merde.

Le motel où nous nous étions cachés était proche d'une partie déserte du littoral. Comme nous étions à des kilomètres d'Anchor Point, apparemment à mille lieues de NAS Adams et de toutes ses réglementations, nous nous promenâmes sur la plage.

Je ne savais pas trop pourquoi on s'infligeait ça. Se rencontrer pour le sexe était stupide. Communiquer sur tout et rien était stupide. Prétendre qu'il y avait une raison quelconque pour que nous nous promenions sur le sable parsemé de coquillages comme deux hommes qui avaient un rendez-vous galant... vraiment, vraiment stupide.

Pourtant, nous étions là.

Nous ne bavardâmes pas beaucoup. Paul était peut-être seul avec ses pensées. Peut-être en train de se demander ce qu'il était en train de faire, ou en train de calculer combien de sexe nous pourrions encore soutirer de cette soirée avant de nous séparer pour de bon cette fois-ci. Comme nous étions censés le faire la dernière fois.

Moi, j'avais peur d'ouvrir la bouche. Chaque fois que je prenais ma respiration pour parler, j'hésitais. Chaque fois que je pensais à dire quelque chose, j'avais cette fraction de seconde de panique, comme si j'allais sortir quelque chose de complètement différent et ne pas réaliser ce que j'avais dit jusqu'à ce qu'il soit trop tard. D'autant plus que les mots étaient là, sur le bout de ma langue. Je savais exactement ce que je voulais dire, et j'avais une peur bleue de le laisser échapper sans y penser.

J'ai vraiment envie de te dire que je t'aime, mais j'ai peur que ce soit le moment où tu te rendes compte que je suis trop jeune et trop bête.

Mes joues brûlaient d'une gêne préventive.

Et puis, quel est l'intérêt ?

L'embarras préventif se transforma en une déception bien trop familière.

Peu importe ce que je ressens, ce n'est pas comme si je pouvais t'avoir.

Donc, je me taisais. Je profitais de la rare chance d'être avec lui et j'admirais le paysage, ce qui m'empêchait de le reluquer.

Et il faisait vraiment beau. Le ciel était complètement dégagé. Ce n'était pas l'une de ces vilaines plages couvertes d'ordures comme j'en avais vu ailleurs – ici, il n'y avait que du sable, du bois flotté, des rochers et des coquillages. À une centaine de mètres à l'intérieur des terres, quelques cabanes étaient nichées dans les conifères qui couvraient les collines ondulantes. Plus près de l'eau, un drôle de bateau était attaché à un poteau couvert de balanes.

Quelques corbeaux se disputaient avec une mouette pour un crabe à moitié mangé, mais sinon, nous étions seuls au monde.

Au bout d'un moment, Paul rit doucement.

Je tournai les yeux vers lui.

— Qu'est-ce qu'il y a ?

Il secoua la tête.

— Rien. Je crois que je pensais à tout. À nous.

— Comme... ?

— Comme combien c'est fou. Tout est si... différent avec toi.

Comme la partie où tu ne devrais pas être *avec moi ?*

— Dans le bon sens, j'espère ?

Il sourit.

— Oui. Dans le bon sens. C'est fou, mais c'est très bien.

— Oui. J'ai du mal à croire qu'il n'y a pas si longtemps, un type déprimé est monté dans ma voiture et m'a acheté une bouteille d'eau.

Paul regarda le sable.

— J'ai l'impression que c'était il y a une éternité.

— C'est vrai. Je crois que je comprends maintenant ce que les gens veulent dire quand ils disent qu'on a l'impression de connaître quelqu'un depuis toujours.

Mon cœur battait la chamade. J'avais bêtement divagué un peu trop et j'en avais trop dévoilé, maintenant il allait probablement...

— Moi aussi.

— Vraiment ? m'étonnai-je.

Paul acquiesça.

— Je veux dire, quand je pense à la façon dont les gens

pourraient réagir s'ils étaient au courant, tu sais que la première chose qu'ils vont demander, c'est comment diable nous allons contourner l'écart d'âge.

Je me renfrognai et fixai le sable devant nous.

— Sans blague.

— Et le fait est que, s'ils le demandent, je n'ai pas de réponse.

Je reportai mon regard sur Paul et arquai un sourcil.

— Non ?

— Non. Je suppose que…

Il garda les yeux baissés pendant quelques pas, puis haussa les épaules en me jetant un coup d'œil.

— Répondre suppose que j'y ai réfléchi. Et ce n'est pas le cas. Parce qu'avec toi… il n'y a rien à réfléchir. Je ne peux pas te dire pourquoi ça marche, parce que *ça marche, c'est* tout.

Je glissai mes mains dans mes poches.

— Je vois ce que tu veux dire. Je suppose que c'est un peu comme la façon dont je conduis parfois.

— Qu'est-ce que tu veux dire ?

J'avais de plus en plus de mal à contenir ces mots là où ils devaient l'être, c'est pourquoi je faisais très attention à tout ce que je disais.

— Pas de carte. Pas de véritable destination. Aucune idée de ce qui nous attend. Je monte dans la voiture et…

Je vais beaucoup trop vite dans une direction où je ne devrais vraiment pas aller. Je haussai les épaules.

— Je roule, c'est tout.

Les mots résonnèrent dans mon esprit et je ris en secouant la tête.

— Je n'avais pas réalisé à quel point ça avait l'air dingue avant de l'avoir dit, murmurai-je en contemplant l'eau.

Mais c'est mieux que ce qui aurait pu sortir, alors je pense que c'est bon.

— Ça n'a pas l'air stupide.

Je me tournai vers lui.

— C'est vrai ?

Paul ne me regarda pas.

— Non. Tout dans ma vie s'est toujours déroulé selon un plan. Même quand la Navy me lance une balle courbe et m'envoie en déploiement ou me transfère dans un endroit dont je n'ai jamais entendu parler...

— Comme Anchor Point ?

— Mm-hmm. Même là, tout ça faisait partie du grand plan pour me faire monter en grade afin que je devienne amiral avant de prendre ma retraite. Être à la tête d'une base maintenant, prendre le commandement d'un vaisseau ensuite, s'assurer de lécher tous les culs – tout a toujours été... calculé, soupira-t-il. Alors peut-être que c'est exactement ce dont j'ai besoin.

— Quelque chose d'improvisé ?

Paul acquiesça.

— Oui, il n'y a pas de plan ni de pression.

— On dirait que c'est quelque chose dont nous avons tous les deux besoin.

Un sourire se dessina sur ses lèvres, et si nous n'avions pas été en public, je me serais penché pour l'embrasser rapidement.

Mais ce sentiment d'impuissance revint en force. Nous pouvions bavarder, prétendre qu'il y avait vraiment quelque chose entre nous et que ça n'allait pas se terminer par un « *on ne se reverra plus* ». Tout ce que nous faisions, c'était d'aggraver la situation. Chaque fois que nous cédions et que nous nous retrouvions, il était infiniment plus difficile de s'en aller. Une relation – sexuelle, romantique ou autre – n'allait pas devenir moins interdite.

Si j'avais été intelligent, je n'aurais jamais craqué et pris contact cette fois-ci.

Si j'avais été intelligent, je ne serais jamais venu ici en public avec lui.

Si j'étais intelligent, je ferais demi-tour tout de suite, je redescendrais la plage, je prendrais ma voiture et je partirais.

Mais je l'avais contacté, j'étais ici, et je ne partais pas, parce que j'étais un putain d'idiot.

Paul rompit le contact visuel. Ses traits se crispèrent et je me demandai s'il pensait la même chose. Au lieu d'espérer qu'il soit la voix de la raison, je me surpris à regretter de ne pas avoir profité de l'occasion pour l'embrasser. Nous étions en public ? Et alors ? Nous étions sur une plage. Il n'y avait personne. Nous étions à des kilomètres d'Anchor Point, à des kilomètres de NAS Adams, et si quelqu'un nous voyait, il n'aurait aucune raison de s'en préoccuper, si ce n'est que nous étions deux hommes. Personne ici n'avait la moindre idée de toutes les *autres* raisons de s'énerver parce que nous étions ensemble.

Je retins mon souffle et glissai ma main dans la sienne. Paul ne se déroba pas. Il écarta ses doigts, laissant les miens se faufiler entre eux, et les serra entre nous.

Mes épaules perdirent de leur tension. C'était incroyable. J'aurais vendu ma putain d'âme pour que nous soyons comme ça tout le temps – au grand jour, sans rien cacher. Sans regarder par-dessus notre épaule au cas où des homophobes ou des gens de la base s'en mêleraient. Mais pour l'instant, nous étions bien, et j'adorais ça.

Puis nos yeux se croisèrent.

Mon cœur s'emballa, surtout lorsqu'il enleva ses

lunettes d'aviateur et me laissa voir ses yeux d'un bleu éclatant.

— Je sais que nous ne devrions pas être ici, dit-il doucement. Mais je suis vraiment heureux que nous soyons là.

J'avais la gorge nouée par trop d'émotions.

— Moi aussi.

Nous gardâmes tous les deux le silence. Nous nous tenions là. Nous nous touchions. Nous regardions.

Je vais mettre les pieds dans le plat si tu ne dis rien, alors pour l'amour de Dieu, dis quelque chose.

Il prit mon visage en coupe et son expression liquéfia mes genoux. Chaque fois qu'il me souriait ainsi, j'aurais dû me rappeler que j'étais la dernière personne avec laquelle il devrait être, mais au lieu de cela, il me donnait l'impression d'être la seule personne au monde. Cette fois-ci ne fit pas exception.

Il prit une inspiration, comme s'il était sur le point de parler, puis hésita et la relâcha. Il reporta son attention sur l'eau. Pour une raison que j'ignore, j'eus soudain peur qu'il retire sa main de mon visage, alors je posai la mienne dessus et la maintins.

Paul me fit à nouveau face. Il avait définitivement quelque chose sur le bout de la langue. Les plis entre ses sourcils et la subtile crispation de ses lèvres étaient indéniables. Ma main était toujours sur la sienne et il regardait attentivement son pouce tracer le côté de la mienne.

Je déglutis.

— Tu as quelque chose en tête ?

Il sursauta légèrement.

— Je, euh...

Il reprit son souffle et me regarda dans les yeux. Mon rythme cardiaque s'accéléra. Qu'*avait-il* en tête ?

Dis-moi que nous devons nous éloigner.

S'il te plaît, dis-le.

Parce que j'en suis incapable. Et nous ne pouvons pas faire ça.

Dis-le...

— Paul ?

Ma langue resta collée à mon palais. Il caressa mes cheveux.

— Je me fiche de ton âge. Je me fiche de savoir qui est ton père. Je...

Il fit une pause, et lorsqu'il inspira, il repoussa ses épaules en arrière. Il s'approcha un peu plus, m'attira, et juste avant que nos lèvres ne se rencontrent, il murmura :

— Je t'aime, Sean.

Puis il m'embrassa.

Et tout fut... immobile.

Et parfait.

Et comment diable était-ce possible ?

CHAPITRE 20

PAUL

L es mots étaient sortis. Il n'y avait pas de retour en arrière possible.

Je l'embrassai, d'une part parce que j'en avais envie et d'autre part pour éviter que l'un ou l'autre ne parle tout de suite. J'étais sûr qu'il me dirait de ralentir et de m'éloigner.

Mais Sean m'enlaça, et je ne pense pas que son baiser ait jamais été aussi tendre et nécessaire à la fois.

Après Dieu sait combien de temps, il rompit le baiser et posa son front contre le mien.

— Je t'aime aussi.

Le soulagement m'envahit. Je ris un peu, même si cela me paraissait insensé, mais il fit de même, puis l'un de nous se rapprocha et nous nous embrassâmes à nouveau. Sa main était fermement posée sur ma nuque, son autre bras autour de ma taille, et j'aimais sentir qu'il ne voulait pas que je m'éloigne de lui. J'avais incliné ma main plus loin que je ne l'aurais voulu, et il s'agrippait toujours fermement.

Il m'avait subjugué dès le premier jour. D'abord avec le sexe époustouflant, et maintenant avec ça. J'étais tombé amoureux de quelqu'un qui ressentait la même chose ? Putain de merde. Putain de merde !

Je l'étreignis plus fort, et il se pencha sur moi. Mon estomac s'emballa. C'était incroyable. *C'était réel.*

Il m'a fallu quatre décennies et demie pour te trouver, tu ferais mieux de croire que tu valais la peine d'attendre.

Le baiser se termina doucement et parfaitement, et Sean me regarda dans les yeux.

— Sommes-nous fous de penser que quelque chose comme ça pourrait marcher ?

J'écartai quelques mèches de cheveux bleus-noirs de son visage.

— Peut-être ?

Il sourit prudemment.

— Est ce qu'un ancien pilote de chasse est vraiment celui à qui je devrais poser des questions sur des choses insensées ?

Je ris à nouveau, le rapprochant de moi.

— Probablement pas, admis-je avant de déposer un autre doux baiser sur ses lèvres. Et oui, nous sommes peut-être fous, mais j'aime vraiment ça. Tout ce qui concerne ce que nous faisons.

— Surtout la partie où nous enfreignons les règles ?

— Eh bien, cette partie a un certain attrait.

Nous gloussâmes tous les deux, mais en soutenant son regard, je dégrisai. Lui aussi. Le vent fouetta ses cheveux, alors je les écartai de nouveau de son visage.

— Les circonstances sont ce qu'elles sont. Peut-être que c'est insensé et imprudent. En fait, nous *savons* tous les deux *que* ça l'est. Mais chaque fois que nous avons essayé de nous séparer, j'ai continué à graviter vers toi. Alors, même si c'est fou, je ne veux pas le combattre.

— Moi non plus, murmura-t-il. Pourtant, j'ai toujours peur que ça nous explose à la figure.

— C'est toujours possible. Mais je n'ai pas été très fort pour m'en dissuader.

Il gloussa et m'embrassa à nouveau.

De retour dans la chambre d'hôtel, nos vêtements posés sur le sol, nous nous étendîmes ensemble sur le matelas.

Et ralentîmes... nettement.

J'avais perdu la notion du temps. À un moment donné, nous avions marché le long de la plage pour revenir ici, mais j'avais l'impression que c'était il y a des heures. Des jours. Ce n'était pas possible que nous nous soyons enlacés et embrassés seulement pendant quelques minutes. Et nous aurions pu le faire toute la soirée pour autant que je m'en soucie. Tant qu'il était dans mes bras, même après que j'aie stupidement dit que je l'aimais, je me moquais de ce que nous faisions.

Une chose dont j'étais sûr, c'est qu'il y aurait certainement quelque chose qui impliquerait des orgasmes. Nous étions tous les deux trop durs et trop frénétiques pour que cela se termine autrement. Je me fichais de savoir comment on y arriverait. Pénétration ? Fellation ? Branlette ? Peu importait. D'une manière ou d'une autre, je le ferais jouir ce soir, et cette seule pensée faillit *me* faire jouir.

Je me pressai contre lui, l'embrassant plus fort, et il fit de même.

Il recula brusquement et me regarda dans les yeux en haletant.

— J'ai besoin d'un préservatif. *Maintenant.*

La faim féroce dans son expression me donna la chair de poule.

Je fis un signe de tête vers la table de nuit.

— Au même endroit où nous les avons laissés.

Les coins de sa bouche se retroussèrent. Il m'embrassa à nouveau, plus légèrement cette fois, et s'élança vers la table de nuit.

Le préservatif et le lubrifiant en main, il s'assit sur ses talons et...

Se figea.

Il déglutit difficilement et tourna l'emballage carré dans tous les sens entre ses doigts. La faim dans ses yeux s'estompa au profit de quelque chose que je n'arrivais pas à lire. De la nervosité ? Ici ? Au lit ?

J'effleurai sa cuisse.

— Qu'est-ce qui ne va pas ?

— Rien. Mais je...

Il referma ses doigts sur le préservatif et croisa mon regard.

— Peut-être qu'on n'a pas besoin de ça ce soir.

Mon cœur accéléra sa course et je fis courir ma paume sur sa cuisse.

— C'est à toi de décider.

Sean toucha l'emballage avec son pouce.

— Nous avons vu les résultats de nos tests respectifs. Je n'ai touché personne d'autre que toi depuis notre rencontre.

— Moi non plus. Je me contenterai de ce qui te met à l'aise.

Sean prit une grande inspiration. Puis il jeta le préservatif sur la table de nuit, m'entoura de ses bras et m'embrassa à nouveau.

— Je prends ça pour un oui, murmurai-je entre deux baisers.

— Retourne-toi. Je ne peux plus attendre.

— Moi non plus, mais comme ça. Je veux pouvoir t'embrasser.

Sean expira et laissa ses lèvres frôler les miennes.

— J'aime ta façon de penser.

Nous nous assîmes tous les deux et il ouvrit la bouteille de lubrifiant. Entre deux baisers ludiques, nous étalâmes du lubrifiant sur chacun d'entre nous. Puis je m'allongeai, écartai les jambes et essayai de ne pas flipper en le regardant.

Et puis...

Oh, mon Dieu.

La pression de son membre glissant en moi était déjà assez torride. La façon dont Sean ferma les yeux et laissa sa tête tomber en arrière ? Je n'en revenais pas. Il expira et baissa à nouveau les yeux, et ses traits se crispèrent avec une concentration intense tandis qu'il s'enfonçait plus profondément. Un juron chuchoté glissa sur sa langue. Ou peut-être la mienne. Avec ou sans préservatif, la sensation était plus ou moins la même pour moi, mais la différence pour lui se lisait sur son visage. Alors qu'il balançait ses hanches, prenant un rythme doux et régulier, ses yeux se perdirent et ses lèvres bougèrent sans bruit.

Je passai une main le long de ses abdominaux et taquinai son mamelon avec l'ongle de mon pouce, souriant lorsqu'il poussa un sifflement aigu.

— Pu... tain, gémit-il.

— Tu n'as jamais fait ça avant, n'est-ce pas ?

Quand ai-je commencé à manquer de souffle ?

Sean serra ma main contre son torse. Il passa sa langue sur ses lèvres et ses yeux se levèrent pour rencontrer les miens.

— Non. Jamais.

— Tu aimes ?

Il acquiesça lentement, les paupières lourdes.

— Oui. Beaucoup.

— Je m'en doutais.

Je tirai sur nos mains jointes. Il comprit le message et se pencha sur moi, et *maintenant*... merde, c'était parfait. J'enroulai mes bras autour de lui, sans me soucier de jouir trop tôt ou pas du tout.

Sean baissa la tête et commença à me mordiller le cou. Oh, doux Jésus, oui ! Je penchai la tête pour lui offrir plus d'accès, et il en profita. Alors qu'il embrassait ma gorge de haut en bas, il balançait ses hanches juste assez pour me couper le souffle. Il ne poussait pas, il bougeait à peine, mais c'était incroyable.

Il m'embrassa sous la mâchoire et gémit à nouveau alors qu'il s'enfonçait lentement dans mon corps.

— Mon Dieu...

Il se redressa et me regarda, clignant plusieurs fois des yeux, comme s'il avait du mal à se concentrer. Puis il déposa un doux baiser sur mes lèvres avant de se retirer.

— Retourne-toi.

Eh bien, je n'allais pas contester cela. Nous nous déplaçâmes, et en quelques secondes, il fut à nouveau en moi. Je ne pouvais plus le voir ni l'embrasser, mais c'était si bon à ce moment-là que je m'en fichais.

Avec le poids de son corps, il me guida vers le bas, à plat ventre, et je me détendis sur le matelas. Il s'immobilisa, ajustant légèrement sa position, puis il recommença à bouger. Plus vite. Plus fort. Oh, putain. Je fermai les yeux, appuyant mon front sur le matelas. Se faire pénétrer était déjà incroyable, mais le frottement supplémentaire de mon érection contre le drap était irréel.

Je serrai nos doigts et coinçai nos mains jointes sous

mon torse, le gardant aussi près de moi que possible. Le menton de Sean me brûlait l'épaule et il gémissait en s'enfonçant aussi profondément que possible. Ses va-et-vient me coupaient le souffle, et si j'avais pu, j'aurais balancé mes hanches pour l'encourager à me baiser encore plus fort. Peut-être que c'était aussi bien, car si cela devenait plus intense, je me transformerais probablement en cendres.

Sean posa son front sur ma nuque.

— Oh mon Dieu...

Il serra ma main plus fort et me martela encore plus brutalement.

— Je vais jouir.

Je bougeai un peu mes hanches, et ça devait être exactement ce dont il avait besoin, parce qu'il aspira une bouffée d'air et trembla. La façon dont il haletait et tremblait, la façon dont son rythme déraillait comme s'il était trop accablé pour le maintenir, c'était sexy comme tout.

Il enfouit son visage dans mon cou et soupira en se détendant contre moi.

— Seigneur.

— Tu te sens bien ?

— C'est tellement bon, murmura-t-il. Si j'avais su ce que je manquais, nous l'aurions fait depuis longtemps.

J'éclatai de rire. Ce soir, c'était le moment idéal. Il était prêt. Un autre soir, il aurait été nerveux et incertain, et ça n'aurait pas été aussi bon.

— Je dois encore te faire jouir, chuchota-t-il en embrassant le côté de mon cou et en se retirant. Couche-toi sur le dos.

Sean me laissa à peine le temps de me retourner qu'il se jetait sur mon érection. Merde. Oui ! Ses lèvres étaient *magiques*. Je malaxai son cuir chevelu et fermai les yeux quand il me prit plus profondément dans sa bouche.

Il n'avait pas fini, cependant – il reposa son poids sur un bras, et mon cœur s'accéléra quand je réalisai qu'il avait maintenant une main libre.

Oui, vas-y.

Il me tapota la cuisse, m'encourageant à écarter les jambes.

Oh, oui. Oui, s'il te plaît.

Deux doigts glissèrent dans mon orifice bien lubrifié, et avant que je n'aie fini de frissonner, il fit voltiger sa langue autour de mon gland.

— Putain, gémis-je. Oh, merde.

J'avais peur de me montrer trop enthousiaste et de pousser sa tête vers le bas – je *détestais* quand les hommes faisaient ça –, alors j'empoignai les draps à la place.

Ses doigts se recourbèrent à l'intérieur de moi et j'agrippai les draps plus fort. Ma colonne vertébrale se décolla du lit et l'obscurité derrière mes paupières devint blanche, tandis que tout tournait, tournait, tournait, et il ne s'arrêtait pas. Ses lèvres et sa langue, ses doigts – il ne s'arrêta pas, jusqu'à ce que je commence à redescendre et que tout devienne soudain trop intense.

— S... stop, suppliai-je.

Sean s'essuya la bouche du revers de la main, et dès qu'il fut à portée de main, je l'attrapai et l'embrassai. Mon cœur tambourinait, tout mon corps tremblait encore, mais mes lèvres savaient quoi faire avec les siennes. L'embrasser était aussi facile que de respirer, cela ne demandait aucune concentration.

Au bout d'un moment, je rompis le baiser et rencontrai son regard.

— Je ne sais pas si je l'ai déjà dit, bredouillai-je en m'efforçant d'articuler, mais ta bouche est incroyable.

— Tu avais l'air d'apprécier.

Il sourit, puis ajouta :

— Tu penses qu'on devrait rester ici toute la nuit ?

J'embrassai le bout de son nez.

— Absolument. Mais il faudra que je parte vers sept heures.

— Travail ?

— Partie de golf.

Sean rit.

— Évidemment.

— Mais je ferai en sorte de te réveiller avant de partir, plaisantai-je avec un clin d'œil. Rien ne démarre mieux une partie de golf qu'une partie de jambes en l'air matinale.

— Si tu peux encore jouer dix-huit trous après que je t'ai baisé, c'est que je fais quelque chose de mal.

J'éclatai de rire.

— Tu es plus que bienvenu pour essayer.

— Je le ferai.

— Promis ?

Il sourit.

— Et comment ! Pour l'instant... douche ?

— Douche.

Sous la douche chaude, j'enlaçai Sean et l'embrassai. Son corps était chaud et lisse contre le mien, son baiser était paresseux et doux. Nous nous savonnâmes et rinçâmes, mais surprise, surprise, aucun de nous n'était pressé de sortir de la douche. Typique.

Pourtant, il fallait bien que ça se termine, et nous regagnâmes finalement le lit. Là, nous nous retrouvâmes face à face sous les draps.

Sean rit doucement.

— Quoi ? demandai-je.

— Comment *allons-nous* faire pour que ça fonctionne ?

Je secouai la tête.

— Je n'en ai aucune idée.

Je me demande encore si c'est possible.

— Nous ne pouvons toujours pas le dire à qui que ce soit.

— Non, assurément pas.

Mon estomac se contracta. Les relations secrètes étaient une recette pour le désastre. Maintenant que nous avions fait un grand pas en avant, je ne pouvais m'empêcher de me demander si l'inévitable n'était pas au coin de la rue.

Mais Sean se contenta de m'embrasser à nouveau et de sourire.

— Je ne sais pas *comment* ça va se passer. Tout ce que je sais, c'est que j'en ai envie. Alors, on trouvera un moyen.

Tu n'as pas idée à quel point j'aimerais que ce soit vrai.

— Ça me suffit.

Je l'embrassai doucement.

— Je t'aime.

— Je t'aime aussi.

Nous nous installâmes pour dormir. Sean se tourna sur le côté, et je me moulai à lui. En un rien de temps, il s'était endormi.

Moi, pas vraiment. J'étais épuisé, mais je n'arrivais pas à dormir. Allongé dans cette chambre d'hôtel sombre, faisant glisser mes doigts le long de son bras et l'écoutant respirer, j'étais complètement réveillé.

D'une manière ou d'une autre, aujourd'hui, on était passé de « *je dois te voir* » à « *je t'aime* ». C'était logique, mais ça me sidérait quand même.

Et d'ailleurs, je me demandais si je n'étais pas complètement idiot.

Qu'est-ce que je fais ?

J'aime à croire que je n'étais pas stupide, mais je ne nierais pas que je pouvais être sacrément imprudent. Être imprudent avec un avion d'un milliard de dollars, c'était une chose. Avec une carrière de plus de vingt ans ? Deux carrières de plus de vingt ans ? Sans parler des émotions de Sean ?

C'était plus qu'imprudent. On ne pouvait plus prétendre que c'était quelque chose à faire jusqu'à ce que la Navy le torpille inévitablement. Non, nous nous étions bien plus profondément impliqués que nous ne l'aurions dû.

Mais... *comment* en était-on arrivés là ? Nous n'aurions pas dû avoir ce genre de connexion. Il était trop jeune. J'étais trop vieux. Il y avait trop de raisons professionnelles pour lesquelles je n'avais rien à faire près de lui, et encore moins *si* près de lui.

Je n'aurais pas pu l'arrêter même si je l'avais voulu. Peu importait comment ou pourquoi il était entré sous ma peau – il l'avait fait. Quoi qu'il en soit, cela ne ressemblait en rien à mes relations précédentes.

Bien sûr que cela n'avait rien à voir avec mes relations précédentes. Celles-ci étaient toutes basées sur des choses qui n'auraient pas dû avoir leur place entre deux personnes. Deux mariages pour faire taire les rumeurs sur l'homosexualité. Des petits amis qui regardaient mon rang et voyaient le signe dollar, ou qui étaient prêts à parader en guise de déclaration politique jusqu'à ce que la nouveauté s'estompe. Si toutes mes relations avaient un point commun, c'était la connerie. Il y avait toujours une arrière-pensée. Des écrans de fumée. Des déclarations.

Mais rien de tout cela n'existait avec Sean. Si cela se savait, ma carrière était foutue et sa relation avec son père aussi.

Et nous avions déjà laissé les choses aller trop loin. Plus on laissait faire, plus c'était profond, et il y avait de plus en plus d'occasions pour que quelqu'un le découvre.

Mais allongé ici avec Sean contre moi, la tête encore légère de la journée que nous avions passée et du sexe que nous avions eu, je ne pouvais pas justifier le fait de m'éloigner. Je voulais voir où cela pouvait mener. Au diable les conséquences, je voulais savoir ce que c'était que d'être amoureux de quelqu'un sans autre raison que, eh bien, d'être amoureux de lui.

Cette connexion était terrifiante, étonnante et addictive, et s'il me restait un cerveau, je m'en irais. Mais je savais très bien que je ne le ferais pas.

Merde. Il n'était pas étonnant que nous ayons tous les deux oublié notre différence d'âge – il était sage au-delà de son âge, et j'étais l'idiot qui ne voulait pas se comporter en homme et être la voix de la raison. C'est moi qui aurais dû dire : « *Écoute, il y a trop de choses en jeu* » ou « *Même si j'aimerais beaucoup faire ça* »... Mais l'ange de la maturité qui se trouvait sur mon épaule gauche était étouffé par le diable qui se trouvait sur la droite et qui n'arrêtait pas de me rappeler à quel point quelqu'un comme Sean m'avait manqué dans ma vie.

J'enlaçai Sean un peu plus fort et embrassai le côté de son cou. Il murmura dans son sommeil et se pressa contre moi, mais ne se réveilla pas.

Je ne savais pas comment nous allions faire pour que cela fonctionne.

Mais je savais que nous devions le faire.

CHAPITRE 21

SEAN

L e lendemain matin, sur le chemin du retour du motel, je me sentais comme une merde.

J'aurais dû sourire comme une fou, étourdi de savoir que Paul m'aimait. Sans parler du fait que j'aurais pu m'évanouir en repensant à tout ce sexe incroyable que nous avions eu la nuit dernière et ce matin.

Mais non, je me sentais comme une merde.

Nous nous leurrions, je le savais. Il devait le savoir aussi. Peu importait que nous soyons amoureux, qu'il puisse me faire jouir plus fort que n'importe quel homme sur la planète, ou que dormir à ses côtés soit la chose la plus parfaite qui soit. Il était toujours le capitaine de mon père, et c'était toujours quelque chose qui ne pouvait pas se produire. Ou... bien... *continuer à* se produire.

Je me secouai, serrai le volant et suivis les routes familières en pilote automatique.

Et maintenant ?

Maintenant, nous...

Putain, je ne savais pas. Je savais ce que nous devions faire, mais ce que nous allions faire ? Mystère, car apparemment « ce que nous étions censés faire » n'était pas toujours ce que nous faisions.

Je me garai devant la maison, à ma place de stationnement habituelle, et ma gorge se noua. Papa était encore à la maison. Merde.

Il n'allait pas me reprocher d'avoir découché toute la nuit. Ce n'était pas la première fois et ce ne serait pas la dernière. Mais ma conscience coupable était bien éveillée et me harcelait désormais, me rappelant avec chaque petit pincement que j'avais été au lit avec le capitaine de mon père la nuit dernière.

Tu le savais bien. Qu'est-ce qui t'a pris ?

Papa n'avait aucun moyen de le savoir, mais cela ne m'empêchait pas de craindre qu'il s'en aperçoive soudainement. Il me fallut toute ma concentration pour me servir nonchalamment un bol de céréales et le manger en faisant comme s'il ne s'était rien passé la nuit dernière qui puisse causer des problèmes à qui que ce soit si quelqu'un l'apprenait. Bon sang, je n'avais même pas été aussi nerveux la première fois que mon père était venu me chercher au poste de sécurité de la base, quand j'avais douze ans. Ni la troisième fois, lorsqu'ils nous avaient menacés, un ami et moi, d'inculpation pour avoir fumé de l'herbe dans les logements de la base.

Je réussis à garder mon calme et terminai finalement mon petit déjeuner. Après avoir rincé mon bol, je me dirigeai vers les escaliers. J'étais libre de rentrer chez moi. Merci bien.

— Hé, Sean ?

Je me figeai.

Sois cool. Joue-la cool.

Je me retournai.

— Oui ?

Papa pencha légèrement la tête et me fit signe de revenir dans la cuisine.

— Je peux te parler une seconde ?

Je le rejoignis, le cœur dans la gorge.

— Bien sûr. Qu'est-ce qu'il y a ?

Il appuya une hanche contre le comptoir et croisa les bras sur son torse.

— Tu vois quelqu'un, n'est-ce pas ?

C'est drôle que tu poses la question.

Je luttai contre l'envie de m'agiter nerveusement et de me trahir.

— Euh, oui. Pourquoi ?

Il m'étudia, laissant le silence s'éterniser jusqu'à devenir atrocement inconfortable avant de prendre enfin la parole.

— Écoute, ta vie personnelle te regarde. Je ne te demanderai pas de l'amener pour que je le rencontre avant que tu ne sois prêt à le faire.

Je frémis à cette idée, et je le regrettai instantanément lorsque le front de mon père se plissa.

— Je suis sérieux, dit-il en se mordillant la lèvre. Mais tu agis bizarrement et je suis inquiet. Le type avec qui tu sors, est-ce qu'il te traite bien ? Je veux dire, est-ce qu'il y a quelque chose dont tu dois me parler ?

Je baissai la tête. C'était probablement incriminant, mais je ne pouvais pas le regarder dans les yeux. Et ma conscience n'avait pas besoin de plus pour se plaindre de moi, pourtant, à présent, je devais ajouter « Papa est malade d'inquiétude et pense que ton mec abuse de toi » à ce beau bordel.

Il se repoussa du comptoir et s'approcha un peu plus.

— Sean, tu es un adulte, mais je suis toujours ton père, et je sais quand quelque chose ne va pas. Parle-moi. Qu'est-ce qui se passe ?

Je refoulai les émotions qui tentaient de m'obstruer la gorge. Être imprudent avec les carrières, c'était déjà bien assez grave. Que mon père se sente comme ça ? C'était merdique.

— Je ne suis pas avec quelqu'un qui me fait du mal, d'accord ?

— Alors qu'est-ce qui ne va pas ? Parce que tu n'es pas toi-même.

— Rien... rien ne...

Mon Dieu, j'avais l'air pathétique.

— C'est juste un peu... Je veux dire, les choses sont un peu...

Il posa une main lourde sur mon épaule.

— Sean. Regarde-moi.

Cela me demanda un certain effort, mais j'obéis, et l'inquiétude palpable dans ses yeux me toucha en plein cœur.

— Parle-moi, supplia-t-il. S'il te plaît. Tu me fais peur.

Seigneur. C'était un homme qui avait connu le combat sur le terrain. Il avait écouté les mortiers tomber sans savoir où ils atterriraient et qui de son peuple – y compris lui-même – pourrait mourir. Il savait ce qu'était vraiment la peur – il avait encore des cauchemars et des flashbacks qui prouvaient qu'elle n'avait jamais complètement disparu – et maintenant il avait peur pour moi. Parce que j'agissais bizarrement, parce que j'étais impliqué avec quelqu'un que je n'aurais jamais dû toucher.

Avant de pouvoir m'arrêter, je répondis :

— C'est ton capitaine.

Mon père se figea.

— Répète ?

Je m'affalai contre le comptoir et expirai.

— Il est... Je sors avec ton capitaine. En quelque sorte.

Il retira sa main de mon épaule.

— En quelque sorte ? Qu'est-ce que ça veut dire ?

— Je veux dire, nous...

Oh, il n'y avait pas d'explication sur notre relation qui ne prendrait pas toute la journée, et papa n'aurait certainement pas la patience ou le temps. Je me contentai donc de soupirer et de secouer la tête.

— Je sors avec lui. Je sors avec ton capitaine.

Il me fixa un long moment. La mâchoire décrochée, les yeux écarquillés, il me regardait comme s'il attendait la chute. Comme je n'ajoutai rien, il leva les bras au ciel.

— Putain de merde ! Tu te fous de moi ? As-tu la moindre idée de ce qui pourrait arriver si quelque chose comme ça était découvert ?

La rancœur couvait sous ma peau. Oui, je le savais. Oui, j'avais continué quand même. Et oui, j'en avais un peu marre de restreindre ma vie privée à cause de la Navy.

— Papa, je...

— Que se passera-t-il si je deviens maître-chef cette année, hein ? Le capitaine Richards *signe mon dossier d'aptitude.* Tu ne penses pas que quelqu'un pourrait s'étonner qu'un homme devienne chef alors que son fils sort avec le capitaine ? Tu ne penses pas que ça ressemblera à une faveur accordée pour...

— J'ai compris.

Il expira difficilement.

— Vraiment ? Je ne me suis jamais mêlé de ta vie amoureuse. Jamais. Tu es un adulte, et tes fréquentations ne me regardent pas. Mais cette fois-ci...

Il secoua la tête.

— Pour l'amour de Dieu, à quoi tu penses ?

Que Paul me pousse dans mes retranchements et coche toutes mes cases comme aucun autre homme ne l'a jamais fait ?

— Écoute, je...

— Honnêtement, ça n'a pas d'importance, me coupa papa, les dents serrées. C'est le genre de chose qui pourrait lui coûter sa carrière et me priver du poste de maître-chef. Ne t'approche plus de lui, Sean.

Il marqua une pause, resserrant sa mâchoire.

— Est-ce qu'il sait qui tu es ?

Je plissai les yeux.

— Tu veux dire est-ce qu'il sait qui *tu* es ?

Il me lança un regard noir.

— Tu peux couper les cheveux en quatre tant que tu veux. Le fait est qu'il est mon capitaine.

— Je sais. Je sais et...

— Bon sang, Sean.

Il se pinça l'arête du nez, puis ses bras retombèrent le long du corps.

— Il n'y a pas assez d'hommes dans cette ville ? Il faut que tu en trouves un qui soit dans cette foutue base, et dans ma chaîne de commandement ? Au *sommet de* ma chaîne de commandement ?

— Alors maintenant, je ne peux plus sortir avec des militaires ?

Papa se renfrogna.

— Si c'est le cas, tu ne peux pas vraiment être surpris quand ça cause des problèmes.

Je lui lançai un regard noir.

— Oh, je ne suis pas surpris. Au moins, quand je sors avec des militaires, j'ai déjà l'habitude des conneries. Je sais ce qui peut m'arriver. S'il part pour un déploiement de combat, j'ai *beaucoup d'*expérience pour ce qui est de perdre le sommeil et d'éviter les informations.

Ces souvenirs me donnèrent la chair de poule, mais je ne voulus rien laisser paraître.

— La seule différence, c'est que je ne serai pas un enfant qui se demande si son père va rentrer vivant, mais un adulte qui se demande si son petit ami rentrera.

Mon père recula un peu.

— Je suis...

Sa pomme d'Adam s'agita.

— Je suis désolé, m'excusai-je.

Je baissai les yeux. Bon sang. C'était vraiment déplacé. Qu'est-ce qui n'allait pas chez moi ? J'en voulais à la Navy, pas à lui. Il ne méritait pas que je m'emporte, et encore moins que je lui jette *ça* à la figure.

— Je suis désolé. Je ne voulais pas... C'est...

— Je sais, dit-il calmement. Ce n'est pas que je m'opposerais à ce que tu sortes avec un militaire, mais c'est mon capitaine. Et il ne s'agit pas seulement de ma carrière. C'est aussi la sienne. Que penses-tu qu'il se passera si quelqu'un découvre qu'il sort avec mon fils ?

Je le regardai à nouveau.

— Comment le découvriraient-ils ?

Il ne répondit rien.

Une nouvelle colère me comprima la poitrine.

— Tu menaces de le dénoncer ?

Les yeux de papa se plissèrent.

— Qu'est-ce que tu veux que je fasse ?

Je me mordis la joue, ce qui me permit de me recentrer et de ne plus me focaliser sur le fait que j'étais à deux doigts de lui crier dessus ou de casser quelque chose. Cela ne m'aida pas à trouver une réponse solide. Il n'y en avait pas. Nous savions tous les deux qu'il n'y en avait pas. Énervé comme je l'étais, je ne pouvais pas prétendre que papa avait tort. Ou que j'étais surpris que tout cela m'ait finalement explosé à la figure.

Il expira difficilement.

— Sean... Écoute, tu dois vraiment y réfléchir. Il ne s'agit pas seulement de ce que je ferais ou de ce que je ferais passer en premier. Si ta relation avec lui est révélée, penses-tu vraiment que le capitaine Richards va abandonner une carrière comme la sienne pour une relation qui ne date que de quelques semaines ? Tu as la moitié de son âge. Il est diplômé de l'Académie. Il veut devenir amiral. Ce n'est pas un homme qui prend sa carrière à la légère. Crois-moi, Sean, au premier signe de problème, il te quittera avant de risquer de ternir sa carrière.

Mon estomac tomba dans mes talons. Je n'y avais pas pensé, et maintenant que c'était dit, je ne pouvais pas discuter.

— Je suis désolé, murmura-t-il.

— J'en suis sûr, m'emportai-je.

Papa soupira.

— Pour l'amour de Dieu. Tu sais que je ne fais pas ça pour m'amuser. Tu es mon fils. Bien sûr que je me soucie de *toi*.

— Plus que tu ne te soucies de ta putain de carrière ?

Aussitôt les mots prononcés, je les regrettai. Me frottant les dents, je me passai une main sur le visage et laissé un rire amer, parce que c'était soit ça, soit pleurer à chaudes larmes.

— J'aurais dû me douter que la Navy finirait par mettre fin à tout ça. Dieu sait qu'elle fout déjà en l'air tout le reste de ma vie.

Les épaules de papa s'affaissèrent.

— Je suis...

Je levai une main.

— Non. S'il te plaît. Ne dis plus jamais que tu es désolé.

Il soutint mon regard mais n'ajouta rien.

Je déglutis et m'éloignai du comptoir.

— J'ai besoin de sortir un peu.

— Tu vas aller voir...

— J'ai besoin de réfléchir.

Il m'appela, mais je ne compris pas ses mots, parce que j'étais déjà en train de me précipiter vers la porte. Sans m'arrêter ni me retourner, je rejoignis ma voiture, montai dedans et décampai.

Au moins, papa n'essaya pas de m'arrêter. Il était probablement en train de lever les yeux au ciel, de secouer la tête et de dire à Julie que je reviendrais une fois que je me serais calmé. Ce qui était vrai. En quittant le quartier, je serrai le volant comme si ma vie en dépendait, même moi je savais très bien que je reviendrais une fois que j'aurais relâché la pression. Apparemment, c'était quelque chose que j'avais hérité de ma mère, et cela permettait d'éviter que les choses ne dégénèrent lorsque papa et moi étions en conflit.

En conduisant, je n'arrivais pas à me calmer. Je n'arrivais pas à me détendre. Je ne savais même pas où je voulais aller ni quelle autoroute serait le meilleur endroit pour se concentrer sur quelques virages et courbes. Le bruit de la route ne faisait rien pour m'aider. Qu'est-ce que c'était que ce bordel ?

Merde.

Bien sûr, ça ne m'aidait pas. Comment étais-je censé rouler et me défouler alors que je conduisais littéralement *à l'intérieur de l'endroit où Paul et moi nous étions rencontrés* ? J'étais assis ici même quand il était monté la première fois et m'avait dit de rouler. C'était ici qu'il m'avait embrassé la première fois. Dans le rétroviseur, je pouvais voir la banquette arrière où il m'avait embrassé la première fois. La première fois que je l'avais baisé, c'était à l'arrière de cette voiture.

Je commis l'erreur de jeter un coup d'œil dans le rétroviseur et j'aurais pu jurer voir le reflet fantôme de Paul penché sur le coffre pendant que je le pénétrais par-derrière.

À présent, il était la raison pour laquelle papa et moi nous disputions, et la raison pour laquelle j'étais endolori et épuisé et que je me sentais comme le plus grand crétin du monde, et...

Mon cœur se serra. Mes mains se relâchèrent un peu sur le volant.

La confrontation m'avait laissé nerveux. Mon cœur s'emballait et mes genoux tremblaient, comme cette sensation de panique après un accident de la route. Papa et moi ne nous étions jamais battus. D'accord, nous nous étions disputés de nombreuses fois lorsque j'étais adolescent, mais la plupart du temps, tout se passait bien. Même quand je faisais des conneries, il était calme et raisonnable.

Jusqu'à ce que je couche avec son capitaine.

Je jurai dans le silence. Je voulais haïr mon père pour son ingérence, mais que pouvais-je faire ? Il avait raison, je savais qu'il avait raison, mais j'en voulais aussi à la Navy de mettre constamment des bâtons dans les roues de ma vie. Tout dans mon monde revenait à la Navy. À la carrière de mon père. Je ne pouvais pas me comporter d'une certaine manière, parce que cela pouvait rejaillir sur lui. Me faire prendre à fumer de l'herbe quand j'avais seize ans avait suffi à me faire punir, mais me faire prendre dans un logement de la base par la sécurité avait créé une tempête de merde qui avait ou non affecté la promotion de mon père cette année-là. Tout ce que je savais, c'est qu'il n'avait pas été promu et qu'il ne m'avait pas parlé pendant les trois jours qui avaient suivi la publication des résultats.

Et maintenant, comme tout le reste, ma vie sexuelle était soudainement tombée sous la juridiction de la Navy, et mon choix de partenaires ne convenait pas à cause de la putain de carrière de mon père. Surtout maintenant qu'il était dans les rangs supérieurs, il ne pouvait pas se permettre que j'entretienne une relation avec son capitaine. Et Paul ne pouvait certainement pas se permettre que les gens découvrent qu'il avait une relation avec le fils d'un subordonné. Le grade suivant pour lui était celui d'amiral, et devenir amiral était une chance sur cent qui nécessitait presque *littéralement* un acte du Congrès. Les jeux politiques étaient peut-être des conneries pour moi, mais ils étaient essentiels à la mission de mon père et de Paul, et quoi que Paul et moi fassions... eh bien, cela n'allait les aider ni l'un ni l'autre.

Peu importait à quel point je m'étais laissé séduire par lui, la vérité était toujours là – si quelqu'un découvrait notre existence, Paul n'allait pas choisir son petit ami d'une vingtaine d'années au détriment de sa carrière. Je ne pouvais pas lui demander de le faire, et même si je le faisais, il n'y avait aucune chance qu'il le fasse.

Ce qui signifiait qu'il n'y avait qu'une seule chose à faire.

CHAPITRE 22

PAUL

S'il y a une chose pour laquelle je *n'avais pas* signé lorsque j'avais décidé de m'engager dans la Navy, c'était bien pour ces foutues réunions. Je voulais voler, et le contraire de voler était de s'asseoir sur une chaise et d'essayer de rester éveillé pendant que d'autres personnes – parfois au-dessus de mon grade, parfois en dessous – déblatéraient des conneries qui auraient pu être condensées dans un e-mail. Au diable les chaises ergonomiques, j'en voulais une équipée d'un système d'éjection.

Mais une commission du Congrès était préoccupée par la fermeture d'une base et le transfert de son escadron sur la NAS Adams. Il fallait donc organiser des réunions pour s'assurer que nous étions tous informés et préparés pour la réunion de la semaine suivante avec le commodore et quelques sénateurs qui s'ennuyaient, apparemment. C'était probablement ce que je préférais le moins dans mon rôle de capitaine. Je savais qu'une fois arrivé à ce niveau, il y aurait de la politique et des lèche-culs, mais je n'avais pas prévu à quel point je détesterais ça. Heureusement que j'aimais le reste de mon travail. Peut-être que lorsque je serais amiral, ils pourraient tous *me* lécher le cul.

Pour l'instant, cependant, je devais être gentil avec eux parce qu'ils pouvaient faire ou défaire ma chance d'obtenir une promotion. En supposant que j'*aie* une chance, ce qui n'était pas le cas, tant que la Navy ne m'avait pas donné un putain de navire, mais peut-être que *le* fait de placer fermement mon nez entre les fesses d'un sénateur accélérerait le processus. Le bon coup de fil du bon sénateur à la bonne personne en haut lieu pourrait faire l'affaire, après tout, et à ce stade, je n'étais pas au-dessus de tout ce qui pouvait me mettre à la barre d'un porte-avions.

La réunion se termina enfin. Après avoir serré la main de tout le monde, je quittai la salle de conférence. Alors que je me dirigeais vers mon bureau, je sortis mon téléphone de ma poche, mais avant d'avoir pu consulter l'écran, une voix m'arrêta.

— Monsieur, puis-je vous parler une minute ?

Je me retournai et tombai sur le premier maître Wright, debout près de mon bureau, son calot rangé sous le bras. Quelque chose se resserra dans mes tripes et j'empochai mon téléphone.

— J'ai un peu de temps. Que puis-je faire pour vous, Premier maître ?

Il serra la mâchoire et déplaça son poids d'une jambe sur l'autre.

— Y a-t-il une chance que nous puissions faire ça en privé ?

— Euh, oui. Bien sûr, acceptai-je en lui faisant signe de me suivre. Par ici.

Nous entrâmes dans mon bureau et Wright ferma la porte derrière nous.

Je m'assis à mon bureau et indiquai d'un geste les deux chaises qui se trouvaient devant.

— Asseyez-vous, Premier maître.

— En fait...

Il se racla la gorge et mit les mains derrière le dos, se raidissant légèrement et adoptant presque une position de parade.

— Je ne préfère pas, Monsieur.

Je croisai les mains sur le bureau.

— Je vois. Que puis-je faire pour vous ?

— C'est à propos de mon fils.

Mon sang se transforma en glace.

Oh, merde. Il est au courant.

— D'accord.

J'inclinai la tête, espérant qu'il le prenne comme l'*attitude* décontractée de quelqu'un qui n'avait aucune raison de se sentir coupable.

Il se tint encore plus droit.

— Mon fils s'appelle Sean Wright.

Je déglutis.

— Sean Wright ?

Wright plissa les yeux.

— Vous le connaissez, alors ?

— Euh...

Comment l'avait-il découvert, putain ?

— Cheveux noirs ? Chauffeur de taxi ? Il n'est même pas en vie depuis aussi longtemps que vous êtes dans la Navy ?

Je serrai les dents. En temps normal, je ne tolérais pas que des subordonnés me parlent ainsi, mais je n'avais pas l'habitude de fricoter avec leurs enfants adultes. J'avais de la chance qu'il soit aussi calme.

— Lorsque nous nous sommes rencontrés, j'ignorais qu'il était votre fils. Je ne l'ai su que récemment.

— Mais maintenant, vous le savez.

— Oui.

— Et avant cela, vous deviez savoir qu'il a la moitié de votre âge, *Monsieur*, cracha-t-il.

— C'est un adulte.

— À peine ! s'exclama Wright avant de soupirer. Avec tout le respect que je vous dois...

Je secouai la tête.

— Non. Laissons tomber les prétentions professionnelles et parlons-en d'homme à homme.

— Non, Monsieur, je ne suis pas d'accord, dit-il froidement. Je pense que vous devez vous rappeler qui vous êtes, qui je suis, et qui vous baisez.

Je tressaillis, et lui aussi, comme s'il n'avait pas eu l'intention de reconnaître verbalement ce qui se passait exactement entre Sean et moi.

Je croisai les mains sur le bureau et commençai à parler, mais Wright me devança.

— Avec tout le respect que je vous dois, Monsieur, je me fiche éperdument que mon fils ait une relation avec un homme. Même un homme beaucoup *plus âgé*.

Sa lèvre se retroussa avec une pointe de dégoût.

— Mais la limite est franchie ici. Monsieur, vous et moi savons qu'il y a beaucoup en jeu si ça se sait.

Je me pinçai les lèvres et hochai la tête.

— Je sais. Je lui parlerai.

— Et ça ne va pas... ça ne va pas continuer ?

Il y avait une pointe de menace dans sa voix. Une menace à peine voilée. Un non-dit... *ou dois-je m'arrêter au bureau du JAG en sortant ?*

— Non, Premier maître.

Wright respira lentement.

— Merci, Monsieur.

Je lui adressai un léger signe de tête.

Il se décala et jeta un coup d'œil vers la porte.

— Je, euh, devrais retourner à...

— Oui. Oui, en effet. Euh, rompez.

Avais-je besoin de le congédier ? Il m'avait confronté. À juste titre. Quel était le protocole ? Eh bien, peu importait. Je l'avais congédié.

Wright hésita, comme s'il avait quelque chose d'autre à ajouter – peut-être un dernier avertissement de ne pas s'approcher de son fils, ou peut-être aussi qu'il était confus quant au protocole à suivre pour mettre fin à ce genre de conversation. Puis il ajusta son calot, qui était toujours rangé sous son bras.

— Monsieur, me salua-t-il, avec un signe de tête sec.

Je lui rendis son hochement de tête.

— Premier maître.

Dieu merci, il se retourna pour partir, et il ne s'arrêta pas.

Après qu'il eut fermé la porte, je me penchai en avant sur ma chaise et je me frottai les tempes. Eh bien, merde. Je ne sais pas comment le premier maître Wright avait compris, mais cela n'avait pas d'importance. Je savais que je jouais avec le feu, et j'en avais redemandé. Désormais, il était temps de limiter les dégâts avant que l'un de nous ne se brûle.

Et que je le veuille ou non, limiter les dégâts signifiait mettre fin à ma relation avec Sean, pour de bon cette fois.

Je sortis mon téléphone en soupirant. Quand je l'allumai, un message m'attendait déjà.

Il faut qu'on se parle au plus vite.

CHAPITRE 23

SEAN

Nous convînmes de nous retrouver dans une chambre de motel.

C'était dangereux, mais nécessaire. Nous ne pouvions pas faire cela en public, et je ne me sentais pas à l'aise de le faire par téléphone. Tentant ou non, je lui devais de l'affronter, en personne, et de faire ce que nous aurions déjà dû faire il y a longtemps.

Lorsqu'il entra dans la pièce où je l'attendais, sa vue ne m'avait jamais fait aussi mal. Un mélange de douleur et de rage me prit aux tripes.

Pourquoi me suis-je laissé séduire par toi ?

Pourquoi me dire que tu m'aimes alors que tu sais très bien que ça ne marchera jamais ?

Pourquoi je n'arrive pas à trouver un moyen de faire fonctionner tout ça ?

Il s'agita.

— Ton père est au courant, donc.

Je grimaçai. Apparemment, papa m'avait devancé.

— Oui.

Paul se mordit la lèvre.

— Comment l'a-t-il découvert ?

— Je lui ai dit.

— Quoi ? Es-tu fou ?

— Non.

J'évitai son regard, détestant la façon dont ma voix tremblait.

— S'il y a une chose que je ne peux pas faire, c'est mentir à mon père. Il m'a confronté parce que j'agissais bizarrement, et je...

— Ça n'a vraiment pas d'importance, me coupa Paul, la voix plus douce à présent. Nous avons été découverts. Et il...

— Ouais.

Eh bien, merde. J'avais passé tout le trajet à me forcer à venir ici, je n'avais pas pris la peine de répéter ce que je devais dire.

— Je suppose qu'il n'y a pas grand-chose à dire. Il faut qu'on arrête de se voir. Pour de bon, cette fois.

— Je sais, soupira-t-il. Nous n'aurions pas dû laisser les choses aller aussi loin.

— Sans déconner. D'ailleurs, même si personne ne l'avait découvert, nous savons tous les deux que la Navy y aurait mis fin tôt ou tard.

Les mots sortirent avec beaucoup plus d'amertume que je ne l'avais prévu, et à en juger par la façon dont il m'observa, Paul ne le manqua pas.

— Qu'est-ce que ça veut dire ?

Je soufflai.

— Tu sais que ce n'était qu'une question de temps. Papa et toi êtes tous les deux des militaires de carrière. Je sais ce que vos carrières représentent pour vous deux, et je ne peux pas être la raison pour laquelle elles sont endommagées, surtout si près de la fin.

Je déglutis difficilement, me demandant combien de temps je pourrais empêcher cette boule de monter dans ma gorge.

— Je ne peux pas non plus rester dans les parages en sachant que je serai jeté à la seconde où il se passera quelque chose.

Paul me regarda comme si je l'avais frappé au visage.

— Quoi ? Non ! Je ne voudrais pas... Sean, c'est...

Je secouai la tête.

— Paul. Tu as travaillé sur ta carrière plus longtemps que je n'ai vécu. Peux-tu me dire honnêtement que tu y renoncerais pour moi ?

Il ouvrit la bouche comme s'il allait répondre, mais s'arrêta.

— Tu vois ? murmurai-je en baissant la tête. Le fait est que je suis épuisé. Je suis épuisé de toujours passer après la carrière de quelqu'un d'autre. Et je comprends, tu sais ? Ta carrière est importante pour toi, et celle de mon père est importante pour lui. Je sais que les choses peuvent mal tourner, que tu peux te retrouver dans la merde pour ça, et...

J'agitai la main.

— Je comprends tout ça. Mais je comprends aussi que la Navy me traîne partout depuis aussi longtemps que je m'en souvienne. Je n'ai pas vécu à moins de trois mille kilomètres de ma mère depuis dix ans. J'ai fréquenté trois lycées. Tous les gens que j'ai connus...

Je fis une pause pour me ressaisir.

— Je suis désolé. Je ne peux pas continuer comme ça.

Paul déglutit.

— Je ne peux pas arranger ça, sinon je le ferais.

— Je sais. Et je n'ai pas dit que c'était ta faute. C'est comme ça.

Je haussai les épaules autant que je le pouvais, car je me sentais si lourd.

— Je ne peux plus le supporter.

— Il doit y avoir un moyen, dit-il, chuchotant à peine. Nous...

Je secouai la tête.

— Non. Je veux dire, réfléchis-y. Tout ce que nous avons fait a été amusant, mais combien de temps cela va-t-il vraiment durer ? J'ai vingt ans de moins que toi. Tu as consacré ta vie à construire cette carrière. Si la Navy te demandait de choisir entre elle et moi, nous savons tous les deux ce que tu choisirais.

Paul baissa les yeux et pinça les lèvres.

Je ravalai la boule dans ma gorge. Je savais pertinemment que j'avais raison, mais la confirmation silencieuse me piquait plus que je ne l'aurais cru. C'était donc ce que les gens voulaient dire lorsqu'ils affirmaient que la vérité faisait mal. D'un autre côté, cela signifiait peut-être que je pouvais m'éloigner pour de bon cette fois-ci.

— Qu'est-ce que tu veux que je te dise ? chuchota-t-il, rencontrant à nouveau mon regard. Je t'aime. Tu sais que je t'aime. Mais je...

— Il n'y a rien que tu puisses dire. Il n'y a rien que personne ne puisse dire.

Je haussai les épaules, ce qui me demanda plus d'efforts que prévu.

— Nous devons l'accepter et aller de l'avant.

Il secoua la tête.

— Il y a... Il doit y avoir un moyen de...

— Il n'y en a pas. Tu sais qu'il n'y en a pas. Et je ne peux pas.

Il me dévisagea, les sourcils haussés et les yeux écarquillés.

Je secouai la tête et fis un demi-pas vers la porte.

— Je suis désolé, Paul. Je dois y aller.

Je ne me sentais pas capable de m'éloigner de lui comme je l'avais fait avec mon père. Papa était habitué à ce que je parte en claquant la porte quand je m'emportais. Paul et moi n'avions jamais fait cela auparavant. Et je n'étais pas en colère contre lui. Contre notre situation, oui, mais surtout, j'avais mal. Je ne voulais être nulle part ailleurs qu'ici, avec lui.

Mais plus je m'attardais, plus il était probable qu'il trouve quelque chose à dire pour m'empêcher de partir.

Alors, sans un mot de plus, je tournai les talons et partis.

Et il n'essaya pas de m'arrêter.

Les dents serrées, je laissai Anchor Point dans la poussière aussi vite que possible.

C'était fini. Complètement et totalement fini. J'en avais ma claque de cette ville paumée. J'en avais ma claque de sa base aérienne. Non, de la Navy. Ce ne serait pas différent près de n'importe quelle autre base. En vérité, j'aurais dû le savoir dès le départ. J'aurais dû demander à Paul ce qu'il faisait dans l'armée. J'aurais dû le passer au crible concernant la carrière de papa et étouffer l'affaire dans l'œuf avant qu'elle ne devienne quelque chose de douloureux à laisser derrière soi.

Si j'avais quitté la maison de mon père et n'étais plus à sa charge, cela n'aurait rien changé pour Paul. Papa était toujours sous son commandement, et le fait de sortir avec moi aurait toujours valu à Paul d'être épinglé pour fraternisation ou peu importe comment on appelait ça lorsqu'un capitaine faisait quelque chose de ce genre.

J'étais épuisé. Je comprenais les règles de la Navy, mais je leur en voulais. Je n'avais pas choisi la vie dans l'armée.

J'avais besoin de m'éloigner de la Navy. Il était temps de

vivre ma propre vie. D'une manière ou d'une autre, j'allais me tirer d'ici et trouver un endroit où je n'aurais pas à vérifier l'identité militaire d'un gars avant de le baiser. Je ne savais pas où je finirais ni comment j'y arriverais, mais je devais trouver un endroit qui n'avait jamais vu de bateau auparavant.

Je trouverais une solution. Pour l'instant, j'avais besoin d'être seul. J'avais besoin de ma voiture, de mes pensées, de la radio et du bruit de l'asphalte. J'avais besoin d'une autoroute sinueuse qui ne menait nulle part en particulier.

Je pris donc la direction du sud.

Je pris l'autoroute.

Et roulai.

Il était presque trois heures du matin lorsque je me garai sur le trottoir, devant la maison de mon père et Julie. La seule vue de son pick-up dans l'allée me fit grincer des dents.

Content, papa ? C'est fini. C'est fini. Il n'arrivera rien à ta foutue carrière.

Jurant dans ma barbe, même si personne n'était là pour m'entendre, je frappai le volant avec mon poing. Je ne pouvais même pas lui en vouloir. J'aurais aimé, mais...

Je soupirai. C'était comme ça. Et c'était aussi de ma faute. C'était moi qui m'étais laissé séduire par le mauvais garçon.

Papa ne mentait pas – il ne s'était jamais mêlé de ma vie amoureuse auparavant. Avec le recul, j'étais presque sûr qu'il avait *voulu* le faire à plusieurs reprises. J'aurais parié de l'argent que mon père s'était littéralement mordu la langue à propos de certains des gars que j'avais ramenés à la

maison. Mais il n'avait jamais rien dit. Il avait tranquille-
ment attendu l'inévitable et avait toujours été là pour moi
lorsque le moment était venu de recoller les morceaux. Pas
de « Je te l'avais bien dit ». Pas de « Tu ne peux pas être
surpris qu'il se soit avéré être un connard ».

Ce soir, alors que j'étais assis dans ma voiture et que je
redoutais d'entrer, j'aurais aimé qu'il ait été plus con à
propos de mes anciens petits amis. J'aurais aimé qu'il inter-
vienne, qu'il exprime sa désapprobation, qu'il m'interdise de
les voir. J'aurais alors eu une raison de lui en vouloir de
s'être interposé entre Paul et moi.

Mais j'avais eu la chance d'avoir un père qui me laissait
faire mes propres erreurs, et je n'avais donc aucune raison
de lui en vouloir maintenant, pour la seule fois où il s'était
prononcé sur mon choix.

Eh bien, crétin. Que croyais-tu qu'il allait se passer ?

Je poussai un nouveau juron, retirai mes clés du contact
et sortis de la voiture.

L'une des lumières du rez-de-chaussée était allumée,
mais ce n'était pas inhabituel – ils laissaient toujours une
lampe allumée pour moi quand je rentrais tard.

Mais ce n'était pas qu'une lumière. Dans la cuisine,
papa attendait. Aucun de nous deux ne dit un mot quand je
raccrochai mes clés, mais je savais que je n'allais pas m'en
sortir aussi facilement.

Très bien. Allons-y. Finissons-en.

La mâchoire serrée, je me tournai vers lui.

Il était adossé au comptoir, les bras croisés sur son tee-
shirt.

— Où étais-tu ?

Je plissai les yeux.

— Est-ce que ça a de l'importance ?

Il resserra ses bras et me lança un regard noir.

— En quelque sorte, oui. Étais-tu avec le capitaine Richards ?

— Je suis allé lui parler, si tu veux tout savoir. Apparemment, tu l'as déjà fait, ajoutai-je entre mes dents serrées.

— Oui, je l'ai fait. Je...

— Tu n'as même pas pu me laisser une chance de m'en occuper ? aboyai-je. Il fallait que tu interviennes...

— Qu'est-ce que tu voulais que je fasse ? Crois-le ou non, tu n'es pas le seul à être affecté.

— Tu aurais pu au moins me laisser lui parler.

— Tu l'as fait ?

Je laissai échapper une forte expiration.

— Oui ! Je t'avais dit que je le ferais, et je l'ai fait.

— C'est bien. Et j'espère que c'est la dernière fois que nous...

Je levai les mains.

— Papa. Non. S'il te plaît. Juste... non.

Son expression se durcit.

— Je pense que j'ai un intérêt direct à...

— On ne se voit plus, d'accord ? J'ai compris. Et je comprends pourquoi.

Je fis rouler mes épaules, me demandant depuis quand elles étaient aussi tendues.

— On peut laisser tomber ?

Il se renfrogna, puis haussa les épaules.

— Très bien. Mais que Dieu me vienne en aide, si j'entends ne serait-ce qu'une rumeur sur vous deux...

— Ça ne sera pas le cas. C'est fini.

Ma voix menaçait de se briser, mais peu importait.

— C'est fini, d'accord ?

Il me dévisagea un moment. Finalement, il m'adressa un léger signe de tête.

— D'accord.

C'était suffisant. Je rompis le contact visuel et m'éloignai, et papa n'essaya pas de m'arrêter.

À l'étage, je m'allongeai sur mon lit et fixai le plafond.

C'était tellement bizarre que mon père me traite comme un adulte la plupart du temps, mais à la seconde où nous nous opposions sur quelque chose, je redevenais soudain un enfant et il redevenait soudain *papa*. Et peu importait que je sache qu'il avait raison cette fois-ci. Que j'avais su avant lui que je n'aurais pas dû m'impliquer avec Paul.

Il était furieux, il avait raison, j'avais l'impression d'être haut comme trois pommes et l'humiliation était atroce.

« Je ne peux pas te voir à cause de mon père. Désolé. »

Je gémis, me frottant les mains sur le visage.

L'humiliation n'était même pas le pire. Il s'avérait que s'éloigner n'avait pas été plus facile. Une chose était sûre : Paul allait être difficile à égaler.

Mais nous devions rompre. Pas parce que nous étions incompatibles. Pas à cause de notre différence d'âge.

À cause de la Navy.

Toujours à cause de cette putain de Navy.

CHAPITRE 24

PAUL

L a glace de mon verre avait pratiquement fondu. Le verre transpirait, la condensation s'accumulait à sa base sur la table basse.

Je n'y avais pas touché.

Je ne savais même pas pourquoi je me l'étais servi. Ni comment. Quelque temps après le départ de Sean, après que le bruit de sa voiture s'était éloigné, j'avais quitté le motel et regagné ma grande maison vide sur la base. J'avais franchi la porte, ouvert une bouteille de bourbon et l'avais versé sur des glaçons. La bouteille était-elle encore sur le comptoir ? Probablement. Je ne pris pas la peine de chercher. J'étais assis sur le canapé et contemplais le verre, la glace et la petite flaque.

Les petits pois surgelés étaient décongelés depuis longtemps. Ils étaient en tas à côté de ma boisson, parce que je n'avais pas trouvé l'énergie de les ramener dans la cuisine et de les remettre au congélateur. Ils n'avaient pas fait grand-chose de bénéfique non plus. La raideur de mon cou s'était emparée de mon épaule, et je n'avais pas besoin d'une boule de cristal pour savoir que cette nuit allait être misérable.

Même sans un torticolis, la situation aurait été misérable. L'alcool n'aidait pas. Les petits pois surgelés n'aidaient pas. La triple dose d'ibuprofène n'aidait pas.

Ce dont j'avais besoin, c'était de Sean, mais il n'était pas là, et je ne savais pas quoi faire de moi-même.

Je pouvais garder la tête froide sous la pression. Bien sûr, il m'était arrivé de fumer à la chaîne dans la foulée, surtout après une fusillade ou une crise à bord d'un navire. J'avais passé de nombreuses nuits éveillé à repenser chaque commandement et chaque décision, à la recherche d'erreurs que j'aurais pu commettre. Mais sur le moment, lorsque les balles volaient ou que la situation devenait critique, je me sentais à l'aise. Je l'avais toujours fait.

Les relations, par contre, c'est là que j'avais toujours merdé. Les seules fois où j'avais laissé les émotions prendre le dessus et où j'avais fait dormir la pensée rationnelle sur le canapé, ça m'avait toujours mordu le cul. Toujours. Pourquoi avais-je pensé que ce serait différent ? Je savais que ça me retomberait dessus tôt ou tard. Mais je ne m'attendais pas à ce que ça fasse aussi mal.

Je pris le verre et avalai une gorgée de bourbon dilué. Cela ne fit toujours rien. Je m'y attendais. Et la cigarette dont j'avais envie m'aiderait comme l'eau aide un homme qui se noie, mais cela ne m'empêchait pas de regarder mes clés et de me demander si je ne devais pas céder et aller acheter un paquet de Marlboro. L'Exchange était fermé, mais la supérette était ouverte. Cinq minutes, et je pourrais fumer une cigarette.

Je secouai la tête, chassant cette pensée. Boire, fumer, m'apitoyer sur mon sort : rien de tout cela ne ramènerait Sean. Cette réalité – réaliser qu'il était parti et que je ne pouvais rien y faire – me donnait envie de plonger aussi profondément que possible dans une bouteille, un paquet de Marlboro et une litanie de complaintes.

C'était probablement une bonne chose que je ne pilote plus. La plupart des moments de réprimande « Qu'est-ce que tu foutais là-haut, Richards ? » hurlée dans les bureaux de mon commandant n'étaient rien d'autre qu'une tête brûlée et son RIO qui faisaient des choses stupides et imprudentes à bord d'un jouet d'un milliard de dollars. Personne d'autre que moi n'avait besoin de savoir que la quasi-totalité de ces incidents s'était produite dans la foulée d'une rupture amère ou d'une méchante bagarre. C'était un miracle que je n'aie pas été interdit de vol pendant mon second mariage – chaque fois que Tina et moi nous disputions, je me défoulais sur mon jet, généralement d'une manière qui repoussait le mur du son et défiait les lois de la physique.

Aujourd'hui, je n'avais pas accès à la thérapie du Super Hornet à Mach 1, il fallait donc choisir entre des produits chimiques qui seraient aussi utiles que de s'éjecter avant le décollage.

Perdre Jayson avait été difficile. En fait, je m'étais senti vaincu. Nous avions essayé de faire en sorte que ça marche, nous avions échoué, et nous avions jeté l'éponge longtemps après que nous aurions dû le faire. C'était à la fois un soulagement et une déception.

Mais rien dans le fait de s'éloigner de Jayson n'avait été aussi douloureux que de voir Sean partir ce soir. Tout cela n'était pas normal. Il n'y avait pas eu de bagarre, d'amertume, d'injures, de portes claquées et de mépris qui avaient conduit à toutes les ruptures que j'avais connues. Les gens ne se contentaient pas de... *partir*.

Mais il ne pouvait pas rester. Quand il avait dit qu'il devait partir, je ne l'avais pas arrêté, parce qu'il avait tout à fait raison. Nous le savions tous les deux depuis le moment où nous avions réalisé que son père travaillait pour moi, et aucun vol sous le radar n'allait changer quoi que ce soit. Dans le meilleur des cas, l'un d'entre nous, ou les deux, se lasseraient du secret. Dans le pire des cas... il n'y avait rien de pire que vingt-quatre années de travail acharné jetées aux orties.

Sean avait donc sagement décidé d'arrêter. Je pouvais lui en vouloir autant que je le voulais d'avoir rompu, mais la vérité, c'est qu'il n'avait pas eu le choix. Si quelqu'un méritait d'être en colère, c'était bien lui. D'autant plus que j'avais remué le couteau dans la plaie avant même d'en arriver là. Sachant très bien que ça finirait par nous exploser à la figure, je lui avais avoué que je l'aimais. J'étais sincère. Je le pensais encore. À quel point cela lui avait-il rendu la tâche plus difficile pour partir ce soir ? Je ne pouvais que l'imaginer.

Pourtant, il l'avait quand même fait. J'expirai en fixant le plafond. Une chose était sûre : Sean était bien plus fort que moi.

Je me penchai en avant, me frottant le cou et l'épaule. J'enfonçai mes doigts jusqu'à ce que mes yeux se mettent à pleurer. Au début, je me dis que j'essayais de relâcher la tension, mais j'abandonnai vite cette idée. Je me *concentrais* sur la douleur. J'étais obsédé par chaque élancement, chaque spasme. Si j'avais pu compter les fibres musculaires affectées, je l'aurais fait. N'importe quoi pour ne pas penser à Sean.

On aurait pu croire que, cette fois-ci, la douleur serait suffisante pour retenir mon attention. Normalement, je ne pouvais pas me concentrer sur autre chose. Cette fois... eh bien, je n'étais pas surpris. Sean me faisait bien plus mal qu'une ancienne blessure qui avait mis fin à ma carrière.

Je ne voulais même pas de cigarette. Fumer, c'était respirer, et même cela me faisait mal en ce moment.

Que croyais-tu qu'il se passerait ?

C'est le fils d'un premier maître. Il a la moitié de ton âge. Il est...

Incroyable. Superbe. Amusant.

Parti.

Il est parti.

Je me couvris le visage des deux mains. J'avais dit au revoir à trop de gens dans ma vie pour être aussi perdu qu'en ce moment. Est-ce que cela arrivait chaque fois et que je m'en souvenais seulement avec moins d'intensité ? Est-ce que cela semblait toujours pire sur le moment que rétrospectivement ?

Non, je me souvenais très bien m'être éloigné de Jayson. D'autant plus que j'étais sorti de sa chambre et que j'avais foncé dans la voiture de Sean. Et puis, c'était une rupture nécessaire.

Il en va de même pour celle-ci.

Mes yeux me piquèrent. C'était une rupture nécessaire, mais cela ne la rendait pas plus facile à avaler.

Et se complaire dans cette situation n'allait pas le ramener. Rien ne le ferait. C'était fini parce qu'il le fallait. Mais j'avais le droit de m'apitoyer une nuit, non ? L'apitoiement ne changerait rien, mais le stoïcisme non plus.

Ça me faisait mal, alors je laissais faire.

Je ne pouvais rien faire d'autre, alors je cédais.

Je me laissai aller.

Et pleurai.

CHAPITRE 25

SEAN

Les pas de mon père dans le couloir me mirent hors de moi. Tout en fourrant quelques tee-shirts dans mon sac, je le suppliai par télépathie de continuer à marcher.

Il ne le fit pas.

Il s'arrêta et ma nuque se hérissa. Aucun de nous ne parla, mais je savais qu'il était là. Mon estomac fit une culbute. J'avais espéré me ressaisir et sortir discrètement, mais il était rentré à la maison depuis un petit moment. Il s'était entretenu avec Julie pendant quelques minutes. Puis il était venu ici.

Maintenant, il se trouvait dans l'embrasure de la porte de ma chambre, et rien ne me donnait plus l'impression d'être un enfant que mon père rôdant derrière la porte avec un sujet inconfortable en suspens. Il m'avait déjà remis à ma place une fois aujourd'hui.

Laisse-moi partir, d'accord ?

Je ne peux pas respirer. Je ne peux pas vivre ma propre vie à cause de ce dont tu as besoin pour vivre la tienne.

Laisse-moi partir. S'il te plaît ?

Papa prit enfin la parole.

— Où vas-tu ?

— J'ai appelé un ami de ma classe.

Je récupérai mon portefeuille et mes clés sur la table de nuit et les posai à côté de mon sac.

— Il va me laisser dormir sur son canapé jusqu'à ce que je trouve une solution.

Papa resta silencieux un moment.

— Tu as besoin de quelque chose ?

Je me figeai, puis me retournai. Il portait encore son uniforme, les ancres dorées brillant sur les revers bleus de la tenue de camouflage. Ses pieds se trouvaient juste à la jointure entre la moquette du couloir et ma chambre, ce qu'il faisait toujours lorsque j'étais adolescent et qu'il voulait discuter sans envahir mon espace. Je ne pouvais même pas expliquer pourquoi, mais cette fois-ci, cela m'exaspérait.

Je calai mes pouces dans mes poches.

— Pardon ?

Il s'humecta les lèvres.

— Tu as besoin de quelque chose ? D'argent ? Ou...

— J'ai tout ce qu'il me faut. J'ai un peu d'argent du travail.

Peu importait que j'aie une voiture à payer et une assurance à venir, ou que même avec la bourse de l'armée de mon père, je doive encore débourser de l'argent pour l'école. Et si je devais travailler trop d'heures qui m'empêcheraient d'aller en cours à plein temps, je ne pourrais plus bénéficier des soins de santé de l'armée, ce qui signifierait que je devrais m'inscrire à l'ACA[1], ce qui signifierait *encore plus*

---

1. Le **Patient Protection and Affordable Care Act** (en français, *Loi sur la Protection des Patients et les Soins Abordables*), surnommée « **Obamacare** », est une loi votée par la 111ᵉ législature du Congrès des États-Unis et promulguée par le président Barack Obama le 23 mars 2010.

*d'*argent.

Pourtant, je ne voulais pas de son fric. Ce n'était probablement pas mon moment le plus mature, mais je ne pouvais pas digérer l'idée de lui prendre quoi que ce soit de plus. C'était en dépendant de lui pendant mes vingt ans de vie que je m'étais mis dans ce pétrin. Si j'avais pu voler de mes propres ailes et ne pas dépendre de lui, Paul et moi aurions pu...

Non, nous n'aurions pas pu.

Cela n'avait pas d'importance.

— Tu es pressé ? demanda mon père.

Tu n'imagines même pas à quel point.

Je déglutis difficilement et croisai son regard.

— Pourquoi ?

Il croisa les bras sur sa poitrine et appuya son épaule contre le chambranle de la porte.

— On peut parler une minute ?

Je jouai avec la fermeture éclair de mon sac.

— De quoi ?

— De toi et du capitaine Richards.

Je fermai les yeux et expirai.

— Il s'appelle Paul.

— D'accord.

Le chambranle de la porte grinça un peu, il avait dû déplacer son poids.

— Toi et... toi et Paul.

— Qu'est-ce qu'il y a à dire ? C'est fini.

— Je pense que nous savons tous les deux que tu n'avais aucune envie de rompre.

— Bien sûr que non, grommelai-je en secouant la tête. Mais ça ne change rien.

— Ça ne veut pas dire que tu ne peux pas...

— Arrête, d'accord ?

Je lui fis à nouveau face et le regardai dans les yeux, même si c'était difficile.

— Il n'y a rien à dire. Peut-on en finir ?

Ses lèvres se pincèrent.

— Écoute, soupirai-je. J'ai compris. Je sais pourquoi je ne peux pas le voir. Mais le fait est que j'ai vécu toute ma vie selon les règles de ta carrière. Je ne peux plus le faire.

Il ouvrit la bouche pour argumenter, mais je craignais que tout ce qu'il dirait me fasse craquer, alors je poursuivis :

— Je n'ai pas une seule amitié à long terme parce que nous ne sommes jamais restés assez longtemps au même endroit. Je connais littéralement tous mes amis par le biais des médias sociaux depuis plus longtemps que je ne connais aucun d'entre eux dans la vie réelle. Toutes les relations que j'ai eues et qui ne se sont pas évanouies d'elles-mêmes se sont terminées parce que nous avons déménagé.

Je déglutis, repoussant la boule dans ma gorge.

— Je n'en peux plus. Je suis fatigué d'abandonner tout ce qui me rend heureux à cause de ta carrière. J'ai besoin de savoir comment vivre ma propre vie.

C'était tout ce que j'avais à dire, alors je me tus. Tôt ou tard, j'allais devoir le laisser balancer ce qu'il avait sur le cœur, alors j'attendis, tentant comme un beau diable de ne pas lui montrer que mes mains tremblaient.

Papa me regarda fixement. J'avais cru qu'il pourrait s'emporter – bizarrement, j'espérais qu'il le ferait –, mais il ne le fit pas. Il ne répondit rien pendant un long moment.

Pourquoi tu ne t'énerves pas ?

Et pourquoi je n'arrête pas de trembler ?

Il expira longuement.

— Je suis désolé, Sean. Pour tout.

En une fraction de seconde, la douleur dans ma poitrine se transforma en une fureur blanche et pure.

— *Pardon* ? craquai-je. Va te faire foutre, papa.

Il cligna des yeux.

— Excuse-moi ?

— Tu n'es pas désolé. Cette carrière est ce que tu as toujours voulu, et tu savais que je serais de la partie. *Être désolé* ne me rendra pas mon enfance, tous les amis que j'ai dû laisser derrière moi, ou le mariage de mes parents, et c'est sûr que ça ne me rendra pas la première personne pour qui j'ai ressenti ça. Tu peux...

— J'ai compris, Sean, dit-il en serrant les dents.

— Non, tu ne comprends rien. Tu crois comprendre, mais ce n'est pas le cas. Tous ces sacrifices dont tu parles ? Ceux que nous avons tous dû faire en tant que famille. Tu as eu quelque chose en retour. Tu as ta carrière et toutes tes putains de médailles, et moi, qu'est-ce que j'ai ?

— En plus d'un toit et de soins de santé ?

Je rompis le contact visuel pendant une seconde.

— La Navy était-elle le seul moyen pour nous de les obtenir ?

— C'est la façon dont nous...

— Ça n'a vraiment plus d'importance.

Je ramassai mon portefeuille, en sortis ma carte d'identité militaire et la jetai sur le lit.

— C'est pourquoi je vais aller chercher ces choses moi-même. Je suis presque trop vieux pour être une personne à charge de toute façon, alors autant prendre de l'avance pour m'occuper de moi. Je n'ai plus besoin de toi ni de la Navy. L'armée m'a assez pris, elle ne m'apportera rien de plus.

— Sean, pour l'amour de Dieu, nous...

— J'ai déjà tout entendu, papa, d'accord ?

Je déglutis, essayant de maîtriser mes émotions, ce qui devenait de plus en plus difficile.

— Et je sais que ça n'en a pas l'air, mais j'ai vraiment

essayé de ne pas foutre en l'air ta carrière. J'en ai fini avec ça, d'accord ? Je veux dire, quand j'étais enfant et que j'avais des ennuis, c'était toujours à propos de l'image que ça donnait de toi. Pas de savoir si j'étais en train de *me* foutre en l'air. Ou même si je faisais quelque chose de dangereux. On en revenait toujours à *toi* et à cette putain de Navy.

— Je sais, dit-il calmement. Je sais que ça n'a pas été facile de…

— Ça n'a pas été facile ? l'interrompis-je en lançant les mains en l'air. Non, mais tu t'entends ?

Papa évita mon regard.

— Déménager tous les deux ans n'est pas facile, aboyai-je, la voix trop tremblante. Abandonner quelqu'un comme Paul…

Je serrai la mâchoire et détournai le regard, car je n'allais pas laisser mon père me voir pleurer. Pas cette fois.

Il se repoussa du cadre de la porte, mais n'entra pas dans la pièce.

— Qu'est-ce que tu ressens vraiment pour Paul ?

OK, s'il continuait comme ça, j'allais pleurer.

Laisse-moi partir. *S'il te plaît ?*

Je m'essuyai les yeux.

— Est-ce que c'est important ?

— C'est important pour moi.

— Ça ne changera rien.

Papa baissa la tête. Je l'observai, sans trop savoir ce que je ressentais à ce moment-là. Sauf que j'étais sacrément sûr de ce que je ressentais pour Paul. S'il y avait une chose dont j'étais certain à ce moment-là…

— Je l'aime.

Papa me dévisagea.

— Quoi ?

Je me raclai la gorge.

— Je l'aime. D'accord ? C'est ce que je ressens vraiment pour lui.

Je fus incapable de déchiffrer l'expression de mon père, mais je refusais d'entendre ce que j'étais sûr d'entendre, alors j'ajoutai :

— Et tu avais raison de dire que j'étais égoïste. Il risquait beaucoup pour être avec moi, et je... je ne peux pas lui demander ça. Alors j'ai rompu.

— Oh.

Mes émotions menaçaient de prendre le dessus – ma poitrine était comprimée et la douleur qui m'obstruait la gorge ne s'arrangeait pas – alors je saisis le sac que j'avais préparé et le mis en bandoulière. Sans un mot, je sortis de la pièce. Papa s'écarta, il n'essaya pas de m'arrêter.

CHAPITRE 26

PAUL

J'avais besoin d'une putain de cigarette.

Assis dans mon bureau, tambourinant mes doigts sur mon bureau à côté de rapports que je peinais à comprendre, je n'avais pas souffert d'une telle envie de nicotine depuis longtemps. Au fond de moi, je savais que je n'en avais pas vraiment besoin et que je n'en avais pas vraiment envie, mais le besoin était puissant.

Je me secouai et reportai mon attention sur les rapports devant moi. J'avais du travail à faire. Des responsabilités. Tout, des problèmes disciplinaires à examiner aux conneries sur l'escadron qui avait ou n'avait pas été transféré à la NAS Adams. J'avais besoin d'être le capitaine Richards à ce moment-là, mais tout ce que je voulais, c'était être avec Paul, être l'idiot qui avait perdu la tête pour un homme qu'il ne pouvait pas avoir, et qui avait vraiment, vraiment, *vraiment* besoin d'une cigarette.

Et puis merde.

Personne n'avait besoin de moi avant au moins une heure. J'avais des réunions tout l'après-midi, mais ce matin était heureusement calme. Je marmonnai donc une excuse à ma secrétaire et quittai mon bureau.

Je me rendis au magasin au coin de la rue et achetai un paquet de Marlboro. J'étais à mi-chemin de ma voiture quand je réalisai que je n'avais plus de briquet, alors je retournai à l'intérieur et en achetai un aussi.

Dehors, je frappai plusieurs fois le paquet contre mon poignet, puis je l'ouvris. Je m'appuyai contre ma voiture en libérant une cigarette, puis je me figeai. Le grincement silencieux des amortisseurs inonda mon esprit de souvenirs et, bordel, je n'arrivais pas à faire entrer la fumée dans mes poumons assez vite.

Les mains hésitantes, je dégageai finalement une cigarette. Elle me parut bizarre entre mes lèvres. Comme quelque chose de familier et de complètement étranger à la fois.

J'entourai le bout de la cigarette avec ma main, j'appuyai sur le briquet et j'allumai le bout. Puis je tirai une longue bouffée.

Instantanément, la fumée brûla le fond de ma gorge et je toussai comme je l'avais fait la première fois que j'avais essayé à douze ans. Mes poumons me démangeaient et me brûlaient, mais je tirai une autre bouffée. Au troisième essai, je ne toussai pas du tout et je libérai lentement un nuage de fumée dans l'air. La bouffée suivante fut un peu plus agréable, mais elle avait un goût épouvantable.

Je ne me sentais pas mieux. Même la poussée de nicotine n'eut pas l'effet escompté. Ma tête tournait un peu et mon rythme cardiaque accélérait, mais je pensais toujours à la raison pour laquelle j'avais acheté ce paquet.

Je n'avais pas besoin d'une cigarette. J'avais besoin de Sean. Je n'étais pas sûr de savoir quelle habitude était la pire.

Peu importait. Il fallait rompre avec les deux.

La cigarette pendant entre les lèvres, je sortis la carte de visite de Sean de mon portefeuille. Je la brandis, passai le briquet sous le coin et la regardai s'enflammer. Je la laissai brûler jusqu'à mes doigts et tomber sur le trottoir. Une fois qu'elle fut réduite en cendres et qu'il ne restait plus rien que je puisse utiliser pour contacter Sean, j'étouffai les flammes restantes avec ma botte.

Puis je finis ma cigarette et me tirai de là.

Dans mon bureau, je rangeai le paquet dans le tiroir et me promis que je n'y toucherais plus. Bah, voyons. Si c'était le cas, je l'aurais jeté à la poubelle, comme j'aurais dû jeter la carte de Sean quand nous nous étions séparés la première fois.

Je m'adossai à ma chaise et frottai ma nuque raide.

J'aurais aimé me dire que ces pensées et ces sentiments ne m'étaient pas familiers, mais c'était la même merde, un autre jour. En fait, c'était l'époque du DADT qui recommençait. Quand j'avais épousé – et blessé – deux femmes parce que j'avais *besoin d'*être hétérosexuel. Je n'avais pas cherché à leur faire du mal. Je savais que c'était un risque et j'avais parié sur la possibilité de les tromper et de faire croire à la Navy que j'étais un homme hétérosexuel respectable à qui l'on pouvait faire confiance en tant que lieutenant, lieutenant-commandant, commandant...

Je soupirai dans le silence de mon bureau. À l'époque, c'était logique. J'avais désespérément essayé de m'accrocher à ma carrière, parce que je n'arrivais pas à me débarrasser de l'identité qui menaçait de la détruire, et je regretterais jusqu'au jour de ma mort à quel point j'avais blessé ces deux femmes dans le processus. J'avais même avoué à Sean à quel point j'avais été idiot lorsque Mary Ann et moi nous étions séparés. Il m'avait fallu beaucoup trop de temps pour réaliser que les dommages causés à ma carrière et à ma façade « pas vraiment hétéro » n'auraient pas dû être plus importants pour moi que ce qu'elle ressentait, et tout ce que j'avais perdu lorsqu'elle avait franchi cette porte.

Cette fois, j'étais bien conscient de la douleur de Sean. Même si c'était lui qui avait mis fin à la relation, il ne l'avait pas fait parce qu'il le voulait. Mais parce qu'il le fallait. Pour son père et pour moi. Et puis il y avait eu le coup supplémentaire de me demander droit dans les yeux si je le choisirais lui ou ma carrière, et je n'avais pas été capable de dire que je le choisirais lui. La douleur dans ses yeux avait été palpable. Pouvais-je lui en vouloir ?

Mais que pouvais-je faire d'autre ? Il s'agissait de deux décennies et demie de ma vie. Peu importait ce que je ressentais pour Sean, ou à quel point cela me faisait mal de le perdre, il y avait tout simplement trop de choses en jeu.

Je levai les yeux vers les dizaines de diplômes et de plaques accrochés au mur. Il y avait une photo de moi serrant la main du président lors de sa visite à Yokosuka. Une photo plus ancienne de mon RIO et moi devant notre coucou, environ six mois avant l'atterrissage qui nous avait cloués au sol. Une photo de groupe de mon escadron sur le pont d'envol avant l'une de nos missions en Irak.

J'avais encore mon certificat de traversée de l'équateur – il semblait que tout le monde l'afficherait jusqu'à la fin des temps, même s'il avait été obtenu en tant que simple lieutenant, comme moi. Il y avait aussi mon diplôme de l'Académie. Quelques récompenses pour des choses qui ne semblaient plus avoir d'importance aujourd'hui. Il y en avait des dizaines d'autres, rangées dans des boîtes dans mon garage et mon grenier.

Lorsque je prendrais ma retraite, j'emballerais cette merde, je la déplacerais là où je déciderais de m'enraciner, et je remettrais tout en place sur les murs. Et... ensuite quoi ? Que signifierait tout cela à la fin de la journée ? Toutes ces années passées à faire semblant d'être hétéro. Tout le temps et l'énergie gaspillés dans deux mariages – dont l'un m'avait laissé fauché et amer, et l'autre fauché, amer et éloigné d'une femme qui méritait mieux. Tous les petits amis qui m'avaient semblé temporaires, des types à qui je n'aurais pas eu autant de mal à dire au revoir.

Je me frottai les yeux avec le pouce et l'index. En repensant à tout le temps que j'avais consacré à la Navy, j'étais fatigué. Fatigué par vingt-quatre années passées à être tout ce dont j'avais toujours rêvé, sauf heureux, et à laisser derrière moi une traînée de blessés composée des personnes qui avaient essayé de m'aimer.

Et que restait-il ? Une étoile si je jouais bien mes cartes, si j'obtenais enfin le commandement d'un navire et si les planètes s'alignaient parfaitement ? *Peut-être* deux si je restais encore cinq, dix, quinze ans ? Quand cela suffirait-il ? Et que resterait-il une fois que tout serait terminé ? Bien sûr, il y avait la fierté et l'accomplissement de servir mon pays et de le faire – je le pensais – plutôt bien. Ma pension de retraite me permettrait de vivre confortablement jusqu'à la fin de mes jours. Si je restais six ans de plus, j'aurais une retraite encore plus grosse – les trois quarts de mon salaire au lieu de la moitié.

Mais cela en valait-il la peine ?

Et... est-ce que j'avais encore *envie d'*être amiral ?

J'avais passé la plus grande partie de ma vie à viser ce grade. Plus la Navy me repoussait, plus je devais surmonter d'obstacles, plus je voulais cette étoile, si fort que j'en avais le goût.

Mais en y réfléchissant à présent, en le comparant à tout ce que j'avais sacrifié et continuerais à sacrifier pour atteindre ce grade tant convoité, l'idée d'être amiral m'épuisait. Pour la première fois, cela ressemblait moins à une récompense ultime après une longue carrière qu'à une extension de tout ce travail. Quelque chose qui prendrait l'énergie et l'optimisme qui me restaient et les aspirerait jusqu'à ce que je sois trop gris, voûté et fatigué pour profiter de ma retraite durement gagnée.

Je me penchai en avant, le coude appuyé sur le bureau, et massai le côté de mon cou. C'était amusant de constater que je ressentais davantage cette blessure depuis le départ de Sean que lorsque nous faisions l'amour toutes les cinq minutes. Me contorsionner pour l'embrasser ou lui faire une fellation ne mettait pas autant à l'épreuve mon cou que le stress de l'avoir perdu. Être avec lui n'était pas pour les faibles de cœur ou de corps, mais c'était incroyable. Cela avait été juste. Maintenant qu'il était parti, et qu'il ne restait plus qu'à poursuivre cette longue ascension professionnelle, cette étoile tant convoitée avait perdu de son éclat.

Est-ce que c'est toujours ce que je veux être ? Est-ce que je veux être quelqu'un si tu n'es pas avec moi ?

Mon esprit revint à l'Académie et à l'un de mes mentors. Le commandant John Henderson. J'avais admiré son ambition sans faille. Il avait dit qu'il ne prendrait pas sa retraite avant d'être amiral trois étoiles, et c'était exactement ce qu'il avait fait il y a cinq ans. C'était l'un des officiers les plus décorés que j'aie jamais rencontrés, un leader fantastique et un pilote légendaire.

Moins d'un mois après sa retraite, John portait ces trois étoiles lorsque le couvercle du cercueil s'était refermé sur lui. Pourtant en bonne santé et en pleine forme, comme une recrue tout juste sortie du camp d'entraînement, il était mort d'une crise cardiaque alors qu'il faisait son jogging.

J'arrêtai de me frotter le cou. Ma main étant restée en place, mon pouls s'imprima dans ma paume.

Étais-je le prochain ?

Mon regard passa des rapports sur mon bureau aux récompenses affichées sur mon mur.

Je me tournai ensuite vers mon ordinateur, affichai mon modèle de papier à en-tête et commençai à taper.

Après avoir terminé, je lus et relus les mots. Seigneur. Je ne l'avais pas encore envoyé à l'amiral, pourtant je me sentais déjà libéré. Il me faudrait encore un peu de temps avant de prendre ma retraite, d'autant plus qu'il faudrait faire venir un autre capitaine à bord, mais dès que j'aurais envoyé ce message, le processus serait enclenché.

Un million d'émotions s'entrechoquaient, tentant de s'annuler. Je ne ressentais pas grand-chose à ce moment-là. Cela viendrait plus tard, je suppose. Après que l'amiral m'aurait déblatéré le discours « Je suis désolé de vous voir partir » et « Je suis déçu – vous aviez tant de potentiel » que je servais à la plupart des membres de mon personnel lors-qu'ils prenaient leur retraite.

Ou peut-être que je ne ressentirais rien d'autre que ce que j'avais ressenti en entrant ce matin. Prendre ma retraite, c'était bien, mais je continuerais à dormir seul.

Le téléphone posé sur mon bureau sonna, me faisant lâcher quelques jurons.

Bah voyons. Pas de répit pour le capitaine qui était prêt à quitter la base pour ne plus jamais y revenir.

— Monsieur, le premier maître Wright est ici et voudrait vous parler. Il dit que c'est urgent.

Je fermai les yeux et enchaînai une chapelet de jurons qui auraient fait rougir mes matelots.

— Merci. Faites-le entrer.

— Bien, Monsieur.

Je pris mon courage à deux mains et retins mon souffle lorsque la porte s'ouvrit.

Il garda les yeux baissés et ferma la porte derrière lui.

— Monsieur, me salua-t-il avec un léger signe de tête.

— Premier maître, l'accueillis-je en indiquant les chaises qui se trouvaient devant mon bureau. Asseyez-vous.

— Merci, monsieur.

Il prit place et fit glisser une enveloppe sur mon bureau.

— Je voulais vous la remettre personnellement.

— Oh.

Je m'en saisis et ouvris le rabat. Aucun de nous ne parla pendant que je dépliais la lettre.

Immédiatement, je m'arrêtai sur un mot : *retraite*.

Mon cœur s'emballa. Je lus la lettre, qui ressemblait étrangement à celle que je venais d'écrire. Le personnel enrôlé suivait des procédures différentes à ce stade, mais la lettre déclarait son intention de prendre sa retraite à la fin de son engagement actuel.

Je la reposai et dévisageai le premier maître, de l'autre côté du bureau.

— On dirait que nous sommes sur la même longueur d'onde cet après-midi.

Ses sourcils se haussèrent.

— Je vous demande pardon ?

— J'envoie une lettre comme celle-ci – je la brandis, puis la posai à côté de mon clavier – au contre-amiral.

Wright me fixa avec incrédulité.

— Vous... Vous prenez votre retraite à cause de Sean ?

Je me mordillai la lèvre.

— Je... Je n'ai pas besoin de vous expliquer à quel point cette carrière est éprouvante.

— Non, en effet.

— Vous comprenez donc probablement ce que je veux dire quand je dis que je suis épuisé.

Wright acquiesça.

Je pris une profonde inspiration.

— Non, la retraite n'est pas due à cent pour cent à Sean, mais il est en quelque sorte le navire qui a fait déborder le vase.

— Que voulez-vous dire ?

— J'ai passé les vingt-quatre dernières années à choisir la Navy au détriment de tout et de tous. J'allais devenir amiral même si ça me tuait. Et quand j'ai réalisé qu'il était impossible d'avoir à la fois Sean et la Navy…

Je me frottai l'arête du nez, puis laissai tomber ma main sur mes genoux. Ce n'était pas si simple, mais je n'avais pas l'énergie nécessaire pour tout expliquer.

— Je crois que j'ai décidé que c'était la goutte de trop. Le sacrifice de trop.

— Est-il au courant ? demanda Wright dans un murmure.

Je secouai la tête.

— Non. Le connaissant, il essaierait de m'en dissuader, ajoutai-je avec un petit rire.

— Oui, c'est certain.

Wright s'affala sur sa chaise et expira bruyamment.

— Waouh.

— Quoi ?

Wright fixa son regard sur le sol devant mon bureau.

— Vous êtes…

Il releva la tête.

— Vous êtes prêt à quitter la Navy après toutes ces années. Sans étoile. Pour lui.

J'acquiesçai.

— Je n'aurais pas risqué ma carrière si Sean n'en avait

pas valu la peine. Je renoncerais volontiers à cette étoile si cela signifiait que j'avais ne serait-ce qu'une chance de l'avoir à nouveau dans ma vie.

Les lèvres du premier maître s'entrouvrirent.

— Je ne sais même pas quoi dire.

J'étouffai une toux.

— Seriez-vous contre le fait que je reprenne contact avec lui ?

Sans hésiter, il secoua la tête.

— Non. Il y a une heure, oui, je... j'aurais peut-être été contre. Je ne sais pas. Mais quel genre de père serais-je si je contrecarrais quelqu'un qui est prêt à faire autant pour lui ?

Il laissa échapper un rire sans humour.

— Bon sang, je suis son père, et je n'ai pas abandonné ma carrière pour lui.

— Avant aujourd'hui, vous voulez dire.

Wright tressaillit.

— Il semble que ce soit trop peu et trop tard à ce stade.

Je ne sus pas trop quoi répondre à cela. Nous restâmes assis en silence pendant un moment. J'aurais aimé être soulagé au point d'en être étourdi par sa bénédiction d'être à nouveau avec Sean, mais Sean me reprendrait-il ? Était-ce trop peu, trop tard pour *nous* ?

Wright rompit alors le silence.

— J'ai toujours su que cette vie était difficile pour lui. Quand j'ai commencé à y réfléchir vraiment la nuit dernière, j'ai...

Il expira difficilement.

— Vous n'avez jamais regretté votre carrière ?

— Non, répondis-je sans hésiter. Si c'était à refaire, je le ferais. Tout.

Je m'adossai à ma chaise et soupirai.

— C'est tout ce qui est en dehors du travail que j'aurais fait différemment.

Le premier maître acquiesça.

— Oui. Moi aussi. Surtout quand il s'agit de Sean. Les vingt-cinq dernières années ont été une succession de sacrifices de sa part. Quand j'ai été nommé chef, nous *venions de nous* installer dans un nouveau lieu d'affectation. Sigonella. Sean avait hâte de vivre en Sicile depuis que j'avais reçu mes ordres. Et moins de trois mois après notre arrivée, il a rencontré ce garçon en classe et a sympathisé.

Les épaules de Wright s'affaissèrent et il appuya son coude sur l'accoudoir en se frottant les yeux. Au bout d'un moment, il laissa retomber sa main.

— Nous étions là depuis six mois lorsque j'ai été sélectionné, et six mois plus tard, nous étions sur le point de retourner à Norfolk.

— Merde.

— Il vivait enfin dans un endroit intéressant, poursuivit Wright. Et il avait rencontré un gentil petit ami. Puis il a dû tout abandonner.

— Seigneur.

Wright soupira.

— Ce n'était ni la première ni la dernière fois que je lui faisais encaisser ces conneries pour moi. Et il n'y a pas que lui.

Il remua, son regard se perdant dans le vide.

— J'aime ma petite amie. Nous nous marierons probablement et nous serons heureux. Mais entre vous et moi, je suis presque sûr que la mère de Sean a été l'amour de ma vie. Le problème, c'est que la vie militaire...

— Est dure pour les proches, conclus-je.

Wright acquiesça.

— Certaines personnes peuvent le supporter. D'autres non. La mère de Sean... elle ne le pouvait pas. Si j'avais été un civil, et que nous étions restés dans la même ville...

Il secoua la tête.

— Je ne pense pas qu'elle serait partie. Je veux dire, je ne sais pas. Peut-être que j'aurais trouvé un autre moyen de tout gâcher avec elle, mais...

— Je suis presque sûr que vous n'êtes pas le seul divorcé de l'armée à pouvoir dire ça, soupirai-je. Sans la Navy, je n'aurais jamais épousé ma première femme. En fait, je n'aurais épousé aucune d'entre elles. Mais au moins, Mary Ann et moi pourrions encore être amis.

Il grimaça.

— C'est brutal.

Je fis tambouriner mes doigts sur l'accoudoir.

— Oui. Il y a des gens dans ce métier qui restent heureux en ménage toute leur vie. J'aurais peut-être dû leur demander leurs secrets au lieu de trouver des mentors pour m'aider à obtenir une promotion.

Il gloussa sèchement et acquiesça.

— Oui, je comprends.

Il se frotta la nuque, puis croisa les mains sur ses genoux.

— Eh bien, vous avez encore une chance avec quelqu'un.

Je haussai les sourcils.

Wright déglutit.

— Je n'ai pas la moindre idée de ce que vous avez en commun, ni même de comment tout cela fonctionne. Tout ce que je sais, c'est qu'il est heureux quand il est avec vous, et maintenant il est malheureux.

Il se redressa un peu.

— Donc, je pense que vous et moi devrions nous asseoir avec Sean.

Je lui rendis son sourire.

— Je suppose que nous devrions l'appeler, alors ?

CHAPITRE 27

SEAN

Tu pourrais passer à la maison ? Il faut qu'on parle.

Je jetai un œil au SMS de mon père. Qu'est-ce qu'il y avait encore à dire ? Rien ne pouvait changer la situation, et je n'avais vraiment pas envie de l'entendre s'excuser à nouveau.

Ou alors, j'envisageai qu'il ait peut-être d'autres bonnes nouvelles à m'annoncer. Comme des ordres pour Dieu sait où. Je m'étais installé à Anchor Point et je connaissais les lieux, c'était donc le moment idéal pour tout déraciner et nous envoyer à Pensacola ou à San Diego ou dans n'importe quelle maudite base qui se trouvait encore là-bas.

Serrant le volant à m'en faire mal aux mains, je suivis les rues familières, et au panneau stop avant l'impasse, je fis une pause. Puis je ne bougeai pas. Je fixai la route. D'ici, je pouvais voir la façade de la maison de mon père et Julie. Le pare-chocs du pick-up dépassait de la clôture.

S'il avait des ordres, je le découvrirais tôt ou tard. S'il voulait discuter, ou se plaindre, ou « s'excuser » à nouveau… putain, je ne voulais *pas* l'entendre. J'en avais ma claque.

Quel était le but ? J'avais rompu avec Paul. Qu'est-ce que papa voulait de plus ? Une confession au Pape ?

Je laissai le moteur tourner au ralenti et pris une profonde inspiration. Le fait est que, même si je voulais le détester pour nous avoir séparés, Paul et moi, il n'avait pas eu le choix. Et que je puisse ou non avoir Paul – ce qui n'était évidemment pas le cas –, je ne voulais pas perdre mon père. Quelle que soit la raison pour laquelle il m'avait demandé de le rejoindre ici, nous devions parler et mettre les choses au clair.

Je poussai donc un juron, m'éloignai du stop et tournai dans l'impasse. Je me garai à côté du pick-up de mon père. Au moins, la voiture de Julie n'était pas là. Ce serait sans doute assez gênant sans la présence d'un public.

Les mains dans les poches, je m'approchai de la porte d'entrée, mais j'hésitai. Techniquement, j'avais déménagé, même si la plupart de mes affaires étaient encore là. J'étais donc censé frapper à la porte ? Ou...

Elle s'ouvrit.

Mon père croisa mon regard sur le paillasson usé par les intempéries.

— Salut !

— Salut, bredouillai-je. Tu, euh, voulais parler.

Il acquiesça et s'écarta, me faisant signe d'entrer. Sans un mot, nous montâmes les marches et entrâmes dans le salon. Je commençai à me diriger vers le canapé pour m'asseoir, toutefois je m'arrêtai net.

Je clignai des yeux plusieurs fois.

— Paul ?

Il se leva lentement du canapé.

— Bonjour, Sean.

— Qu'est-ce que...

Je regardai mon père. Puis Paul. Puis de nouveau mon père.

— Euh, qu'est-ce qui se passe ? Et pourquoi je n'ai pas vu ta voiture dehors ?

— Il s'est garé dans le garage, expliqua papa.

— Il vaut sans doute mieux que personne ne remarque que je suis là, ajouta Paul.

Je serrai les dents.

— Alors pourquoi *es-tu* ici ?

— Asseyez-vous, indiqua papa avec un geste vers le fauteuil vide. Je crois que nous avons tous des choses à nous dire.

Une boule apparut dans ma gorge.

— Vraiment ? C'est fini. Qu'y a-t-il d'autre à dire ?

— Sean, insista papa en me désignant à nouveau la chaise. Assieds-toi.

J'hésitai. Cela allait faire mal, n'est-ce pas ? Est-ce qu'ils me prenaient pour un idiot ? Comme si je n'avais pas été assez loin dans ma tête, et qu'ils devaient tous les deux me faire asseoir et m'expliquer pourquoi nous ne pouvions pas...

— Sean, m'appela Paul doucement. S'il te plaît.

L'estomac noué, j'obtempérai.

— OK. Bon, qu'est-ce qui se passe ?

Ils se jetèrent un regard en coin et mon estomac se noua d'autant plus. De quoi ces deux-là avaient-ils bien pu discuter ?

Mon père se racla finalement la gorge et se tourna vers moi.

— Écoute, je sais que la vie dans la Navy a été dure pour toi.

Je serrai les dents. Il pensait avoir compris, mais il n'en savait pas la moitié.

Il poursuivit :

— J'ai réfléchi, je pense qu'il est temps que tu arrêtes de payer les pots cassés pour ma carrière.

Je clignai des yeux.

— Je te demande pardon ?

Papa prit une grande inspiration.

— Je prends ma retraite. Il me reste encore un an et demi de contrat, mais j'ai prévenu ma hiérarchie – son regard se porta sur Paul – que je prendrai ma retraite à l'issue de cette période.

J'eus à peine eu le temps d'assimiler ces mots que Paul reprenait la parole :

— Je prends aussi ma retraite.

— Tu... *quoi* ?

Il acquiesça lentement.

— J'ai envoyé ma lettre au contre-amiral ce matin.

Ma mâchoire se décrocha.

— Mais... pourquoi ?

Il me regarda droit dans les yeux.

— Pourquoi, selon toi ?

Je le fixai un instant, puis me levai, me passant une main dans les cheveux. Je fis les cent pas devant la cheminée parce que j'avais soudain trop d'énergie nerveuse à gérer et que mon cerveau était perturbé par tout ce qu'ils venaient d'annoncer.

— C'est de la folie. Tu ne peux pas prendre ta retraite à cause de moi.

Paul se leva aussi.

— Non, ce que je ne peux pas faire, c'est choisir la Navy plutôt que l'amour de ma vie.

Mon cœur rata un battement. Je pris appui contre la cheminée.

— Mais... D'accord, écoute. Le geste est formidable,

mais Paul, que se passera-t-il dans quelques années, quand tu en auras assez de moi et que tu m'en voudras parce que...

— Ça n'arrivera pas, déclara-t-il. La nouveauté de toute relation va s'estomper, et si nous sommes ensemble pour le long terme, nous finirons par nous retrouver dans une routine confortable et ennuyeuse, comme tout le monde. Mais j'ai déjà été marié à la Navy assez longtemps pour savoir exactement à quoi je renonce pour avoir la chance d'être dans cette ornière confortable et ennuyeuse avec toi.

Ma gorge se serra.

— Et si ça ne marche pas ?

— Peut-être que ça marchera. Ou peut-être que non.

— Je ne veux pas que tu m'en veuilles si ce n'est pas le cas.

Paul secoua la tête.

— Ça n'arrivera pas. Je quitte la Navy parce qu'être avec toi m'a fait comprendre que j'étais prêt à passer à autre chose. Et que... que j'avais déjà renoncé à trop de choses pour l'armée. Je ne peux pas renoncer à toi aussi.

— Mais... ton étoile...

— Ce n'est plus aussi important pour moi qu'avant. Je peux...

Il s'interrompit, baissa les yeux, puis se racla la gorge et ancra son regard dans le mien.

— Le fait est que je peux soit passer les prochaines années à lécher les bottes des bonnes personnes pour m'assurer que le Sénat approuve ma promotion, soit commencer à profiter de ma vie et être avec toi.

— Tu as travaillé dans ce sens pendant des années. Comment peux-tu y renoncer sans savoir si nous resterons ensemble ?

— Je suis prêt à tenter le coup. C'est un risque, oui. Il n'y a pas de carte prédéfinie. Il n'y a pas de destination.

Tout ce que je veux, c'est qu'on monte dans la voiture et qu'on roule.

Mon cœur s'emballa. J'avais cru que ma petite analogie était un peu stupide et clichée, mais en l'entendant de sa bouche, prononcée comme s'il le pensait vraiment et que c'était réellement ce qu'il voulait...

J'expirai et me passai une main sur le visage.

— Et si je dis non ?

Paul déglutit.

— Je ne peux pas te forcer. Mais ma décision est déjà prise. Je prends ma retraite. J'en ai fini. J'ai assez donné à la Navy.

Il s'humecta les lèvres.

— Être avec toi m'a rappelé qu'il *y a une* vie en dehors de l'armée. Et je veux commencer à vivre cette vie tant qu'il m'en reste un peu.

Je baissai les yeux, m'efforçant de contenir beaucoup trop d'émotions.

— Je ne sais pas... je ne sais même pas quoi dire.

Sa main se matérialisa sur mon épaule.

— Nous pouvons faire en sorte que ça marche. La Navy n'a plus son mot à dire. Il ne te reste plus qu'à me dire si tu veux rester ou partir.

— Bien sûr que je veux rester.

Je le regardai dans les yeux, clignant plusieurs fois des paupières afin de me concentrer, puis je les essuyai d'une main tremblante.

— Je n'ai jamais voulu partir.

Paul sourit.

Je jetai un coup d'œil à mon père, qui souriait également.

Et soudain, je compris que c'était vraiment en train de

se produire. Paul était là, mon père n'essayait pas de nous séparer, et la Navy *ne pouvait* plus nous séparer.

Je déglutis.

— Ce n'est pas une blague, n'est-ce pas ? Vous êtes...

— On ne plaisanterait pas avec ça, assura mon père. Je veux que tu sois heureux, ajouta-t-il en désignant Paul d'un geste de la main. Et vous méritez tous les deux d'avoir une chance de vous rendre heureux l'un l'autre.

Ma langue resta collée à mon palais. Je n'arrivais pas à intégrer tout cela dans ma tête. Est-ce que c'était... est-ce que c'était *réel* ?

— Je veux voir où nous pouvons aller ensemble, dit Paul. Mais... bien sûr, tu *peux* dire non.

— Jamais de la vie.

Je m'approchai et l'enlaçai, puis je fermai les yeux en le serrant contre moi.

— Mon Dieu, je t'aime.

— Je t'aime aussi.

Je relâchai mon étreinte pour croiser son regard. Le cœur battant, les genoux tremblants, je n'arrivais toujours pas à croire que c'était réel.

Et puis, là, dans le salon, avec mon père qui se tenait à quelques mètres, Paul prit mon visage en coupe et m'embrassa. Mes genoux faillirent se dérober sous moi, mais cela n'avait pas d'importance. Paul me soutenait et me faisait fondre en même temps.

Papa se racla la gorge.

— Bon, je crois que c'est réglé ?

Paul et moi nous séparâmes, et je m'empourprai.

Mon père se leva en gloussant.

— Je vais vous laisser seuls, mais...

Paul et lui échangèrent un regard, puis il se redressa.

— Nous allons devoir rester discrets encore un peu. Jusqu'à ce que je prenne ma retraite.

— Combien de temps ça va prendre ? demandai-je.

Paul haussa les épaules.

— Quelques mois, peut-être.

— Comme je l'ai dit, j'en ai encore pour un an et demi, intervint papa. Mais je pense qu'une fois que Paul aura pris sa retraite, il n'y aura aucune raison pour que vous ne vous affichiez pas ouvertement tous les deux.

Tout l'air quitta mes poumons.

— Vraiment ?

Il hocha la tête.

— Absolument.

— Waouh.

Rien qu'à l'idée d'être avec Paul, sans regarder par-dessus nos épaules ou nous cacher dans des motels...

— C'est de la folie.

Je me tournai vers mon père.

— Merci. Je... C'est tout ce que je peux dire, soupirai-je.

Il sourit, s'approcha et me serra fort dans ses bras.

— Je suis vraiment désolé pour tout.

Je luttai pour maîtriser mes émotions.

— Je sais. Tu n'avais pas le choix.

— Non, mais j'aurais dû faire plus d'efforts pour garder...

— Papa.

Je m'écartai et croisai son regard.

— Tu as fait ce que tu pouvais. Je sais. Ce n'est pas grave.

Je jetai un coup d'œil à Paul et souris.

— Merci pour ça, papa.

— De rien.

Il me relâcha et se tourna vers Paul en lui tendant la main.

— Bonne chance.

J'éclatai de rire.

— Hé ! Qu'est-ce que ça veut dire ?

Papa me lança un clin d'œil.

— Ça veut dire que je te connais, gamin.

Je levai les yeux au ciel tandis qu'ils se serraient la main.

— OK, règle numéro un ? Aucun de vous ne m'appelle « gamin ». Compris ?

Ils éclatèrent de rire tous les deux. Puis papa partit, descendant dans sa garçonnière, et il ne resta plus que moi et Paul dans le salon.

J'expirai.

— Ce n'est pas ce à quoi je m'attendais quand je suis venu.

Il m'enlaça.

— Oui, on ne savait pas trop comment l'expliquer par texto.

— Tu réalises que j'ai failli faire demi-tour là-bas, plaisantai-je en indiquant le bout de l'impasse. J'ai failli ne pas venir.

Il me serra un peu plus fort.

— Eh bien, je suis content que tu l'aies fait.

— Moi aussi.

Je levai le menton et l'embrassai doucement.

— Que dirais-tu de partir d'ici ?

Paul sourit.

— Allons-y.

Je récupérai mes clés, lui pris la main et me dirigeai vers la porte d'entrée.

Je n'arrivais toujours pas à croire que c'était réel.

J e me moquais de l'endroit où nous allions. Sean roulait, et il roulait vite, comme s'il savait où nous allions. Moi, j'espérais juste qu'il y avait un lit à l'autre bout.

Il s'avéra que c'était le cas – moins de vingt minutes après avoir quitté la maison de son père, nous entrions dans une épicerie pour acheter du lubrifiant, et dix minutes plus tard, il se garait derrière un petit motel délabré à l'extérieur d'Anchor Point. Je détestais devoir continuer à débourser de l'argent dans ces endroits, mais jusqu'à ce que je sois à la retraite et détaché de la Navy, la discrétion était le mot d'ordre.

Avant même que la porte du motel ne se soit refermée derrière nous, j'avais les mains dans les poches arrière de Sean et il me plaquait contre le mur.

Merde. Oui. *Enfin*.

— Je pourrais te baiser ici même, murmura-t-il entre deux baisers, comme la fois où je t'ai pris à l'arrière de ma voiture.

— Non, soufflai-je. Pas cette fois.

— Quoi ? Pourquoi pas ?

Je tirai ses cheveux en arrière pour pouvoir embrasser son cou.

— Parce que je veux voir ton visage. Quand tu...

Son frisson me fit frémir. Je retrouvai mon souffle et murmurai :

— Quand tu jouiras.

Sean m'agrippa les épaules alors qu'il m'offrait davantage accès à sa gorge.

— Ce sera... plus tôt que tu ne le penses si tu continues comme ça.

Je fis courir ma main sur son épaisse érection.

— Ça veut juste dire que je vais devoir te faire jouir deux fois.

Sean ferma les yeux et gémit.

— Pourquoi ne sommes-nous pas encore au lit ?

— Bonne question.

Quelques instants plus tard, nus, durs et complètement essoufflés, nous étions bel et bien au lit. Mais maintenant que nous étions étendus, nous ralentîmes. En quelque sorte. J'étais très excité – il était impossible de ne pas l'être, au lit avec Sean –, mais le besoin de sexe et d'orgasme avait été relégué au second plan par rapport au besoin que j'avais de *lui*. Je n'arrivais pas à croire qu'il soit là – que nous avions trouvé un moyen d'être ensemble –, et je n'arrivais pas à garder mes mains loin de lui. Je traçais chaque courbe et chaque angle de son corps, chaque centimètre de peau chaude, le mémorisant encore et encore.

Je le poussai sur le dos et commençai à l'embrasser sur le côté de sa gorge. Il gémit. Se cambra. Jura. J'adorais la façon dont il aimait qu'on lui embrasse le cou.

Ses ongles me brûlaient les épaules et les bras. Chaque fois qu'il bougeait, son sexe dur frôlait le mien, et je perdais un peu plus la tête. Je sentais son cœur battre contre mes lèvres. Ou peut-être était-ce mon propre pouls qui pulsait sous ma peau. J'avais perdu le fil, mais ça n'avait pas d'importance – il était excité, j'étais excité, et rien ne nous apaiserait jusqu'à ce qu'aucun de nous ne puisse plus bouger.

— Lubrifiant, murmura-t-il. Vite... Besoin...

Je me détachai de lui et ramassai le sac de la supérette que nous avions laissé tomber par terre. J'étais à peine revenu vers lui qu'il m'arracha la bouteille et ouvrit le bouchon.

Il m'observa en versant du lubrifiant dans sa paume.

— Je vais rester comme ça. Tu vas me chevaucher.

Tout mon corps se hérissa de chair de poule. Oui, putain *oui*.

Sean jeta la bouteille de côté et appliqua le lubrifiant sur son érection. J'eus l'eau à la bouche. Depuis combien de temps n'avions-nous pas fait l'amour ? Et je n'étais pas devenu complètement fou ?

Après s'être lubrifié, Sean s'approcha de moi, probablement pour me préparer, mais maintenant que je savais ce qu'il avait en tête, je ne pouvais plus attendre. Je coinçai son poignet sur l'oreiller et lui grimpai dessus.

— Il y a beaucoup de lubrifiant, chuchotai-je en me positionnant. Je n'ai pas besoin de plus.

— Ça me va, gloussa-t-il en dégageant son bras.

Alors qu'il se stabilisait, je me laissai tomber sur sa queue luisante, Sean se mordit la lèvre. Fermant les yeux, il se cambra et fit courir sa main libre le long de mon flanc.

— C'est bon ? demandai-je.

Il passa la langue sur ses lèvres et croisa mon regard.

— Uh-huh. Toi ?

— D'après toi ?

Il sourit et nous poussâmes tous deux un soupir lorsque je l'eus entièrement pris en moi. Je recommençai à me soulever et Sean murmura quelque chose que je ne compris pas. D'autres jurons ? Je n'aurais pu le dire. Mais à en juger par la façon dont ses yeux se révulsèrent et dont tout son corps trembla sous moi, c'était loin d'être un « stop ».

Je remontai lentement, sans le lâcher du regard. Je n'arrivais toujours pas à croire qu'il était là, que nous étions de nouveau ensemble et que bientôt, nous n'aurions plus à le cacher. Si je n'avais pas été aussi excité à cet instant, je me serais probablement effondré dans un désordre émotionnel, mais j'étais bien trop occupé à me faire baiser par sa grosse queue. Tout le reste pouvait attendre que nous jouissions tous les deux, et oh mon Dieu, ça n'allait pas tarder.

Sean planta ses dents dans sa lèvre en s'enfonçant dans mon corps. Nous étions parfaitement synchronisés, et j'essayais de ne pas penser à bouger en même temps que lui – si je le faisais, je me concentrerais trop fort et je ferais tout foirer, et je ne voulais pas gâcher le rythme extraordinaire que nous avions trouvé. Je n'avais pas à m'inquiéter de réfléchir trop fort, cependant. Avec sa queue qui m'empalait et ses muscles tendus par l'effort, tout ce à quoi je pouvais penser, c'était à quel point c'était bon, à quel point il avait l'air magnifique et...

— Putain !

Je rejetai la tête en arrière, et mon rythme disparut. Sean prit aisément le relais. Il m'empoigna les hanches et me pénétra plus fort, puis son érection pulsa en moi et je ne pus plus distinguer ses gémissements des miens.

D'un seul coup, il s'effondra sur les oreillers et je m'affalai sur lui. Nous essayâmes de nous embrasser, mais... nous respirions tous les deux trop fort. Et j'étais trop étourdi et tremblant. Et bien trop distrait par les répliques de l'orgasme puissant. Putain de merde.

Lorsque mes bras purent me soutenir, je me soulevai suffisamment pour croiser son regard.

Il sourit.

— Tu m'as manqué.

Je posai mes lèvres sur les siennes.

— Tu m'as manqué aussi. Ça m'a manqué de me réveiller et de ne pas pouvoir bouger.

Sean rit.

— Oui, moi aussi.

Il baissa les yeux, probablement sur la sueur et le sperme sur ses abdominaux.

— On devrait prendre une douche.

— Bonne idée.

Après une longue douche, nous nous séchâmes et regagnâmes le lit dur. Nous tirâmes les draps jusqu'à la taille, cependant nous n'en avions pas vraiment besoin. Entre la douche chaude et la chaleur de notre corps, nous n'avions pas vraiment froid.

Sean posa sa main sur ma taille.

— Alors, combien de temps penses-tu que nous devrons garder le silence ?

J'essuyai une goutte d'eau sur sa tempe.

— Je le saurai bientôt. L'amiral ne m'a pas encore contacté, et je vais probablement m'arranger pour qu'ils aient le temps d'intégrer le nouveau capitaine. Mais... pas trop longtemps. Quelques mois, peut-être. Au moins jusqu'à ce que le cycle actuel des représentants soit terminé et que je ne signe plus les contrats de ton père. Nous ne serons pas à l'abri, mais ce sera mieux.

Les lèvres de Sean se pincèrent pendant une seconde, puis il hocha la tête.

— Je peux m'en satisfaire. Nous avons été discrets avant.

— Je sais. Et je suis désolé que nous devions encore faire attention...

Il sourit.

— C'est bon. Être discret pendant un certain temps, c'est mieux que l'alternative.

Je poussai un soupir.

— Tu as raison.

Il passa ses doigts dans mes cheveux. La tension de ses lèvres me disait qu'il avait quelque chose à l'esprit, alors j'attendis.

Puis il releva la tête, m'embrassa et m'attira vers lui. La tension disparut lorsque nous nous enlaçâmes et que nous laissâmes ce doux baiser s'attarder un moment. Quoi qu'il ait voulu dire, cela ne semblait plus avoir d'importance désormais. Au lieu de cela, tout ce qui comptait, c'était... ça. Ce que je préférais au monde – être au lit, peau contre peau et membres emmêlés, s'embrasser de temps en temps, mais surtout *être* là. Et ne pas avoir à se demander pourquoi nous ne devrions pas l'être, ou combien de temps il faudrait avant que quelqu'un ne s'en aperçoive.

Au bout d'un moment, Sean croisa mon regard, et ce quelque chose d'inexprimé réapparut.

Je déglutis en écartant quelques mèches bleues-noires de son visage.

— Qu'est-ce qui te préoccupe ?

— Je...

Il regarda ses doigts courir le long de ma clavicule. Puis ses yeux se levèrent pour rencontrer à nouveau les miens.

— Tu vas vraiment abandonner la Navy pour moi ?

J'acquiesçai, puis me penchai pour un autre doux baiser.

— J'ai accompli assez de choses dans la Navy. Je suis prêt à passer à autre chose.

Avec un rire discret, j'ajoutai :

— Le jeune homme de dix-huit ans que j'étais ne comprendrait probablement pas, mais il n'était pas au courant pour toi.

Sean sourit.

— Pour être juste, les dix-huit années où tu existais avant moi.

— Boucle-la.

Il ricana et nous éclatâmes tous les deux de rire.

Je déposai un doux baiser sur son front.

— Le moi de dix-huit ans s'en remettra.

— Je l'espère. Et maintenant, tu pourras avoir un chien, ajouta-t-il en souriant.

— Tu as raison. Mon Dieu, enfin !

Je marquai une pause.

— Tu aimes les chiens, n'est-ce pas ?

— Pfft. Quel genre de question est-ce là ? Bien sûr que j'aime les chiens.

— Tant mieux.

Je pris son visage en coupe et l'embrassai à nouveau.

— Je t'aime, murmura-t-il.

— Je t'aime aussi.

Rien n'avait jamais été aussi extraordinaire que de tenir Sean et de savoir que la Navy ne me le volerait pas. Je n'étais pas sûr de ce que serait le retour à la vie civile, mais je m'habituais déjà à l'idée d'être amoureux de quelqu'un sans me demander quand le prochain déploiement ou la prochaine série d'ordres tomberait du ciel.

Cela me rappelait un peu le moment où l'erreur d'atterrissage m'avait cloué au sol. Au début, j'avais lutté. J'avais refusé d'abandonner ce pour quoi j'avais travaillé si dur.

Mais les fissures avaient commencé à apparaître. J'avais réalisé à quel point cet accident aurait pu être pire. Que les occasions ne manqueraient pas pour qu'il se reproduise. J'avais vu plusieurs amis gravement blessés, voire tués, dans des accidents d'entraînement, des éjections, des atterrissages désastreux et une défaillance mécanique catastrophique.

À l'époque, il avait été très difficile d'abandonner l'aviation, mais il était temps.

Aujourd'hui, il n'était pas plus facile d'abandonner la Navy et de renoncer à l'étoile sur laquelle j'avais jeté mon dévolu il y a vingt ans.

Mais il était temps. Il y avait quelqu'un dans ma vie qui comptait plus que cette étoile ne le ferait jamais.

Je ne savais pas si cela fonctionnerait. Aucun de nous ne pouvait voir l'avenir. Il était impossible de dire si nous allions rompre dans un an ou si nous allions réussir. Tout ce dont j'étais sûr, c'était que Sean était à mes côtés désormais, et que cette relation ne serait pas une autre victime de ma carrière. Je ne pouvais pas savoir ce que l'avenir me réservait, mais je croyais fermement que c'était le début de quelque chose d'extraordinaire.

J'avais hâte de voir ce que nous allions vivre à partir de là.

ÉPILOGUE
SEAN

*E*nviron dix-huit mois plus tard

— Je n'aurais jamais pensé dire ça un jour... marmonna Paul en tirant sur la manche de sa chemise blanche. Mais ça fait vraiment bizarre de porter un uniforme.

J'enroulai mes bras autour de lui par-derrière et l'embrassai au-dessus de son col amidonné.

— Évidemment. Tu t'es intégré à la vie civile.

— Ugh. Sans blague.

Il tripota à nouveau sa manche. Puis il se retourna dans mon étreinte, redressa ma cravate et m'embrassa doucement.

— On dirait qu'on est tous les deux prêts ?

— Je suis prêt depuis vingt minutes. Je t'attendais.

Il leva les yeux au ciel et m'embrassa à nouveau.

— Est-ce qu'on doit laisser sortir les chiens ?

Je secouai la tête.

— Je l'ai fait il y a dix minutes.

— Donc ce que tu dis, c'est que nous devrions y aller.

Je hochai la tête.

Paul m'embrassa une dernière fois et nous sortîmes *enfin*. Nous prîmes ma voiture pour nous rendre à la base, montrâmes nos cartes d'identité et nous dirigeâmes vers le complexe situé derrière l'économat et la coopérative. Le bâtiment partageait un parking avec la salle de conférence, donc au moins, il y avait des tonnes de places de parking.

— Un de ces jours, je vais me tromper et reprendre cette place par habitude, plaisanta-t-il en désignant l'espace réservé au capitaine.

Je me garai sur une autre place.

— Je ne sais pas. Elle n'a pas l'air d'être du genre à aimer que tu prennes sa place de parking.

Paul rit.

— Probablement pas.

Nous avions dîné avec la nouvelle capitaine après la cérémonie de changement de commandement, lorsqu'elle était arrivée. Il s'était avéré qu'elle avait deux ans de retard sur Paul à l'Académie et qu'ils avaient brièvement volé ensemble avant qu'il ne soit cloué au sol. Le monde était petit et la Navy le rendait encore plus petit.

Nous sortîmes de la voiture, Paul mit sa casquette et s'arrêta pour tripoter son uniforme une dernière fois.

— Prêt ? demanda-t-il.

— Quand tu le seras.

En entrant, il m'offrit son bras et je souris en le prenant. C'était la première fois que nous pouvions être ensemble ouvertement alors qu'il portait son uniforme. Maintenant qu'il était à la retraite et qu'il n'était plus le capitaine de mon père, nous n'avions plus de raison de nous cacher.

Nous ne le faisions donc pas.

Bras dessus bras dessous, nous entrâmes dans la salle où vingt ou trente personnes, la plupart en uniforme, se pressaient.

— Capitaine sur le pont ! aboya quelqu'un, et tout le monde dans la pièce se mit au garde-à-vous.

Personne ne le salua – nous étions à l'intérieur, après tout –, mais tous les regards étaient tournés vers Paul. Et sur moi. Sur nous.

— Repos, ordonna-t-il, et toute la salle se détendit.

Alors que nous poursuivions notre chemin à l'intérieur, il marmonna :

— J'aurais dû porter un costume.

— Oh, admets-le, tu adores ça.

Il me lança un regard en biais, puis gloussa.

— D'accord, c'est vrai. Mais ce n'est pas mon événement.

— Mais c'est un événement militaire. Combien de fois auras-tu encore l'occasion de porter ton uniforme ?

— Tu as raison.

Mon père et ma belle-mère avaient déjà pris place au premier rang, alors nous les rejoignîmes. Paul et mon père se serrèrent la main, et à peine étions-nous assis qu'ils se lançaient dans une discussion à propos d'un événement qui s'était produit récemment sur la base. Ma belle-mère et moi échangeâmes un regard, levâmes les yeux au ciel et secouâmes la tête. Paul et papa pourraient vivre cent ans après leur retraite, ils continueraient à parler boutique et à raconter des histoires de mer.

Au moins, ils s'entendaient bien. En fait, aujourd'hui, il était difficile de croire qu'à une époque, notre relation avait causé des conflits entre mon père et moi. Une fois que Paul avait pris sa retraite et qu'il n'y avait plus eu d'embûches liées au travail, ils avaient appris à se connaître. Et ils avaient commencé à jouer au golf, ce qui signifiait que j'avais les dimanches après-midi pour étudier en paix.

Paul était à la retraite depuis un peu plus d'un an, et la

transition ne s'était pas faite sans heurts. Il avait eu du mal à s'adapter au monde civil pendant les premiers mois – il avait mentionné plus d'une fois qu'il comprenait à présent ce que ressentaient les condamnés après leur libération conditionnelle –, mais il avait trouvé son rythme au bout d'un certain temps. C'était l'ennui qui avait été le plus pénible. Sa retraite lui procurait un revenu plus que suffisant, il n'avait donc pas besoin de trouver un emploi, et il n'y avait pas beaucoup d'emplois civils qui l'intéressaient. Il avait cependant trouvé quelques endroits où faire du bénévolat en ville.

Et sans surprise, après deux jours de bénévolat au refuge, nous étions les fiers papas d'un boxer de six ans et de trois chats siamois. Après cela, je lui avais gentiment laissé entendre que nous avions assez d'animaux, mais le plus *adorable* des chiots labrador noirs était arrivé au refuge, et même moi, je n'avais pas pu dire non. Alors que Paul et moi attendions le début de la cérémonie de départ à la retraite de mon père, j'étais presque sûr que les cinq animaux dormaient paisiblement sur le canapé. Cela me semblait juste – j'avais dit plus d'animaux, et Paul avait dit pas d'animaux sur le canapé.

Au moins, il ne se levait plus à six heures du matin. Et même s'il n'était plus tenu de respecter les normes militaires en matière de condition physique, il n'avait pas relâché ses efforts en matière d'entraînement. Au contraire, il se rendait plus souvent à la salle de sport pour occuper son temps libre. Je n'allais certainement pas me plaindre des résultats.

Il avait aussi laissé pousser ses cheveux. Pas très longs, il n'avait jamais arboré la coupe militaire pour commencer – il avait juste l'air un peu plus… décontracté. Le gris était également plus évident désormais. Il détestait ça, mais j'aimais ça. *Beaucoup.*

Quelqu'un passa devant moi, me sortant de mes pensées. Le chef Romero, un ami de papa, monta sur le podium et commença la cérémonie. Comme tous les événements militaires, cela se déroula en grande pompe, avec toujours les mêmes conneries barbantes.

J'avais assisté à des dizaines de cérémonies de départ à la retraite dans ma vie. Il y a un peu plus d'un an, j'avais assisté à celle de Paul. Alors que tout le monde se livrait aux discours habituels et aux remises de plaques, je me demandais si c'était la dernière à laquelle j'assistais. Ce fut une pensée étrange.

Mon père et Paul avaient tous deux des amis qui étaient encore dans l'armée, alors il y en aurait probablement d'autres. C'était tout de même bizarre de voir mon père à la retraite, sachant que c'était sa dernière fonction en service actif. Il était dans la Navy depuis avant ma naissance. Le voir s'éloigner de l'armée me touchait au plus profond de moi-même. Plus que je ne l'aurais cru. Même si j'avais parfois détesté la Navy, elle avait joué un rôle important dans notre vie à tous les deux. J'étais un enfant de la Navy depuis le jour de ma naissance. Laisser tout cela derrière moi était... eh bien, cela me coupait le souffle.

Paul me serra la main. Je me tournai vers lui, et il haussa les sourcils en signe d'interrogation.

Je hochai la tête, serrai la main en retour et, aussi subtilement que possible, m'essuyai les yeux.

L'épouse du chef de corps se leva pour participer à la partie de la cérémonie consacrée aux épouses, qui comprenait la lecture d'un poème sur la vie d'une épouse de militaire. Comme toujours, un certificat et une petite récompense furent remis à l'épouse du retraité. Je serrai les dents pendant cette partie de la cérémonie. J'aimais ma belle-mère, et elle avait certainement dû faire face à certaines des conneries de la Navy, mais elle ne l'avait rejoint que pendant les trois dernières années de sa carrière. Bizarrement, j'avais l'impression que ma mère aurait dû être là pour obtenir *quelque chose*. Après tout, elle avait été présente pendant les seize premières années de sa carrière, y compris tous les déploiements, sans parler des premières années, où il avait droit aux logements les plus minables de la base et gagnait à peine de quoi nous éviter l'aide sociale.

Enfin, ce fut au tour de papa de se lever, de distribuer quelques objets et de dire quelques mots. Je me demandais s'il n'allait pas se laisser gagner par l'émotion, surtout lorsqu'il évoqua les hommes qui étaient partis en Afghanistan avec lui et qui n'étaient pas rentrés, mais il tint bon.

— Et bien sûr, dit-il, personne n'est seul dans la Navy. Ma femme a été à mes côtés ces dernières années, mais je veux faire un petit cadeau à la personne qui est là depuis le plus longtemps et qui a traversé toutes sortes d'épreuves pour que je puisse arriver jusqu'ici. Sean ?

Les joues en feu, je me levai. Paul me serra le bras et nous échangeâmes un regard avant que je ne me dirige vers l'estrade où mon père patientait. Je m'attendais un peu à cette partie, mais c'était quand même bizarre de se retrouver devant tout le monde. Mon père s'était gardé d'être émotif, j'espérais que j'y arriverais aussi.

Il se racla la gorge et me regarda.

— Je vais faire court parce que je sais que tu détestes ce genre de choses.

Je gloussai, et des rires silencieux se répandirent dans l'assistance.

— Je pourrais rester ici des heures et parler de tout ce que tu as dû endurer à cause des exigences de ma carrière, mais je ne vais rien te dire que tu ne saches pas. Ce que je vais te dire, c'est que je regrette peut-être que ma carrière t'ait obligé à être aussi fort et résistant que tu l'es, mais je ne cesserai jamais d'être fier de toi pour être aussi fort et résistant.

Je souris, et bon sang, le fait de ne pas devenir émotif devenait de plus en plus difficile.

— Merci, papa.

— J'ai donc une plaque pour toi qui, je pense, résume bien la situation...

Il me tendit la petite plaque.

Je lus les mots gravés : *Désolé pour toutes ces conneries. Je t'aime, papa.*

J'éclatai de rire, ce qui, Dieu merci, me permit de maîtriser à nouveau mes émotions.

— Merci.

Il rit lui aussi et me serra dans ses bras. Tout le monde applaudit et il y eut même quelques « Ahhh ».

Mon père m'enlaça un peu plus longtemps que je ne le pensais.

— Je suis fier de toi, Sean. Je le suis vraiment.

Je reniflai.

— Merci.

Il me relâcha, mais garda une main sur mon épaule.

— J'ai dit que je serais bref, mais j'ai encore une chose à t'offrir avant qu'on en finisse.

Je haussai les sourcils.

Mon père sourit.

— Ma bénédiction très enthousiaste.

— Hein ?

Il me fit un signe de tête.

Je me retournai et mon cœur s'arrêta. Quand diable Paul nous avait-il rejoints ?

Et qu'est-ce qu'il avait dans la main ?

Et pourquoi diable était-il en train de mettre un genou à...

Je déglutis.

Paul prit une inspiration et brandit la petite boîte noire.

— Sean, j'ai donné la plus grande partie de ma vie à la Navy, mais je veux t'offrir le reste. Veux-tu m'épouser ?

Je le dévisageai avec incrédulité. Tout le monde dans la pièce était silencieux et je sentais qu'ils me regardaient tous. Quand je tournai la tête vers mon père, il haussa un sourcil, comme pour dire : *Alors ?*

J'avais la bouche sèche, mais face à Paul, je réussis à murmurer :

— Bien sûr que je le veux.

Paul rit avec un soulagement palpable en se redressant, et une fois debout, il m'embrassa.

— Qu'est-ce qu'il a dit ? demanda quelqu'un au fond de la salle.

Dans le micro, papa répondit :

— Il a dit oui, Quartier-maître.

La salle applaudit à tout rompre.

Paul et moi nous séparâmes en riant. Mon visage était en feu, mais ma tête tournait et mon cœur battait si fort que je ne me souciais même pas d'avoir pris douze teintes de rouge.

Papa passa devant moi et serra la main de Paul.

— Bienvenue dans la famille, Monsieur.

Paul rit.

— Merci, Premier maître.

Mon père me tapa sur l'épaule.

— Félicitations, gamin.

Ignorant ce fichu « gamin », je souris et le remerciais.

Nous reprîmes nos places et la cérémonie de départ à la retraite se poursuivit, mais pour moi, le reste fut un peu flou. J'avais l'esprit vide et ma tête tournait encore sous le choc de la demande en mariage de Paul. Je ne l'avais pas du tout vue venir. Nous avions parlé de nous marier, mais là... Bon sang. J'en avais le souffle coupé.

Une fois la cérémonie terminée, tout le monde se rendit au club des sous-officiers voisin pour la fête de départ à la retraite. Après avoir félicité mon père et bu quelques verres, Paul et moi restâmes près du bar pour avoir une minute à nous.

La main sur ma taille, il sourit.

— J'ai l'impression que je t'ai pris au dépourvu.

— Tu crois ? plaisantais-je en jetant un coup d'œil à mon père, qui bavardait avec des types en uniforme que je ne connaissais pas. Ça ne l'a pas dérangé qu'on lui fasse de l'ombre ?

Paul rit et m'embrassa sur la tempe.

— C'était son idée, en fait.

Je clignai des yeux.

— Tu plaisantes.

— Non. Nous étions en train de jouer au golf et je lui ai avoué que j'envisageais de faire ma demande, raconta-t-il, avant de hausser les épaules. Entre toi et moi, je pense qu'il se sent toujours coupable de la façon dont les choses se sont passées à cause de nos carrières, alors il a pensé que ce serait... je ne sais pas...

— Poétique ?

— À peu près, oui.

— Waouh. Ça fait combien de temps que vous préparez ça ?

— Quelques semaines.

— Je ne me doutais de rien.

— Je sais, gloussa-t-il. C'était l'idée.

— Mission accomplie, alors.

— Tout à fait.

Je contemplai la bague qu'il m'avait passée au doigt. C'était un anneau simple, rien d'extravagant ou de tape-à-l'œil. Exactement ce que j'aurais voulu, et je n'arrivais toujours pas à croire que je la portais. Je n'arrivais pas à croire qu'il m'avait fait sa demande ni que nous étions arrivés aussi loin après ce départ difficile. On avait été si près de tout perdre. Mais d'une manière ou d'une autre, nous y étions arrivés.

Je me tournai vers Paul.

— Lorsque nous nous sommes rencontrés pour la première fois, je t'ai demandé si tu pensais que l'armée en valait la peine. Tous les sacrifices, je veux dire.

— Je m'en souviens, oui. Et je crois me souvenir que je t'ai dit de me reposer la question une fois que j'aurais pris ma retraite.

— Mm-hmm. Alors, maintenant que tu l'as prise... demandai-je en haussant les sourcils. Ça en valait la peine ?

Il resta silencieux un moment, regardant la mer d'uniformes tandis que les gens félicitaient mon père. Puis il reporta son attention sur moi en souriant.

— Considérant que ça t'a fait entrer dans ma vie ?

Il m'embrassa sur la joue.

— Absolument.

— Ahhh. Tu es tellement fleur bleue.

— Ça ne devrait plus être une surprise.

— Non, ça ne l'est pas, plaisantai-je en enroulant un bras autour de sa taille. Je n'en attendais pas moins.

Je marquai une pause, puis je souris.

— Tu as déjà pensé que ton beau-père serait plus jeune que toi ?

Paul éclata de rire.

— Je me suis habitué à l'idée cinq minutes après avoir

décidé que je voulais t'épouser. Et puis, je n'ai que deux ans de plus que lui.

— Quelque chose comme ça, me moquai-je avant de poser mes mains sur ses flancs. Alors, qu'est-ce qu'on fait à partir de maintenant ?

— Je ne sais pas. On se marie. Et puis...

Il haussa les épaules.

— On verra où la route nous mènera.

Je le rapprochai de moi et l'enlaçai.

— J'aime vraiment, vraiment cette idée.

— C'est vrai ?

— Absolument.

Je balayai du regard notre environnement. Tous ces gens, ces uniformes et ces décorations.

Mais peut-être pas un mariage compliqué qui demande beaucoup d'organisation.

— Oh, merci mon Dieu. Plus c'est simple, mieux c'est, approuva-t-il en me caressant les cheveux. Peut-être quelque chose sur la plage ?

Le souvenir de la première fois qu'il m'avait dit qu'il m'aimait me traversa l'esprit, et la chair de poule se dressa sur ma peau.

Je levai le menton et l'embrassai doucement.

— La plage me semble parfaite. Je te laisserai tout organiser. Ça devrait te donner quelque chose à faire entre deux adoptions de chaque créature qui attire ton attention.

— Oh, ça me rappelle. Ils ont amené un très gentil colley hier, et...

— *Paul.*

Il embrassa le bout de mon nez en me rapprochant.

— Je plaisante. Elle a été adoptée cinq minutes après avoir franchi la porte.

— Pas par toi ?

— Pas par moi.

— Bien.

Il gloussa, puis posa ses lèvres sur les miennes.

— Je t'aime, Sean, murmura-t-il, à peine écarté.

— Je t'aime aussi.

Il m'embrassa à nouveau et laissa le baiser s'attarder. Peu importait qui nous voyait maintenant. Ceux qui n'aimaient pas que deux hommes s'embrassent pouvaient détourner le regard, mais personne ne pouvait nous dire que nous ne pouvions pas faire ça. Ce soir, nous rentrerions ensemble, comme tous les soirs. Dans quelques mois, nous serions mariés. Personne n'avait de raison – ou l'autorité – de nous en empêcher maintenant.

Papa et Paul raconteraient des histoires de marin jusqu'à la fin de leur vie, et il y aurait des décorations liées à la Navy dans les deux maisons jusqu'à la fin des temps, mais à partir d'aujourd'hui, ils étaient tous les deux à la retraite. À partir de maintenant, c'était la vie civile.

Pour Paul et moi, plus rien ne s'opposait à notre chemin. La seule chose qui se trouvait devant nous était une route ouverte.

Et tout ce que nous avions à faire, c'était de rouler.

Fin

À VENIR - PEUR DE VOLER

Autrefois pilote de chasse intrépide, le commandant Travis Wilson est aujourd'hui confiné dans un bureau. Huit ans se sont écoulés depuis l'accident presque fatal qui l'a cloué au sol, et il *continue* de vivre avec des douleurs dorsales incessantes.

Le capitaine de corvette Clint Fraser a failli se noyer dans la bouteille après une catastrophe hautement confidentielle survenue alors qu'il pilotait un drone. Sa spirale descendante lui a coûté son mariage et ses enfants, mais il est désormais sobre et remet sa vie sur les rails. Il a échangé les drones contre un bureau et il est déterminé à se réconcilier avec ses enfants et à naviguer dans les eaux troubles du syndrome de stress post-traumatique.

Clint est dans le collimateur de Travis depuis qu'il a été transféré à Anchor Point. Lorsque Clint fait son coming out auprès de ses collègues, c'est un désastre, mais il y a un côté positif : maintenant que Travis sait que Clint aime les hommes, l'alchimie entre eux explose.

Ce n'est que du plaisir jusqu'à ce que les émotions s'en

mêlent. Clint n'a jamais été amoureux d'un homme. Travis l'a été, et dix ans plus tard, cette fin tragique le hante toujours. Clint doit l'amener à dépasser sa peur de s'écraser et de se brûler à nouveau, ou leur amour sera cloué au sol avant le décollage.

À VENIR - LE MESS DU CHEF

Anthony Talbot est à Anchor Point pour rendre visite à sa famille, mais après deux jours de conflit, il a besoin d'une pause. Un bar gay local l'attire irrémédiablement.

Lorsque le chef Noah Jackson voit cette tête rousse entrer dans le club, il a immédiatement envie de lui. Ils sont parfaitement assortis, et en peu de temps, ils brûlent les draps. Noah n'en a jamais assez. Anthony ne peut pas rester longtemps dans l'Oregon, mais dès qu'il part, il compte les jours jusqu'à ce qu'il puisse revenir pour en savoir plus. Et entre ses visites de plus en plus fréquentes, il y a toujours du sexe par téléphone, des sextos, des webcams... tout ce qu'ils peuvent trouver.

Mais Noah entretient une façade soigneusement élaborée, et Anthony ne peut s'empêcher de remarquer les fissures qui se forment lentement. L'odeur de l'alcool au milieu de la journée. Les verres supplémentaires au dîner. Le soupçon de rouge dans ses yeux. Anthony sait ce que cela signifie. Il ne veut pas y croire, mais il a déjà vu ça, et il ne peut pas le nier. Si Noah ne reprend pas le contrôle de sa spirale descendante, il va perdre à la fois sa carrière et le premier homme qu'il a vraiment aimé.

À PROPOS DE L'AUTEUR

L.A. Witt est une auteure loufoque qui se spécialise dans les romances M/M et qui a enfin été libérée du labyrinthe purgatoire que sont les champs de maïs à Omaha, au Nebraska. Elle réside désormais sur la côte sud-ouest de l'Espagne et, mis à part se demander comment elle a survécu à Omaha, elle passe son temps à explorer le pays avec son mari, plusieurs hamsters clairvoyants et un bloc-notes qui ne cesse de se remplir de nouvelles idées de romans. Elle a également beaucoup de temps libre dernièrement, comme elle a recruté une petite armée de mercenaires pour fouiller l'Amérique du Sud à la recherche de son ennemie jurée, l'auteure de romances Lauren Gallagher, mais ne dites rien à Lauren. Et surtout, ne dites rien à Lori A. Witt ou à Ann Gallagher. Ces crétines sont incapables de garder la bouche cousue...

Site web : http://www.gallagherwitt.com

Email : gallagherwitt@gmail.com

Twitter, Threads, Instagram : @GallagherWitt

HUMAN POWERED CREATOR